Matthias Hartje

Dorothee

www. poesieundaquarelle.com

Impressum
© Matthias Hartje, 1. Auflage 2021
Covergestaltung: Matthias Hartje
Autorenfoto: Matthias Hartje
Lektorat: Rainer Stecher
ISBN: 9783753446349
Herstellung & Verlag
BoD – Books on Demand, Norderstedt

Für Klaus & Peter
KAHLERT

.

Mit diesem Buch habe ich eine Idee
umgesetzt,
die mich lange beschäftigt hat.

Die Melodie in mir spielt ein Lied,
das selten so besonders klang.
Sie trübt mein Wachsen,
spielt ein riskantes Spiel.
Sie zerbricht, zerfällt.
Nur im Fallen höre ich zu oder
wenn ich meinen Pinsel in der vagen Hoffnung
befeuchte, das Gefühl zu erkennen.

Wenn es mir genügt,
halte ich den Gedanken fest,
der meinen Traum durch die Welt reisen lässt.

Leise wird das Echo schwingen, sodass
mein Bild nahezu verblasst,
vernebelt, zusammenfällt.

Dann sage ich zu den Farben:
„Lösch den Pfad in mir,
der sich das Vergessen
nutzbar macht."

Das ist eine Geschichte, bei der ich anfangs zweifelte, sie jemals schreiben zu können. Jedenfalls war die Umgebung, in der ich mich befand, weder zum Schreiben geeignet noch konnte ich sie als meine Heimat bezeichnen. Und es wäre auch nicht üblich, sich in dieser Umgebung eine so freche Dummheit auszudenken, die noch dazu verständlich sein sollte.

Zu Beginn konnte ich es nicht, denn meine Entscheidungen beruhten darauf, dass mich mein inneres Chaos nicht mehr loslassen wollte. Ich stellte meine empfundene Umgebung infrage, was auch meine Gefühle total auf den Kopf stellte. Eine andere Umgebung wäre wohl besser gewesen. Aber einen Denker anzutreffen, der in meiner Umgebung lebt und arbeitet und sich ernsthaft mit seiner eigenen Lebensgeschichte beschäftigt, ist schwer.

Ich war fest davon überzeugt, dass es viele Denker gibt, die nicht so fühlen. Aus Angst, aus Scham? Vielleicht aus dem Zweifel heraus, dass die Wahrheit es schaffen könnte, mit den Gefühlen ins Reine zu kommen. Nicht ein Lichtstrahl wäre auf dem spirituellen Weg nach Harmonie und inneren Frieden zu erkennen gewesen.

Man könnte es auch anders beschreiben: Sie ahnten, und das meine ich tatsächlich so, dass ein Lichtlein irgendwo zaghaft ihr Schicksal beleuchten könnte, wenn sie es zuließen, ihre Gefühle wahrzunehmen. Zulassen, was für Gefühle in ihnen leben und die eine Sprache finden, wer sie sind. Nur ein dünner Schleier hält sie davon ab, mit ihrem Glauben in Verbindung zu treten. Wäre da nicht die latente Angst in der Dunkelheit, die auf die Ungläubigen wartet. Schon der bittere Geschmack von Arsen könnte mich dazu verführen, eine Grenze zu überschreiten, die alles anzweifelt, was ein Leben schön macht.

Ich übte daher die Langeweile und dehnte den Groll in mir aus, sodass ich den Anschein wahrte, dass die Dunkelheit etwas Schöneres darstellt als die Wahrheit zu erkunden. Es ging mit dem Grübeln weiter. Das Universum begrüßte mich jeden Tag aufs Neue und beherrschte die absolute Neutralität, die ich vorher nie gespürt habe. Es müsste doch endlich gelingen, einen grandiosen Anfang hinzukriegen, um dieses Buch mit Spannung zu füllen.

Der nagende Krieg in meiner Seele erfordert ein Streitgespräch. Ich ahnte, dass mich das beherrschen würde. Das Lebensrecht erhält endlich mehr Raum. Kein Schlüssel darf in ein Türschloss passen, das mir die Pforte von Schande und Hass öffnet. Mehr noch. Es müsste mir gelingen, diese Pforte geschlossen zu halten.

Wie schön dieser Traum auch gewesen sein mag, ich fühlte dennoch eine innere Beklemmung, dass diese Pforte offen war, um mich hinein zu locken, damit ich die dahinter befindliche Fantasie sehe. Oh ja! Ich konnte sie spüren, die Fantasie, die sich dahinter versteckt hielt. Nicht aus den gesammelten Erfahrungen heraus, sondern aus meiner Zeit des Lernens spürte ich, dass die Enttäuschung gegenüber der Fantasie noch nicht ganz überwunden war. Es ist daher nur gerecht, dass in mir eine Wandlung stattfand. Eine neue Zeit hatte begonnen. Mein inneres Kind kann bezeugen, dass der Wahnsinn tatsächlich an einem Punkt angekommen war, wo meine Zweifel weggedrängt wurden, was ich allerdings als ein gutes Zeichen nahm.

Mir war es angenehm, die vollzogenen Brüche und den Unrat in meinem Leben aufzuarbeiten. Dazu ist aber Bereitschaft erforderlich. Ich musste da durch. Aber ich musste auch der Angst Raum geben. Das ist eine Tatsache. Ich wollte mich durchsetzen und den ewigen Streit über die chaotische Welt endlich akzeptieren. Ich konnte ja ohnehin nichts beeinflussen. Je mehr ich mich dem stellte, desto deutlicher wurde mir, dass die Denker auf der Bühne des Lebens jedem Akt einen Sinn gaben, um zu überleben.

Ja, der eigentliche Sinn eines Aktes auf der Bühne widerspiegelt die Vernunft. Und gerade diese Vernunft ermöglichte es, meinem Leben eine gewisse Struktur zu geben. Ich philosophierte darüber, wie es bei mir mit der Wahrheit bestellt war. Kein bösartiges Zeichen aus der chaotischen Welt konnte mich erschrecken oder unterkriegen. Das ständige Unbehagen kroch jeden Tag unter meinen warmen Mantel. Den unbehaglichen Moment zu verdrängen und dabei gleichzeitig tanzend auf einer beschmutzten Straße den lustigen Clown zu spielen, um meine Angst nicht zu zeigen, das war schon grandios. Ein Paradies hätte in mir entstehen können. Oh ja! Aber leider kam es nicht dazu. Die „Alten Denker" standen auf, um sich zu wehren. Das war Fakt. Sie wollten nicht zulassen, dass die jüngere Generation das Lenkrad der Zukunft übernimmt.

„Oh, welche Schande wird dabei entstehen?", fragten sie. „Was für eine Schmach? Was für ein Elend?" Keine noch so große Gewalt wäre imstande, die Pforte von Gehorsamkeit und Respekt geschlossen zu halten, so gewaltig war ihre Angst. Daher war ein Umdenken dringend anzuraten. Man sollte sich neu orientieren, Halt machen, die bewährten Prägungen von Disziplin und Gehorsam anzweifeln, um die Neuorientierung zu forcieren. Es blieb mir keine andere Wahl als hier den Anfang zu machen.

Der angeblich sichere dicke Teppich wurde mir unter den Kinderfüßen weggezogen. Die ausgesprochenen Verbote blieben noch lange in mir gültig. Mehr noch. Die Luft zum Atmen wurde in meiner Umgebung immer dünner, sodass ich keine Wahl hatte. Die Zeit rief so oft meinen Namen, dass ich sogar nachts davon träumte, einen Weg zu Veränderung zu finden. Meine Suche begann tatsächlich frühzeitig, und das war im Nachhinein auch gut so. Die Wege standen mir in allen Himmelsrichtungen offen. Keine Frage. Ich durfte entscheiden, wo es lang ging. Ich nahm daher einen Bleistift in die Hand und zeichnete zaghaft die Prämisse auf, die die Angst in mir erklärte. Die Falle war gestellt. Der Wahnsinn ließ auf sich warten, sodass ich die Gedanken von Selbstmord für eine kurze Zeit ablegte. Ich war noch zu jung, um zu sterben. Obwohl, ich war längst so weit. Dass mir das bewusst wurde, grenzt schon an ein Wunder. Also sah ich mir den Wahnsinn an und begegnete der schönen Ironie. Ein bitterer Beigeschmack von Härte und Intoleranz verfolgte mich bis zur letzten Minute. Ich bin ehrlich. Es wurde deutlich, dass meine armselige Vernunft und der Rest von Freundlichkeit ausreichten, diese Zeilen zu schreiben. Aber gerade sie gaben mir einen anderen Impuls zurück. Anstatt mir weniger Gedanken über die Umgebung zu machen, vermehrten sich die bösen Gedanken in mir, sodass ich aus der Flucht heraus viel schreiben musste. Ich stellte fest, dass sogar beim Schreiben die Besinnlichkeit in mir mehr Raum bekam, ohne viel Kraftanstrengung.

In all den zurückliegenden Wochen schrieb ich Seite um Seite. Ich konzentrierte mich auf das Formulieren der Sätze, ohne unehrlich zu sein. Es ging nicht. In mir lief alles aus dem Ruder, als ob ich eine Rolle abspulen würde. Diese Lebensrolle war aber bereits beschrieben, nur dass ich davon nichts wusste. Ich brauchte die Zeilen in mir nur noch aufrufen und niederschreiben.

Wie im Wahn schrieb ich den ganzen Tag, musste aber oft aufhören, weil ich verhindern wollte, dass meine Texte wieder ein Buch werden. Ich blieb also vorsichtig, auch deshalb, um meine Sprache nicht zu überfordern. Ich drosselte meine Fantasie, scheute die Öffentlichkeit und rannte durch unbewohnte Straßen. Ich sah verschlossene Fenster. Einen Luftzug spürte ich nicht, trotz meiner nassen Haut. Voller Unruhe nahm ich die Welt wahr, als würde Feuer in mir lodern. Ich sah scheu in den Himmel. Vögel sah ich. Sie kreisten um die Wolken, als wollten sie tanzen. Die Unruhe blieb. Also hielt ich erneut Ausschau nach Symbolen der Sicherheit. Doch es gab sie nicht. Die Vögel waren verschwunden, die Wolken, das ganze Drumherum. Das Gefühl der Einsamkeit wurde lebendig. Wie schade, dass ich so empfand. Aber ich konnte nichts dagegen tun. Die Zeichen waren gesetzt. Angst breitete sich in meinem Kopf aus. Sollte wirklich ein neues Buch entstehen? Könnten meine Gedanken mich täuschen? Oh, mein Gott! Was geschieht hier?

Ein Lichtstrahl drang durch den Fenstervorhang ins Wohnzimmer. Plötzlich war das „Verlies" hell und frei. Der Raum wurde heller und ich sah genau die Umrisse der Möbel. Bücher standen im Regal, geordnet nach Familiennamen. Jedes Buch besaß eine eigene Farbe, einen eigenen Titel. Wie seltsam es war, die Namen der Bücher zu lesen, laut auszusprechen. Alles war eindeutig. Die klaren Linien und die Missverständnisse mit der Umgebung gaben nach. Das Böse erlosch. Ich sah das Spiegelbild, das mein Gesicht als eine Fratze zeigte. Es war, als würde sie mich packen und dem Teufel übergeben. Was ich nicht sah, fühlte ich. Alles ging erneut von mir weg. Die Gedanken, die der Illusion angehörten. Und doch blieb etwas zurück, sodass ich erneut aufgerufen war, alles niederzuschreiben. Ich stimmte mich ein, um in ruhiges Fahrwasser zu kommen. Ein Warnschuss fiel trotzdem. Ich ermahnte mich und riss das Steuer herum, um nachzuschauen, wohin meine Reise ging. Ich wollte versuchen, das zu retten, was mir gehört.

Still war es in meiner Gegenwart. Meine innere Stimme ruhte. Man legte mir nahe, einen Rat anzunehmen, um das Geschehen zu verstehen. Ich begann zu hyperventilieren, denn ich wollte den inneren Willen in mir brechen, denn der Tod war nahe bei mir. Jetzt! Sofort! Die Zeit zum Handeln war mir gegeben. Ja, jetzt sollte ich handeln. Eine andere Wahl hatte ich nicht mehr. Ich hatte schon zu lange gewartet, mit Geduld, Gehorsam, Liebe, Schmerz und Hoffnung. Mit Hoffnung konnte ich aber keinen Text schreiben, also verschwand ich, um die Angst auf den Plan zu rufen.

Dennoch, was hätte ich gewonnen, wenn ich ein neues Manuskript zum Verlag geschickt hätte? Hätte ich es besser sein lassen sollen? Oder sollte ich meinen Erinnerungen nachgehen, um festzuhalten, was mich aufwühlt? Erstaunlicherweise zerbrach ich mir den ganzen Tag lang den Kopf, mit welcher Kaltschnäuzigkeit mir andere Denker im Bezirk davor abrieten, noch ein Buch zu schreiben. Ich mochte ihre Ehrlichkeit und suchte ihre Beweggründe bei den Smileys auf Facebook. Als ich sie sah, empfand ich nur Mitleid mit ihnen, denn mir wurde klar, dass sie andere Ideen absolut falsch interpretierten und nicht in der Lage waren, diese mit anderen Denkern zu teilen. Woher soll denn ihre Ehrlichkeit kommen? Von einem blühenden Kastanienbaum oder einem Populisten, der nur seinen Neid- und Hassgefühlen nachgeht? Von denen ist nicht viel zu erwarten. Ihre Kommentare waren und sind bösartig und beleidigend, sodass meine Vermutung naheliegt, dass sie Krieg im Netz schüren wollen.

Ich versuchte, eigene Erfahrungen zu sammeln. Ich tapezierte zu dem Zeitpunkt meine Wohnung, dabei wurde mir klar, dass meine Psyche die schlechte Ebene verlassen muss, um an eine andere Ebene zu gelangen, die ich zu dem Zeitpunkt noch gar nicht kannte. Kein Psychologe wäre imstande gewesen, meinem noch nicht geschriebenen Text ein Thema zuzuordnen. Es hätte schon an ein Wunder gegrenzt, wenn ich nach meiner jahrelangen Reifephase nicht in der Lage gewesen wäre, dieses Buch zu schreiben. Und weil der Gedanke zum Schreiben mich über Nacht befiel, musste ich eine Entscheidung treffen.

Die Frage nach der plötzlichen Eile ist natürlich berechtigt. All die Jahre hat es mir nichts bedeutet, ein Buch zu veröffentlichen. Wer hätte schon bemerkt, dass bei Amazon ein neues Buch von mir erschien? An manchen Tagen erschienen zehn Bücher gleichzeitig. Da kann man leicht den Überblick verlieren. Falls man dennoch eine Neuerscheinung bemerkt, fragt man sich, ob das Buch überhaupt gut ist? Weckt es mein Interesse und wenn ja, wie teuer ist es? Ist der Titel wichtig oder eher der Bekanntheitsgrad des kreativen Denkers?

Für welches Thema würde ich mich entscheiden, um ein Buch zu kaufen oder selbst zu schreiben? Die Idee war, über den Frieden zu schreiben. Später wollte ich dann was über mich schreiben. Geboren und gestorben, Vor- und Zunahme? Was für eine Farce!

Da ich noch lebe, musste dieses Thema neu durchdacht werden. Daher mochte ich den Zustrom himmlischer Magie, die die Dinge des Alltags beschreiben und mir einen Anfang geben, natürlich mit dem Glauben an Gott. Der Gedanke war gut. Aber was bedeutet der Glaube in der heutigen Gesellschaft und wer würde das Buch lesen? Mir lag es fern, die Welt neu zu definieren. Ich hatte kein Verlangen, ein Genie zu werden, der den Beweis erbringt, dass der Glaube Berge versetzen kann. Ich sah plötzlich eine schwarze Wand, die ich zuvor weiß streichen wollte. Es gelang mir nicht, das Feld zu räumen, irgendetwas in meinem Leben anzuzweifeln, anzustoßen, zu verändern oder zu manipulieren. Meine Kindheit zu beschreiben oder mich als Mensch vorzustellen, wäre eine Farce gewesen. Oh, wie hätte mich die Behauptung gefesselt, dass meine Kindheit

paradiesisch gewesen war. Ich hätte auch schreiben können, Gott hat sie mir in den Schoß gelegt. Aber so war es
nicht, im Gegenteil. Ich meine, es reicht nicht aus, einmal
in der Woche die Bibel in die Hand zu nehmen und den
Psalm 34 zu verinnerlichen, um mir die nötige innere Ruhe
zu geben. Aber gerade der Gedanke an die leere Illusion,
dass Gott neben mir stehen würde, brachte mich der Angst
näher. Und gerade von dieser latenten Angst, hatte ich die
Schnauze voll. Also ließ ich die Finger von der Bibel und
begann zu zweifeln. Ich meine, was soll darin anderes stehen als die Wahrheit, die dich stets ermahnt, an sie zu denken. Geht es immer um die Wahrheit oder wollen die
„Gläubigen Denker" die Angst aufrufen, um irgendwas zu
bezwecken? Wer einen Fehler begeht, muss bestraft werden. Wer eine Sünde auf seine Schultern lädt, dem öffnet
sich das Tor zur Hölle. Es macht schon was mit einem,
wenn ein Gläubiger zu dir sagt: „Bist du nicht brav,
kommst du in die Hölle und nicht in den Himmel."

In was war ich da gefangen? Als Kind gebot man mir
sehr zeitig, dass ich artig zur Schule gehen soll. Wehe, ich
würde das Gebot brechen. Wehe dem. Der Finger erhob
sich und die Stimme des Denkers verfolgte mich drohend,
bis heute. Fakt ist, dass die Angst in uns allen regiert. Die
Angst verliert nie seine Quelle, das wurde mir bewusst, je
mehr ich mich damit befasste. Und je mehr ich mich mit
dem Thema Angst befasste, umso mehr spürte ich den

inneren Drang nach Selbstfindung. „Spurensuche" könnte man es auch nennen. Aber diese Spurensuche hat meinen Charakter in vielerlei Hinsicht veränderte. Ich glaubte, dass meine Gedanken facettenreich und mit schwarzer Farbe gut durchmengt wären. Ich will nicht verschweigen, dass der weiche Kern in mir sich zusehends verhärtete. Mehr noch. Er drohte, zu Granit zu werden, mit der Prämisse, völlig undurchlässig für Gefühle zu sein.

Es stimmte mich sehr traurig, dass meine Geburtsurkunde nur den Familiennamen trug und ich in Druckschrift zu lesen war. Das Staatswappen krönte die Urkunde und gab mir das Gefühl, man hätte sich bei ihrer Ausstellung sehr viel Mühe gegeben. Bin ich ein Staatswappen, eine Art Symbol? Oder ist mein Geburtsjahr aussagekräftig genug, um Auskunft zu geben, wer ich bin?

Ich lehne das alles ab. Die gesellschaftlichen- und persönlichen Veränderungen haben mich geprägt. Ich musste einsehen, dass eine Umkehr nicht möglich ist. Umkehr hieße, die Veränderungen nicht zu akzeptieren, was mir sicher nicht gut bekommen wäre. Das war eine wichtige Erkenntnis, denn der Gedanke, meine Kindheit zu berichtigen, würde mich ins Chaos führen und da wollte ich nicht hin. Was blieb noch übrig? Anpassen? Annehmen? Wahrnehmen? Ausschau halten, um nicht im Verdacht zu stehen, den Schuldigen zu suchen und zu beweisen, dass die Welt mich bedroht und ich unfehlbar bin? Es klingt seltsam, wenn ich behaupten würde, ich sei unfehlbar. Wie oft habe ich aus den Unterhaltungen der „Alten Denker" vor den Kneipen und den Bäckereien herausgehört, dass sie sich Unfehlbarkeit wünschen – oder besser gesagt: „Meister des Rechts" wären. Sie strebten in ihrer Inbrunst tatsächlich nach dem Absoluten und forderten den unsichtbaren Feind heraus, um sich vor ihm zu verneigen. Schon dieser Gedanke schnürte mir die Kehle zu. Mir war es zuwider, mich vor einem alten Herrn zu verneigen und sagen zu müssen, ich nehme die Schuld auf mich. Wer wäre dann der unsichtbare Feind? Ich glaube, die Antwort zu wissen, und ahne, dass der unsichtbare Feind, der die Angst streut, in mir gelebt hat.

Alte Prägungen aus meiner Kindheit überlebten; ich ahnte, dass die Vergangenheit nichts anzubieten hat. Hier war die Messlatte anzusetzen – hier, wo ihre Freundlichkeit mit dem gegorenen Hass anfing, wo die unterschiedlichen Konflikte meine Seele verletzten und mich nicht zur Ruhe kommen ließen. Ich hätte unzählige Postkarten mit liebevollen Botschaften schreiben können. Aber wozu und für wen? Ich bin unbekannt und es ist unwichtig, was ich schreibe. War es ein Irrtum, der mich ablenken sollte, die Wahrheit über mich zu erkennen? Um auf diese Frage eine Antwort zu erhalten, musste ich eine Wahl treffen. Weitermachen! Weiterleben! Weiter atmen! Weiter die Augen offenhalten, um meine Gefühle im richtigen Moment laut zu erklären. Und so kam es auch. Dieser Moment kam eines Tages am frühen Morgen. Es war sehr neblig und trüb. Die Wolken hingen tief, und ich konnte eine Stimme in mir hören, die mich aufforderte, A4-Blätter zu beschreiben. Geduldig schrieb ich meine Traurigkeit auf ein weiteres Blatt Papier und zeichnete zeitnah ein schmales Gesicht. Es müsste schon das 56. Blatt gewesen sein, als mir das Resultat gefiel: Eine Linie, die eine sehr zarte Gesichtsform andeutete. Bei der Nase und den Mundwinkeln nahm ich den Bleistift schon fester in die Hand. Die Konturen wurden stärker und mir wurde bewusst, dass jetzt etwas geschieht, worauf ich achtgeben müsste. Der Schatten über den Augenlidern wurde allmählich sichtbar, und nachdem ich den Haaransatz gezeichnet hatte, erkannte ich, wen das Bild darstellt. Trotzdem ließ es mich noch unberührt. Das noch unfertige Selbstporträt ließ ich auf dem Zeichentisch liegen und öffnete das Buch, in dem ich schrieb.

Tief in meiner Seele lagen die unsagbaren Verletzungen plötzlich vor mir. Natürlich konnte ich mich nicht an meine Geburt erinnern, die ich gern rückgängig gemacht hätte, aber an vieles andere schon. Deshalb möge man mir verzeihen, wenn sich die Reihenfolge meiner Betrachtungen etwas chaotisch darstellt. Letztlich konnte ich mich dagegen ja nicht wehren. Ich meine, gegen das Chaotische, das unbedingte Schritt halten, ohne den Kodex der Verhaltensregeln zu brechen. Wozu aber den Anfang beschreiben, wenn es keine starren Verhaltensregeln seitens der „Alten Denker" gab? Nun, ich hatte die Schnauze voll ein Kind zu sein. Die Bevormundung seitens meiner Eltern und anderer Denker begann frühzeitig. Ich konnte nur versuchen, mich irgendwie durchzusetzen und alles in Brand zu stecken. Ich wollte Rebellion, Protest, Aufstand. Die Welt stand mir offen. Alles sollte erlaubt sein, nur nicht die Wahrheit der „Alten Denker". Denn Nähe war nicht erwünscht. Gewollt war nur die Art der Verdrängung ihrer Angst sowie die Illusion, die ein anderes Leben darstellen soll. Die „Alten Denker" hatten ihre eigenen Ansichten über die Aufarbeitung von Zeitgeschichte und bedienten sich an ihren selbst gebastelten Naturgesetzen, die Hass und nicht Liebe auf den Plan riefen. Mehr noch. Ihre Erinnerung an eine „versäumte" Kindheit durfte nicht erwähnt werden, denn dieses Versäumnis gab es in Wirklichkeit nicht. Sie löschten die Fotos aus dem Speicher. Vergessen war erwünscht. Das tat ihnen gut. Daher der stählerne Tempel von Stolz und Disziplin, der durch einen winzigen Treppenabsatz vergessener Liebe vervollständigt wurde.

„Halte dich von denen fern!" Dieser Rat war für mich bis zum Lebensende der „Alten Denker" richtungsweisend. Von dieser These hielt ich aber nicht viel, und das aus gutem Grund. Ich spürte, dass in mir die Ehrlichkeit lebt und einem Selbstbetrug widersprach. Ich verachtete die Verlogenheit der „Alten Denker", ihre Arroganz, ihre erbärmliche Haltung, alles richtig gemacht zu haben. Wie aber konnte ich herausfinden, welcher Pfad für mich der richtige ist, um die empfindliche Wahrheit zu erkennen und sie niederzuschreiben? Ich denke, meine Zeit vergeht, sie wird zur Vergangenheit, und das Geschehene existiert nicht mehr – egal ob es ein wahrhaft freudiger Moment oder ein tragischer war. Ein Greis, der auf einer Brücke den Wildgänsen nachschaut, die Enten füttert und in der Hand ein Buch hält (ich stand gerade neben ihm), beruhigt mich zwar und entfacht in mir einen süßen Traum, aber mehr auch nicht. – Er sei 86, meinte er. Ich wollte wissen, wie er in diesem hohen Alter noch so agil sein kann. Irgendwie gefiel es mir, neben ihm zu stehen. Er sah mich von der Seite an und schmunzelte: „Ach weißt du. Das Alter ist nicht relevant. Wichtig ist nur, wie man sich im Inneren fühlt und ob man den Augenblick zu leben gelernt hat."

Auf meine Frage, was er liest, öffnet er sein Buch und strich mit der Hand über den Umschlag: „Dorothee, heißt das Buch. Seit mehreren Wochen lese ich es und finde kein Ende, um es ins Bücherregal zurückzustellen."

Ich überlegte, was für ein Buch das sein könnte. Tage später kam es mit der Post, ich hatte es im Internet bestellt.

1

Ein ständiges Aufheulen von Motoren war zu hören. Die flirrende Hitze über dem Asphalt hatte den Beton aufgerissen. Die Fußgängerampel schaltete auf Rot und eine Denkerin wartete davor, um endlich zum U-Bahnbahnhof zu gelangen. Sie trug einen knallroten Rucksack auf dem Rücken. Ihr langes braunes Haar wirbelte im Wind um ihren Kopf, sodass ich ihr Gesicht nicht sofort sah. Die Fußgängerampel schaltete auf Grün. Mit weitgreifenden Schritten lief sie über die Kreuzung und rannte zur U-Bahn. Nach einer halben Stunde erreichte sie das Café am Bahnhof Schillingstraße und bestellte einen Cappuccino. Sie holte ihren Laptop aus dem Rucksack und schrieb einen Text, der einer Bewerbung glich.

„Dorothee Herbst" schrieb sie auf der ersten Zeile. Das war der Zeitpunkt, als ich sie ansprach und fragte, ob ich mich zu ihr an den Tisch setzen darf. Sie sah mich überrascht an und nickte. Als die Kellnerin kam, bestellte ich mir einen Milchkaffee. Laut heulten draußen die Motoren der Autos auf. Warum diese Schnelligkeit, das Rasante, das Eilige. Dorothee, du wolltest wissen, was Heimat bedeutet, wie Flucht erlebt wird. Und ich sprach mit wohlüberlegten Worten: „Sie ist überall präsent, die Heimat. Überfordert kürt sie den ängstlichen Geist des Geschehens. Ein Nachdenken ist nicht möglich, da die Eile das Verhalten bestimmt, um einen Ort wie die Heimat zu verlassen. Ein Ankommen polarisiert und macht die Flucht zum Thema. Sie wird zur Not. Angst spielt eine Rolle. Die Gewohnheiten brechen weg. Die Sekunden verglühen in den feinen Konturen der Angst, die von Denkern an eine Wand gezeichnet wurden. Ihre Mahnung, auf den Ziffernblättern sichtbar angeordnet, scheut keine Gewalt. Kein Name ist zu erfahren. Kein Wohnort wird mehr erwähnt. Kein Einlenken ist möglich, auch kein Zurückschauen. Dabei ist der Übertritt in eine andere Welt nicht schwer, um Heimat neu zu definieren. Und doch ist die eigene Flucht ein Motiv, um der Not zu entrinnen. Und bei einem erneuten Ankommen werden neue Strukturen entstehen. Andere Mentalitäten greifen ineinander. Türen öffnen sich und die Gesichter werden ihre Masken fallen lassen und eine Heimat aufrufen, in der sie sich wohlfühlen.

Deiner Neugierde, die dich Gott sei Dank des Öfteren heimgesucht hat, ist es zu verdanken, dass dein Stresspegel unbemerkt die gesunden Gedanken aufrief, um in die ewige Zeit des Nachdenkens zu kommen. Ich dagegen bewahrte meine Neugierde eher selten für Dinge, die mir nicht guttaten. Zu oft wollte ich eine Rast einlegen, eine Verschnaufpause organisieren, in der Stille innehalten, an stressigen Tagen haltmachen und sagen: „Stopp, bis hierher und nicht weiter!"

Ich hätte eher diese Einleitung für das Buch nehmen sollen, um die Geschichte über dich zu erzählen. Aber du hast mir etwas anderes vorgegeben, damit ich nicht ins Verderben renne. Dieser lange Prozess will gelernt sein. Es brauchte Zeit, sich damit auseinanderzusetzen, was du aber von Anfang nicht wolltest. Umgeben von einer seltenen Gelassenheit wolltest du den Schmarotzern deine eisige Hand reichen. Nun, es gelang dir nicht. Das zu verinnerlichen, war der einzige Grund, dem anhaltenden Hass freien Lauf zu lassen. Deine Kraft reichte nicht aus, um in dir den Kreis der Unruhe völlig zu zerstören. Es mag vorgekommen sein, dass die Möglichkeit der Umkehr dir nicht immer bewusst war.

Es war schwierig, mit dem **Corona-Virus** klarzukommen. Du hast die alten Rituale aus dem Elternhaus schon nicht geduldet, als wir uns noch umarmen durften. Nun hat sich die Zeit verändert. Sie grenzt dich ein, und du fällst in eine permanente Hektik, die deine Angst vertieft. Du wolltest tatsächlich herausfinden, wann die Panik vor dem Corona-Virus das Ruder in dir übernimmt. Die hastige Atmung und das Hecheln nach frischer Luft haben dich ermahnt, aber die Gefahr kam immer näher. Vor ein paar Wochen war Corona noch in China. Du sagtest zu mir, wir hätten noch viel Zeit, bevor es in Europa ankommt. Aber die Zeit gab es nicht mehr. Nun hast du plötzlich einen Ausweg gesucht, um dem Virus zu entkommen. Du warst in ständiger Bereitschaft, um die Dinge zum richtigen Zeitpunkt auch richtig zu orten. Im Café war es still. Der Abstand musste eingehalten werden. Trotzdem hast du deine innere Neugierde aufgerufen, die wissen wollte, ob man das Virus in Schach halten kann.

Du hast vieles erfragt: Warum zum Beispiel die „Alten Denker" sich eine Kinokarte gekauft und nach zehn Minuten das Kino wieder verlassen haben? Du hast beobachtet, wie es im Februar 2011 ablief. Die Gesichter der Denker sahen ängstlich aus. Du riefst ihnen zu, Geduld zu haben. Die Schlüsselwörter „Geduld" und „Aufmerksamkeit" fielen und brachten dich darauf, dass ein giftiger Cocktail aus Eile und Hektik die Seele zerstören kann. Es war eine gute Entscheidung von dir, diese Aspekte neu zu konzipieren. Auch ich musste eine neue Konzeption entwerfen und Entscheidungen treffen, um mich nicht von dem Corona-Virus anstecken zu lassen. Das waren auch die Begriffe, die du in dein Laptop geschrieben hast: Geduld und Aufmerksamkeit. Und das war eigentlich der Anfang. Du hast herausgefunden, warum deine Welt für dich so eng geworden war.

Ist der Tod tatsächlich das Ende jeden Denkens oder ist das nur der Anfang, den Tod neu zu definieren? Um diese Frage näher zu erläutern, brauchtest du Ausdauer, Geduld und Ruhe. Eine Ausdauer, die dich aufgefordert hat, in eine andere Haut zu schlüpfen, um Abstand zu gewinnen. Dazu wäre eine besondere Fähigkeit von Nöten, die es zulassen würde, dass dein Immunsystem sich vom Leid und der Panikmache der anderen Denker abschottet. Daher hast du dich im Café von mir auch etwas entfernt, als ich mich zu dir setzte. Und um vielleicht zu erkennen, was dir die Wahrheit bedeutet. Denn die Wahrheit deutet nichts an und kann auch nicht urteilen. Aber das hast du zu dem Zeitpunkt nicht wissen können. Du hast das bedauerlich gefunden. Traurig wurdest du. Deine Gefühle drangen in eine Welt ein, von der du eine Minute zuvor nicht ahnen konntest, dass sie dunkel ist. Es war eine schwarze Welt. Sie bestand aus bekannten Gefahren und hielt die Angst in dir fest. Du hast die Gefahr erkannt und gesagt: „Halt! Hier nicht mehr weiter." Du wolltest dich dagegen auflehnen und Abstand halten, um eine Lösung zu finden. Wie sollte aber eine Lösung für dich aussehen?

Die Prägungen deines Elternhauses saßen tief in deinen Genen fest. Deine Kindheitserinnerungen wagten es zu keiner Zeit, den Tempel des bösen Drachen zu verlassen. Du hast oft die Besinnung verloren und deiner inneren Wut gedient. Dein Gedächtnis verlangte nach Freiheit, nach einem Beweis, dass die Liebe auch in dir lebt. Aber die Realität sah anders aus. Es zuckte plötzlich in deinem Leib. Der Schlaf wollte nicht kommen. Unruhig hast du deine Gedanken geordnet, um dein Gleichgewicht für die Nacht wieder herzustellen. Dein stundenlanges Joggen am Tag im Wuhletal wurde zu einem Geduldsspiel. Deine Stimmung schwankte stark. Die Freude in dir schwand. Kein Lächeln zierte deinen Mund. Nur der Titel eines fremden Buches bekam deine Aufmerksamkeit: „Das Kind in uns". Was für ein Entzücken prallte gegen dein Herz. Du wusstest nicht gleich, ob Freude oder Traurigkeit das Ruder in dir übernommen hatte. Du hast die Seiten umgeblättert, als wolltest du das Papier auf seine Echtheit prüfen. Deine Angst schwand, je mehr du in diesem Buch gelesen hast. Ich spürte, du warst fern der Wirklichkeit. Deine Blicke verschwanden in den Buchseiten. Diese Gier kannte ich. Auch ich war stets besessen, ein spannendes Buch zu lesen und mich dabei von nichts ablenken zu lassen.

Im Café war es sehr ruhig. Kein Denker kam herein, was ich als schade empfand. Noch durfte **Hilmar Köppe**, der Besitzer, bis achtzehn Uhr sein Café auflassen. Aber das Corona-Virus machte den kreativen und arbeitenden Denkern draußen sehr zu schaffen. Niemand traute sich mehr raus – aus Angst, man würde sich anstecken. So blieben wir beide im Café allein und gönnten uns diese schöne und seltene Auszeit. Du hast in deinem Buch gelesen und ich stellte mir vor, auf einer Zugfahrt nach Island zu sein, um Elche zu beobachten.

Was kann ein Buch leisten, wenn fremde Gedanken sich mit deiner Angst vermischen? Die Frage musste ich dir stellen. Wäre es möglich, dein Wissen aus der Vergangenheit in Verbindung mit dem Corona-Virus zu bringen, um für dich Sicherheit zu schaffen? Vielleicht wärst du imstande, deine Ideen und Gedanken in einem Buch zusammenzufassend. Dorothee, ich war glücklich, das Vibrieren deiner Lippen beim Lesen zu betrachten. Die Wörter bebten auf deinen Lippen und ich wusste, dass das Buch dich völlig beherrschte. Dabei wurde mir klar, warum ich seit meiner Kindheit Bücher so liebe, dass ich kein einziges liegen lassen kann. Ich suchte permanent, denn ich wollte unbedingt erfahren, wie die Autoren mit ihrer Verletzbarkeit umgegangen sind, wie sie ihre Gedanken zu Papier brachten und welche Gefühle dabei eine Rolle spielten.

Ja, ich mochte so manche Textstelle, und wenn ich nach einer bestimmten suchte, fand ich diese sofort. Mein Vater meinte mal zu mir, dass ich ein Büchernarr sei. Ich ließ kaum eine Neuerscheinung aus. Anfangs mochte ich Kriminalromane, später Geschichtsbücher und in den letzten Jahren las ich gern Biografien. Hass und Liebe waren die Wörter, die mich aufrüttelten. Hinter diesen Wörtern steckt Geschichte. Um ihren Sinn zu verstehen, musste ich ihre Historie verstehen lernen. Das veränderte mein Weltbild.

Dorothee, das liest sich gut, könnte aber unser Weltbild ins Positive verändern. Für jedes Problem könnten wir eine Lösung finden, wenn wir das Gelernte richtig einsetzen würden. Man muss natürlich sein Leben betrachten, sich dazu eine Meinung bilden. Das ist Voraussetzung, selbst wenn man Angst hat. Die Dämmerung würde sich zwar einschleichen und die schwarzen Gedanken umhüllen, aber das wäre ein fairer Handel, um die Psyche irgendwie einzubinden, damit es nicht zu einem Kampf kommt. Wir müssen also gut aufpassen, dass die Neugierde nicht abhandenkommt.

Voller Tatendrang hast du die ersten Seiten des Buches gelesen, wolltest den Inhalt verstehen. Aber sie liefen wie ein Film an die vorbei. Schon bei der Einleitung warst du gedanklich in einer anderen Welt. Fakt ist, dass der Anfang immer mit der Kindheit zu tun hat. „Im behüteten Haus", wie du es mir beschrieben hast, „beginnt das Drama." Aber dein Zuhause war der Beginn einer Zeitreise für Märchen und Mythen. Und doch ist dir nachträglich aufgefallen, dass in all den Jahren dein Glauben mehr und mehr verloren ging. Bei mir war es ähnlich. Mein Glauben wurde durch die Gewalt meines Vaters erschüttert. Ich musste irgendwie einen anderen Haltepunkt finden, den ich aber nie fand. Treue und Vertrauen gab es nicht. Ich wusste aber, dass gerade diese beiden Dinge im Leben den Glauben nähren. Der Zusammenhalt in der Familie und der Glaube in dieser hektischen Zeit haben das Übrige in mir kaputt gemacht. Schlaflose Nächte waren die Folge. Albträume plagten mich. Du weißt, was ich meine. Du hast das selbst erlebt. Ich bin überzeugt, dass Einsamkeit in unserer Gesellschaft weit verbreitet ist. Dir fehlten soziale Kontakte. Wie heute, brach alles weg. Die Corona-Krise macht ihre Runde. Die ganze Welt befasst sich mit dem Virus, das sehr viele Denker in den Tod reißt. Doch, wie konnte es dazu kommen?

Dorothee, deine Augen gingen oft zum flackernden Monitor an der Wand im Café. Man konnte eine Pressekonferenz der Bundesregierung über den Stand der Corona-Krise verfolgen. Fast täglich wurde darüber berichtet. Ich meinte zu dir: „Was willst du mit dem Wissen anfangen? Mach dein Ding und versuche, gedanklich Abstand davon zu nehmen. Schreibe lieber deine Gedanken auf, wie schön die Liebe ist. Der Versuch, das Gefühl in dir wahrzunehmen, ist schon ein Gewinn. Denn dadurch kannst du deine Traurigkeit in eine Hochstimmung verwandeln."

Ich erinnere mich an die Zeit, als die IGA in den Gärten der Welt ihre Pforten öffnete. Ein paar Tage zuvor warst du in der Frankfurter Allee im Café „Tasso" auf der Suche nach einem Buch von Fernando Pessoa. Schon als der Name „Pessoa" über deine Lippen kam, bebte alles in mir. Sofort dachte ich an das Buch „Die Unruhe". Wir tauschten uns aus. Ich sagte zu dir, dass ich „Pessoa" sehr mag. Seine Art zu schreiben berührt mich. Bei mir zu Hause stehen viele Bücher von Pessoa. Gern hole ich manchmal eins heraus und lasse mich inspirieren, um mein eigenes Buch zu füttern. Ich gehe auch gern in dieses Café. Dort riecht es nach altem Leder. Leise hörst du mit mir die warme Jazzmusik aus den Boxen. Dazu das kräftige Aroma von frisch gebrühten Kaffee. Was für ein wunderschönes Gefühl. Ich brauchte nur in dein Gesicht zu schauen. Man konnte von der Fensterseite aus eine Wendeltreppe sehen, die an der Küchentür vorbei in den Keller führte. Nach zwölf Holzstufen war man im Kellergeschoss angekommen und sah die Bücherregale. Dort unten gab es einen Elektroofen, der heißes Wasser für die Heizung erzeugte. Immer wenn der anging, summte der ganze Raum.

Mir blieb die Spucke weg, als du davon sprachst, dass dir die vielen Bücher ein sicheres Gefühl gaben. Sie sollten stets ordentlich aufgereiht im Regal stehen. Sauber und auf Kante, um den Titel auf dem Buchrücken gut lesen zu können. Dir war bewusst, dass jedes Buch seine eigene Geschichte hat, die gelesen werden will. Du hast die Bücher mit dem Zeigefinger kurz berührt, als wolltest du mit ihnen in Kontakt treten. Aber du hast sie durchgezählt. Das fünfte Buch hast du dann rausgenommen, hast den Autor genannt und darin geblättert. Der Autor war uns fremd. So schnell wie du zugegriffen hast, so schnell hast du das Buch auch wieder ins Regal gestellt.

Langsam bist du die Regale abgegangen, hast mit den Fingern über die Buchrücken gestrichen. Du warst auf sie fixiert. Und wenn sie hätten sprechen können, sie hätten sicher gesagt: „Hol' mich raus und lies mich!" Aber der Kellerraum räumte dir Stille ein, gab dir etwas Erhabenes, wobei die muffige Feuchtigkeit einen etwas ekligen Geruch erzeugte und nicht gut war für den Erhalt der Bücher. Hier hast du die Anziehung zwischen dir und den Büchern wahrgenommen. Auch wenn so manch hochdekorativer Umschlag eine besondere Bedeutung des Buches unterstrich, konnten seine langweiligen Texte dir nichts anhaben.

Sicher ging es wieder um Liebe. Um Mann und Frau, die ihrer Eifersucht nachhingen und nichts weiter kannten, als im Bett ihre Dramatik auszukosten. Das sind Märchen, keine Realität. Dir genügten diese Geschichten aber. Dir war es nur wichtig, die Identität des Autors zu erkennen.

„Erst dadurch wird ein Buch interessant", hast du gesagt. Das war logisch für mich. Der Anfang einer Geschichte ist die Voraussetzung für den roten Faden im Roman. Mir geht es ähnlich wie dir, wenn ich ein Buch in der Hand halte. Ich will unbedingt erfahren, wie der Autor schreibt. Die Charakterdarstellung des Erzählers, der mit sich ins Reine kommen will, hat für mich absolute Priorität, denn so kann ich seinem Text vertrauen. Das hast du gut erkannt. Mir imponiert, wenn ein Autor intensiv in seine Wörterkiste greift und die Geschichte so schreibt, als wäre er selbst involviert.

Wehe dem, du hast etwas im Buch gefunden, das nicht vom Autor stammt. Ich gab dir recht. Es gab tatsächlich Augenblicke, in denen ich mich fragte, was der Autor da geschrieben hat. Hat er es wirklich so erlebt und würde er so handeln, wie er es empfand? Ich erinnere mich an eine Lesung. Die Arroganz des Autors durfte ich hautnah miterleben. Fragen oder Kritik hat er nicht zugelassen. Einen offenen Dialog wollte er nicht. Also stimmte mit dem Buch etwas nicht. Aber der Text sollte in sich stimmig und nicht irgendwo abgeschrieben sein, nicht mal stellenweise.

Auch wenn „Corona" unser Weltbild etwas in Schwanken gebracht hat, sollte die Wahrheit immer im Vordergrund stehen, um Dinge beim Namen zu nennen, damit sie allen Widrigkeiten zum Trotz jeder Anfeindung standhält. Du hast dir die Frankfurter Allee angesehen. Sie war menschenleer, kein Fahrzeug war zu sehen. Die Bänke waren leer. Kein Hund spielte im Springbrunnen. Die Denker waren daheim und warteten gespannt darauf, dass der Bürgermeister von Berlin die Ausgangssperre aufhebt. Aber es kam nicht dazu, denn viele Denker meinten, in den Parks wilde Corona-Partys feiern zu können.

Du hast dich geärgert, wie unvernünftig manche Denker sind. Sie halten keinen Abstand und tragen kaum Gesichtsmasken im öffentlichen Nahverkehr. Das wäre eine gute Story für ein zukünftiges Buch, weil die Wahrheit unerlässlich ist. Die Story würde auch mit dem Tragen von Schutzmasken und dem Abstand halten gut ankommen. Deine Augen leuchteten jedenfalls auf, als ich es ansprach.

Eine Geschichte ohne Fantasie ist nackt und langweilig. Denn die Fantasie umarmt den feinfühligen Gedanken, der die Seele vor dem Verrat durch eine Lüge schützt. Ich ging noch einen Schritt weiter und erwähnte, dass die Dramatik in jedem Buch zu finden sein muss. Sie ist das Benzin für das Feuer im Erzählstoff, der im Text nie erlöschen darf. Ein Text darf nicht langweilig sein. Man muss Szenen nachempfinden und sie sich bildlich vorstellen können. Die Fantasie des Autors muss dabei im ehrlichen Widerspruch zur Wahrheit stehen. Dann ist alles erlaubt. Und wenn die Träumerei nicht gleich auf Anhieb klappt, kannst du die sanften Wellen der Zeit einladen, um dich der Vergangenheit anzunähern. Wenn es dir dann gelingt, dich mit der Vergangenheit einzulassen, kann man von einem echten Wunder sprechen.

Sich nur nach einem Buchtitel zu richten, ist nicht gut. Dein Verstand bewegt sich zur Mitte und wählt ein Buch aus, das deiner farbenprächtigen Poesie entspricht, und das würde auch passen. Nun weiß ich, dass die Gnade eine Bedeutung in der Literatur haben sollte, um jede Geschichte gut zu beschreiben. Der Autor müsste sie tatsächlich so nachempfinden und seinem Talent entsprechend würdigen.

Die Suche darf weitergehen. Unbedingt. In deiner Gelassenheit, so war zu spüren, hast du dem Drang nachgegeben, das gesuchte und noch nicht gefundene Buch selbst zu erfinden. Ich fand es schon interessant, irgendwann ein Buch zu schreiben. Mein Respekt gilt deshalb deiner Idee, ein Buch zu beginnen. Du könntest auf einem alten Schemel sitzen und mit einem Schluck heißen Kaffee deine ersten Notizen schreiben. Keine fremde Seele in der Stadt würde dir glauben, was du dir für absurde Gedanken gerade ausdenkst. Die Kritiker würden dich für einen Spinner halten oder als eine Verräterin abstempeln, die die Werte des Lebens nicht respektiert.

Ein großer breiter Schreibtisch müsste ausreichen, um dein Wissen aufzuschreiben, um deine Erfahrungen zu ordnen, zu analysieren und zu begutachten. Dabei könnte es draußen über dem Keller weiterhin ruhig zu gehen.

*Die Stille auf den Straßen würde dich nicht beeinflussen, denn Corona ist geradezu ein Geschenk für dich. Aber leider ist die Realität vor Ort, denn eine Kellnerin tobt und ist wütend, weil die Denker im Café nicht den geforderten Abstand einhalten. Sie bangt um die Schließung, da jeden Moment das Gesundheitsamt kommen könnte, um die Hygienevorschriften zu überprüfen. Ein entzückendes Wesen, die Kellnerin. Wir beide mochten sie von Anfang an. Ihre natürliche Erscheinung war es, dass sie immer fröhlich auf die Denker zuging. Sie kannte keine Bosheit oder Hassgefühle. Sie gab uns beiden ein Lächeln, und das tat uns gut. Jede Bestellung wurde von ihr prompt ausgeführt. Und ihrer Empfehlung für den frisch gebackenen Käsekuchen konnten wir beide nie widerstehen. Nun aber hat das Corona-Virus zugeschlagen. Die Denker blieben aus. Wir beide zählten drei Denker im Café. Die Kellnerin mit dem schönen Namen **Margit** schenkte uns einen Kaffee ein und meinte: „Geht aufs Haus.“*

Wir sprachen über die Krise der Gastronomen. Keiner hätte daran gedacht, dass ein Virus ganze Erdteile lahmlegen würde. „Haltet zusammen", hieß es in den Medien. Gutscheine sollten die Denker kaufen, um die Pleite der Firmen zu verhindern. Ich sagte zu dir, dass dies erst der Anfang eines Dramas sei. Was folgen wird, sind unendlich viele Insolvenzen, da das Eigenkapital der Kleinunternehmer nicht ausreicht, um zu bezahlen, was der Monat fordert. Kein Gastronom oder Solokünstler wird in der Lage sein, länger als einen Monat ohne Einnahmen auszukommen.

Die Verpflichtungen müssen bezahlt werden: Strom und Gas, Miete und Steuern. Wer will darauf verzichten? Keiner. Also wird der Finanzkreislauf an der Börse weiter funktionieren. Der Euro kennt kein Corona-Virus. Der Dollar ist rigoros. Die Lira wärmt den Ozean. Der Peso begrüßt die Sonne und der Rubel wünscht sich die Krim wieder. Es wird dem Virus nichts anhaben können, aber wir Denker sind sehr anfällig für solche biologischen Störungen. Dabei wissen wir alle nicht, wie das endet. Der regierende Bürgermeister hat schon angekündigt, dass bald jeder Denker in der Stadt zu Hause bleiben muss und nur die Wohnung verlassen darf, um Lebensmittel einzukaufen. Das bedeutet, dass alle Cafés und Restaurants schließen müssen.

Dorothee, deine Fassungslosigkeit kann ich gut nachvollziehen. Aber bedenke, dass in jeder Krise ein Neuanfang steckt. Ich weiß, dass es noch zu früh ist, über einen Neuanfang zu sprechen. Aber das Leben geht weiter und wird auch vor einem Corona-Debakel nicht Halt machen.

Langsam hast du deinen Milchkaffee mit dem Löffel um-
gerührt und durch das große Fenster auf die Straße gesehen, wo der Verkehrslärm seine Spuren hinterließ. Die
freundliche Margit räumte unterdessen die anderen Tische
auf. Ich bemerkte erst nach einer gewissen Zeit ihre kurze
gelbe Bluse. Dazu die blaue Jeans, die ihre Figur gut be-
tonte. Plötzlich fand ich das alles schön. Warum, das
konnte ich nicht sagen. Es war einfach so. Erst da wurde
mir bewusst, dass ich sie beobachtete und an nichts anderes
mehr dachte. Um einem Missverständnis vorzubeugen; ich
war nicht verliebt. Oh nein! In mir entstand ein Gefühl, als
ob ich sie schon jahrelang kennen und sie mich in eine Welt
führen würde, die ich nicht kannte. Ihre Mimik und Gestik
inspirierten mich total. Sie wirkte auf mich stets freundlich.
Herzlich. Sie nahm jeden Gast ernst, egal welcher Herkunft
er war. Ich mochte ihr leichtes Schmunzeln bis hin zu ihrem sturen Blick. Dabei lag ihr kurzes blondes Haar stets
korrekt, und mit ihrer schwarzen Plastikbrille sah sie wie
eine Sekretärin aus. Ich war überrascht, wie viel Ausdruck
in ihren Gesichtszügen lag. Meine Gedanken waren bei ihr,
bis sie erneut in der Küche verschwand und ein junger
Denker ins Café kam und eine große Bücherkiste auf einen
Schemel stellte. „Würde ich dein Buch darin finden?",
fragte ich dich. Deine Neugierde wurde geweckt. Du hast
zur Bücherkiste gesehen und ziemlich schnell deinen Kaffee ausgetrunken, als der junge Mann wieder das Café

verließ. **Margit** kam im gleichen Augenblick aus der Küche und brachte einem Gast Wasser und Orangensaft. Als sie die Getränke auf den Tisch stellte, bemerkte sie die Bücherkiste vor dem Tresen. Sie wollte sie in den Keller stellen, doch sie war zu schwer. Hilfesuchend sah sie sich im Gastraum um. Unsere Augen trafen sich. Sofort stand ich auf und half ihr bei der schweren Kiste. Im Keller durfte ich dann in die Bücherkiste schauen. Margit musste wegen ihrer Gäste wieder nach oben, da klingelte das Glöckchen an der Eingangstür.

Nicht mal eine Minute später hast du neben mir gestanden und mit mir in den Büchern gekramt. Da war Belletristik, Kriminalliteratur und Esoterik gemischt mit drei Religionsbüchern. Die vier Kochbücher oben auf waren für dich nicht relevant. **Vier** Bücher schienen aber deine Aufmerksamkeit geweckt zu haben. Zwischen Zeigefinger und Daumen hast du das Papier der einzelnen Bücher geprüft, ob hochwertiges zum Druck verwendet worden war oder recyceltes. Auf den ersten Blick konnte man die Qualität der einzelnen Geschichten nicht beurteilen, deshalb hast du das erste Buch mit dem Titel „Das Strohfeuer" in die Hand genommen, kurz darin geblättert und es gleich wieder weggelegt. Beim **zweiten** Buch hast du schon am Papier gemerkt, dass es hochwertig war und der Druck auf chlorfreiem Papier durchgeführt worden war. Die Buchstaben auf dem Cover leuchteten dir entgegen. Der Schriftsteller hieß Richter Moll. Er war für uns ein unbekannter Denker, was ja nicht viel bedeutete. Das Buch wirkte langweilig auf dich. Du hast die erste Seite im Buch gelesen, bist mit den Augen von Textstelle zu Textstelle gehüpft und hast mich dann resigniert angesehen. Dein Kommentar: „Was für ein Unsinn."

Das **dritte Buch** war vom Format her entschieden kleiner. Diesmal hast du den Klappentext auf der Rückseite gelesen. Wenn mich ein Buch interessiert, mache ich das zuerst. So verschaffe ich mir frühzeitig einen Überblick über den Inhalt des Buches. Ich habe dir das deshalb gesagt, weil ich den Büchermarkt kenne. Sie drucken ständig angebliche Bestseller und machen in der Hoffnung damit Werbung, auf renommierte Literaturkritiker zu stoßen, die das Buch loben. Falls nicht, werden Denker für die Behauptung bezahlt, es sei ein gutes Buch. Gefährlich wird es dann, wenn bekannte Autoren erneut ein Buch auf dem Markt werfen und darauf warten, dass es hochgelobt wird – entweder vom Verlag oder von der Presse.

Ein guter Schauspieler vom Tatort hat mal vor Jahren ein Buch geschrieben. Es war eine Biografie über Mario Bennhausen. Nach der fünften Buchseite musste ich es wegpacken. Es war für mich unglaubwürdig, dass seine Kindheit nur glücklich verlief und er die ganze Liebe seiner Eltern bekommen hat. Sein Vater war jahrelang alkoholkrank und seine Mutter, so seine Erzählung, konnte nach dem Abschluss ihres Facharbeiters als Porzellanmalerin viele Jahre in einer Porzellanfirma arbeiten, bis dann die Wende kam. Nach der Wende war sie viele Jahre arbeitslos, danach bekam sie HARTZ-IV. Das alte Klischee. Immer und immer wieder das alte Raster von Erinnerungen, wie es in der DDR aussah. Im vorletzten Kapitel musste ich dann lesen, wie brutal sein Vater gegenüber seiner Mutter gewesen war und er hohe Spielschulden hinterließ, als er irgendwann an Herzversagen auf der Straße den Tod fand. Der Autor hat alle Register gezogen, die eine Dramatik braucht, um mit dem Buch zu punkten. Die Verkaufszahlen waren damals niedrig. Und doch sprach man von einem Bestseller.

Ich nahm jede Geschichte sehr ernst. Zugegeben, mir ist schon klar, dass hinter jedem Buch die Lebensgeschichte oder die Fantasie eines Denkers steckt. Selbst in der Corona-Zeit ist das so. Ich sehe genau hin, was das Virus mit dem Leben der Denker macht. Viele Ereignisse werden bewusst hochgeschaukelt und dramatisiert. Wie im Krieg geht es zu. Menschenleere Straßen sind der Beweis, dass die Angst alles und jeden beherrscht.

Jeder Buchladen bleibt zu, jeder Verkauf wird online abgewickelt und am nächsten Tag ausgeliefert. Aber durch die unruhigen Zeiten vergisst man zu lesen. Die Konzentration ist nicht lange bei einem selbst. Man trinkt oft ein Bier mehr oder streitet sich ums Fernsehprogramm. Belanglose Dinge werden für wichtig erklärt, sodass

Streitigkeiten zunehmen. Mir tut es besonders leid, dass viele Kinder zu Hause bleiben müssen und nicht in die Schule oder die Kita gehen können. Dorothee, als wir noch Kind waren, erlebten wir dasselbe. Wenn Gesetze vom Staat erlassen wurden, kam meistens Frust auf und man ließ es an den Kindern aus. Die Erwachsenen wurden wütend und grölten so laut, dass man glaubte, die schwächeren Denker der Familie wären schuld an allem.

Dem Corona-Virus wollte ich auf den Grund gehen und herausfinden, wo die Quelle lag. In China – ein Land der Superlative. Ein Land der Geheimnisse, des Schweigens, des Leugnens, der Verdrängung der Wahrheit. Man bedient sich falscher Thesen. Erst als das Ausmaß größer wurde und die Regierung ganze Bezirke im Land absperren musste, gab man zu, dass dies ein bösartiger Virus sei. Wie nett ein Anfang doch sein kann.

Egal welche Motive hinter den Büchern stecken, es gibt sicher immer einen Grund zum Schreiben. Aber das weiß nur der Autor selbst. Bei vielen der im Café gefundenen Bücher wusste der Autor sicher selbst nicht, ob sie Bestseller werden würden oder nicht. Und die Bewertungen im „Spiegel", ob die immer glaubwürdig sind? Viele hat man sicher bewusst zum Bestseller gepusht, der Verkaufszahlen wegen. Trotz einer groß angelegten Werbung vom Verlag wurde zum Beispiel das Buch „Die Stechfliege" von Nicol Hermelin, das du aus der Kiste herausgeholt hast, kein Bestseller. Ich erinnere mich, dass nur wenige Exemplare über den

Ladentisch gingen. Die Verkaufszahlen sahen schrecklich aus. Eine renommierte Literaturagentur hat diesen sogenannten „Bestseller" gerade mal über zehntausend Exemplare gebracht. Dabei waren sie überzeugt, dass ihr Buch stimmig und modern ist und ins Weltgeschehen passe. Aber das war ein Irrtum.

Das **vierte Buch** schließlich hatte die Voraussetzung erfüllt, um auf deinem Tisch zu landen. Du hast mit einer Tasse Kaffee in der Hand sofort begonnen, darin zu lesen.

Ich dagegen nahm mir die Berliner Zeitung und las einen Artikel, der erklärte, wie das Corona-Virus seine Siegestour über die Grenzen der Welt führte. Es braucht keinen Pass, um in irgendein Land zu reisen. Ich legte nach einer Weile die Zeitung weg; ich hatte genug von Corona. Ich sah lieber aus dem Fenster und beobachtete einen Radfahrer, bis ich ihn hinter einem Baum verschwinden sah. Ich wusste, dass die Epidemie eine gewaltige Kraft besaß, die du, Dorothee, nicht gleich wahrhaben wolltest, als ich dir vor 14 Tagen davon berichtete. Du hast leichtfertig abgewunken und bist sorglos gewesen.

Auch ein Artikel im „Wochenblatt" hat mich lange Zeit beschäftigt. Eine ältere Frau im Rollstuhl – Heimbewohnerin – saß allein im Speisesaal. Man hatte sie isoliert, um das Virus nicht auf andere zu übertragen. Man fand heraus, dass besonders in Pflegeeinrichtungen der Virus lebensbedrohlich für ältere Menschen sein kann. Besucher durften diese Einrichtungen nicht mehr betreten. Viele der Heimbewohner brachten keinen Lebensmut mehr auf, wollten sterben. Nur

ihre Kinder und Enkel wollten sie noch mal sehen. Im Bild sah ich
ihre Tränen. Ich fühlte mit ihnen. Ich konnte sie verstehen.

Die Isolierung macht den alten Denkern zu schaffen. Sie leiden
jeden Tag, weil sie denken, man würde sie einfach abschieben. Fehlen-
der Kontakt und Trost erzeugt in ihnen Angst. Und diese Angst
lähmt sie. Ich musste den Artikel noch mal lesen. Ich begreife nicht,
warum es keine Lösung für die älteren Menschen in den Pflegeheimen
gibt. Warum werden keine Alternativen angeboten, um Linderung zu
schaffen. Ich wurde traurig. Mir wurde klar, dass der Virus tatsäch-
lich das Leben enorm beeinflusst.

Draußen fing es an zu regnen. Deine Augen wirkten irgendwie traurig. Du hast dein Handy aus der Handtasche geholt
und ein kurzes Gespräch mit deiner Freundin geführt. Als
dein Gespräch beendet war, sprachen wir über das Buch,
welches du die ganze Zeit in der Hand gehalten hast. Mehrere Seiten hattest du schon gelesen, ohne es wieder zurück
in die Kiste legen zu wollen.

Auf meine Frage, was das für ein Buch sei, gabst du mir
den Schutzumschlag, auf dem der Klappentext stand. Es
war eine Geschichte aus dem alltäglichen Leben, bei der es
um die Liebe ging, um Beziehungen und Zerwürfnisse, weil
Missverständnisse in der heutigen Gesellschaft salonfähig
gemacht werden müssen. Ein Mann verlässt seine Frau,
weil sie von ihrem Friseur schwanger war. Aber die Frau
sucht eine Lösung. Sie kündigt ihren Job und will ihre

Heimat verlassen. Sie lässt das Kind abtreiben und verzichtet auf ihre Freundschaften und Hobbys. Sie verkauft ihr Auto und verschenkt ihre Möbel, die sie in ihre Ehe eingebracht hat. Selbst die Lebensversicherung lässt sie sich auszahlen und kauft schließlich ein Flugticket nach Kuba. Dort angekommen, kauft sie sich eine Hütte auf einem Stück Land und gründet eine Farm, um kranke Hunde und Katzen zu heilen. Später eröffnet sie ein kleines Café und stellt zum ersten Mal Schokolade her. Als diese in Kuba bekannt wird, kommen die Menschen aus dem Landesinneren in ihr Café, um Schokolade für ihre Kinder zu kaufen. Sie hatte ihr Glück gefunden, wurde im Land geachtet, verehrt und lernte im dritten Jahr einen Mann kennen, der aus Zürich kam. Er wollte für drei Wochen Kuba kennenlernen. Als er ihre Schokolade kostete und die zarte Süße der Kakaobohne schmeckte, ließ ihn das Café und die Frau – im Roman hieß sie Gina – nicht mehr los. Sie verstanden sich sofort und stellten andere Schokoladensorten her: Vollmilch, Bitterschokolade, mit Pfefferminze, mit Orange, Erdbeere, Mango und Ingwer. Sie verliebten sich ineinander und waren glücklich, bis eines Tages ihr Lebensgefährte Igor von Straßenräubern überfallen und ermordet wurde.

Für diese Story wurden über 315 Seiten geschrieben, die einem bewusst machen, wie man als Autor Fantasie in ein Buch integrieren kann. Aber es ist eben schwer, den Geschmack des Lesers zu treffen, für Autoren ebenso wie für

Verlage oder Literaturagenturen. Sie müssen den Druck genau abwägen, denn es geht um ihr Geld. Und wo das Leben spielt, da wird letztlich entschieden, ob ein Buch gut ist oder nicht. Die „Macher" riskieren daher eine Menge Geld, um ein Buch zum Erfolg zu führen. Deshalb sind sie gut beraten, die Stimmung in der Gesellschaft exakt zu analysieren, ob zum Beispiel Corona das Leseverhalten der Denker verändert. Was ist im Kommen? Wie kann die Leselust der Denker aktiviert werden? Ist die Stimmung eher traurig, käme ein Liebesroman in Betracht. Ist die Stimmung aber hektisch oder ängstlich, würden Reiseberichte und Erzählungen passen, um den Seelenfrieden wieder herzustellen.

Die Lektoren von heute wollen den Lesern nicht erst erklären müssen, was ein gutes Buch ausmacht. Oh nein! Die Verlage drucken kleine Auflagen in der Hoffnung, dass wenigstens ein Buch ein Bestseller wird. Sie haben aus der Vergangenheit gelernt. Sie wissen um ihre Konkurrenz, die ebenso viele neue Bücher auf den Markt wirft. Daher sind es die Literaturagenten, die die Vorlagen für ein gutes Buch anbieten, um sie in die Öffentlichkeit zu bringen. Erst dann verdienen sie Geld. Es ist stets der Versuch, einen Verlag zu finden, der das Risiko tragen möchte, fünftausend Exemplare zu drucken. Der Autor hat ohne einen Vermittler kaum eine Möglichkeit, sich gut zu präsentieren. Er muss Lesungen machen, sich selbst verkaufen. Ja, Dorothee, der Autor muss wissen, wie sein Buch beim

Leser ankommt. Die meisten Bibliotheken und Cafés haben genug zu tun, den Anfragen der Autoren nach einer Lesung aus dem Weg zu gehen. Es gibt einfach zu viele Hobbyautoren. Daher finden kleine Lesungen unter Freunden und Nachbarn statt. Sei aber auch dort vorsichtig! Es gibt viele Scharlatane unter den Autoren. Sie schreiben ein Buch und denken, dass sie etwas Besonderes sind. Kritik kann bei solchen Leuten fatale Folgen haben.

Mir ist es so ergangen. Ich konnte dem Reisebericht eines Autors nicht ganz folgen. Es ging dabei um China. Als ich ihn fragte, um welchen Landesteil es gerade geht, konterte er ziemlich frech, dass ich lieber zuhören soll, dann wüsste ich jetzt Bescheid.

Deine Idee, ein weiteres Buch aus der Kiste zu holen, war grandios. Ich war dir dankbar, dass du dir das Cover und den Klappentext des Buches bereits angeschaut und bei den Lobeshymnen der Zeitungen sehr vorsichtig reagiert hast. Ja, die Journalisten wollen auch Kunstkenner sein und glauben beurteilen zu können, welches Buch lesenswert ist und welches nicht. Formulierungen wie zum Beispiel: „Das ist wertvoll", „Man konnte gar nicht aufhören zu lesen", „Buch des Monats" oder „Ein Jahrhundertwerk" machen da die Runde. Sie urteilen über ein Buch, ohne es gelesen zu haben. Wie können sie da behaupten, dass ein Buch lesenswert ist? Ob es ein gut oder schlecht ist, entscheidet jeder Leser sowieso für sich. Sie posaunen einen Satz heraus und machen das Buch im Vorfeld zu einer poetischen Hymne, gleich einem Hermann Hesse-Buch. Erneut wurde ein „Jahrhundertbuch" angekündigt. Alle Jahre wieder sehe ich es bei meinem Buchhändler, der am Bahnhof seinen Laden hat. Jeder Bestseller ist plötzlich ein Jahrhundertbuch. Zufall? Die Wirklichkeit sieht Gott sei Dank anders aus. Was die Lektoren, Verlage, Agenturen oder die Presse an Werbung fabrizieren, soll nur den Verkaufswert steigern. Wenn ich heute in eine Buchhandlung gehe und eine Neuerscheinung entdecke, wird mein inneres Kind entscheiden, ob ich das Buch erwerbe. Ist erst mal der ganze Schmarren auf dem Buchrücken gedruckt, dann sei vorsichtig, liebe Dorothee.

Dennoch hast du das Buch nicht gleich weggepackt. Einige Textstellen hast du übersprungen. Auf Seite zwanzig fandest du dann eine spannende Textstelle. Nicht mal zwei Minuten hat es gedauert, da warst du beim Klappentext. Da wurdest du plötzlich gewissenhaft. Ich handhabe das übrigens auch so, wenn ich merke, dass das Buch, das ich in den Händen halte, interessant ist.

In diesem Buch ging es also um einen Mann, der 1949 in Belgien geboren wurde. Er war Mitte vierzig und verlor durch einen Verkehrsunfall sein Gedächtnis. Der Autor **Pirol Deichmann** ließ seine Romanfigur in der Wendezeit auferstehen. Aufgrund der notwendigen Neuorientierung und der langen Arbeitslosigkeit wurde die Romanfigur

Peter Westermann mit einem Burn-out in eine neurologische Klinik eingewiesen und dort wochenlang behandelt. In den Therapiestunden wurde ihm klar, dass seine Kindheit mit wenig Liebe verbunden war. Auf seinen Spaziergängen im Krankenhausgelände lernte er eine junge Frau namens Beate kennen, die am rechten Meniskus operiert werden sollte und auf der Station 21 der orthopädischen Abteilung lag. Jeden Nachmittag trafen sie sich im angrenzenden Park, tranken Kaffee und lernten sich auf diese Weise kennen. Am letzten Tag vor Peters Abreise tauschten sie ihre Telefonnummern aus. Eine Woche später stellte er aber fest, dass Beate immer noch im Krankenhaus lag. Er machte sich auf die Reise, um sie zu besuchen. Als er im Krankenhaus ankam, schickte man ihn aber nicht zur orthopädischen Abteilung, sondern zur Nuklearmedizin auf Station 51, wo Krebsleiden behandelt werden. Für ihn war das eine völlig neue Situation.

Beate war sichtlich erfreut, dass Peter sie so unbefangen und offen besuchte und ihr den größten und schönsten Blumenstrauß mitbrachte, den es zu kaufen gegeben hat. Peter half ihr, über die Krebsdiagnose hinweg zu kommen, indem er ihr Trost und Herzlichkeit spendete. Er war für sie der Fels in der Brandung, vor allem in der Zeit der wochenlangen kräftezehrenden Bestrahlung. Und als Beate geheilt entlassen wurde und er sie in ihre Wohnung brachte, hatte er seine Aufgabe als beendet angesehen. Doch sie

wollte mehr von ihm. Als er eines Abends fortging, umarmte er sie herzlich. Später erfuhr Beate, dass Peter sich
einen Tag später das Leben genommen hatte.

Ich war fassungslos, wie schnell du in der Lage warst,
den Inhalt des Buches in so wenigen Zeilen zusammenzu-
fassen. Als du aber davon sprachst, dass du das Buch bereits gekannt hast, war mir alles klar. Wahrscheinlich hat das
Buch vieles in dir ausgelöst. Ich meinte zu dir, dass wir unser Schicksal nicht bestimmen können. Welches Ende uns
erwartet und wie es überhaupt weitergeht im Leben, das
wissen wir nicht. Ich konnte es gar nicht fassen, wie detail-
liert du die Geschichte aus dem Buch wiedergegeben hast.
Wenn ich mir vorstelle, wie lange das Buch im Regal gestanden hat, ist das reine Magie. Entsprechend unseren In-
ternetrecherchen ist das Buch „Das chaotische Quadrat"
im Selbstverlag erschienen. Erstaunlich.

*Ein Glücksfall? Die Welt steht wegen Corona still und zwingt die
Menschen zum Lesen. Ich mag diese Ruhe. Das Laute dieser Welt
wurde gedrosselt und übt sich nun in weichen Klängen, die mein Herz
erwärmen. Trotzdem haben wir nicht verstanden, dass solch ein gutes
Buch so viele Jahre unbeachtet blieb.*

Dir war das Buch wertvoll, was ich anfangs nicht verstand,
später dann schon. Auch ich habe dir ein Buch empfohlen,
was ganz gut in die heutige Literaturlandschaft passt. Der

Autor Wolfgang Rotter, in Pirna geboren, beschrieb in seinem Buch „Kleine Fischwelt" Szenen aus einer Zeit als die Mauer gebaut wurde. 1960, was für ein Jahr? Was für eine Zeit, die auch in mir noch Gefühle auslöst.

Du hast nach Luft gerungen, Dorothee. Fast hätte ich dich für deine Offenheit und die Neugierde über mein Erzähltes umarmt. Warst du zu dem Zeitpunkt im Café ehrlich zu dir und mir? Ich meine in Bezug auf das Buch. Wer würde sich heute noch ernsthaft über die vor fast dreißig Jahren von Wolfgang Rotter geschriebenen Bücher interessieren? Wer möchte schon wissen, wie seine Kindheit in Pirna war? Der Aufbau Verlag verkaufte nach der Wende viele Exemplare dieses Buches. Natürlich ging es um die Liebe einer Frau, die er wahrscheinlich in einem Chemiekombinat kennengelernt hatte. Er beschrieb sein Umfeld genau und schilderte auch die Natur, die durch das Chemiekombinat stark geschädigt wurde. Die Gifte, die man in die Flüsse geleitet hatte, beschrieb er ziemlich genau.

Im Café bist du mit deinem Buch beschäftigt gewesen und hast mich nicht wahrgenommen. Ich habe es nicht gleich mitbekommen, dass du mir nicht zugehört hast. Meine Anwesenheit war nicht mehr relevant. Zu spannend waren wohl die Textstellen, die dich magisch in ihren Bann zogen. Du wolltest erfahren, was in dem Buch steht. Auch dein süßer Kommentar, dass du mir vom Buch berichten wolltest, wenn du den Abschnitt durchgelesen hast, lehnte ich dankend ab. Zugegeben, ich stand ein wenig unter Stress. Ich holte mein Handy aus der Tasche und las bei Google einen Artikel über die verhängte Ausgangssperre in Berlin.

Anfang März hieß es, dass die Ausgangssperre nur bis zum 19. April verlängert würde. Doch danach wurde die Ausgangssperre erneut verlängert, ohne diesmal ein Datum zu nennen. Das ganze Drama belastet mich. Nicht dass es mir Angst machen würde. Oh nein! Ich wusste, dass der ganze Spuk mit dem Virus nur dazu angetan war der Welt zu zeigen, wie empfindsam wir sind. Was ist das überhaupt für ein Virus? Wer hat ihm den Namen gegeben? Woher kommt das Virus und wie ist es entstanden? Ich höre nur langweilige Ausreden und ständige Dankeshymnen für die Denker, die in der Pflege oder in den Krankenhäusern arbeiten. Sie werden bejubelt, auch die vielen Busfahrer, S-Bahnfahrer und Lokführer. Selbst die Verkäuferinnen, die nur ihren Job tun. Natürlich hege ich großen Respekt gegenüber jenen Denkern, die ihrem Job in der Öffentlichkeit nachgehen müssen. Sie müssen Geld verdienen, um ihre Miete bezahlen zu können. Ein normaler Vorgang. Das normale Leben also. Was die Denker wirklich brauchen, und das hatte ich auch auf Facebook geschrieben, ist Anerkennung von uns allen. Eine ordentliche Bezahlung, von der sie leben können. Es kann doch nicht sein, dass eine Verkäuferin bei vierzig Stunden in der Woche abends noch eine Arztpraxis sauber machen muss, um irgendwie über die Runden zu kommen. Ich fand es gut, dass du meiner Meinung warst, liebe Dorothee. Aber die

Realität sieht leider anders aus. Die Steuern schlagen am Monatsende gewaltig zu, sodass die Abzüge vom Brutto massig sind und das Netto weniger wird. Bis heute ist die Progressionsabgabe auf Löhne nicht abgeschafft worden. Seit Jahren wird darüber gesprochen, das schmerzliche Problem für das arbeitende Volk anzupacken, damit der Nettolohn bei den Denkern höher wird. In der Corona-Zeit ist es fast in Vergessenheit geraten, aber die Diäten im Bundestag hat man um fünf Prozent erhöht. Die langen Straßenzüge, wie die legendäre Karl-Marx-Allee, verdunkeln sich zusehends. Die Bars und Kneipen mussten schließen. Selbst das Kino „International" darf seit Langem keinen Film mehr zeigen. Ab 20:30 Uhr ist kein Denker mehr auf der Straße zu sehen. Für mich ein grauenhaftes Gefühl der Leere. Als ich in die U-Bahn stieg, setzte ich mir die Mund-Nasen-Maske auf und fuhr nach Hause.

Die Tasse Kaffee auf dem Tisch war bereits kalt geworden, du hast dann ein Glas Orangensaft getrunken. Die Zeit rann uns unter den Fingern weg. Draußen wurde es langsam dunkel. Du hast im vierten Kapitel gelesen. Indes hörte ich Klaviermusik im Hintergrund. Als der Mann die Tasten berührte, hast du deinen Kopf gehoben und mich gefragt: „Wie kommt der Mann dazu, sich hier hinzusetzen und Klavier zu spielen?" Ich war ein wenig erstaunt, dass ein Denker am Klavier für das Publikum klassische Musik von Bach spielte. Ob es tatsächlich Bach war, da musste ich deinem Urteil vertrauen, denn mein Musikwissen ist dürftig.

Du bist wieder in den Bücherkeller zum Regal gegangen, bliebst in der dritten Reihe stehen und hast auf den Buchstaben „K" gesehen. „K" wie Kate Morten. Rechts daneben stand ein sehr dickes blaues Buch. Mir schien es, dass deine Augen plötzlich ein wenig funkelten. Deine schnelle Entscheidung für dieses Buch war erstaunlich, wobei das andere Buch noch auf dem Tisch lag. Ein wenig überfordert sah ich dir weiter zu. Es freute mich, dass du im Café Tasso bereits das zweite Buch interessant gefunden hast. „Nicht schlecht, was ich hier in meinen Händen halte", war dein Kommentar. Das machte mich neugierig. Ich wollte schauen, wie das Buch heißt. Nun, ich konnte den Titel des Buches nicht sofort sehen, weil ihn deine Hände verdeckten. Ich konnte meine Neugierde kaum zügeln. – Zu DDR-Zeiten habe ich meine Buchhandlung aufgesucht, da immer am ersten Dienstag des Monats die Neuerscheinungen kamen. Mit großer Begeisterung suchte ich die Bücher, die mir gefielen. Ich ahnte irgendwie immer, dass die Exemplare auf mich warteten. Mein Geschmack ging dann in eine andere Richtung, Dorothee. Du konntest bei mir im Arbeitszimmer eine Vielzahl von Büchern sehen. Verschiedenartige Biografien über alte Philosophen und Poeten hatten es mir angetan. Ich wollte unbedingt wissen, wie diese Denker ihre Kindheit damals auslebten, welche Möglichkeiten sie hatten, der Gewalt ihrer Väter zu entkommen, und wann ihnen die Flucht gelang, um die Freiheit zu genießen. Ich wollte wissen, ob Gott in ihnen lebt. Und wenn ja, wie sie ihn entdeckt haben. Gefühlt. Angesprochen. Ich sagte dir, Dorothee, dass es Parallelen in unseren Leben gibt, die zeitlos sind und uns verbinden. Ich war echt angetan von zwei wunderbaren Denkern, die Geschriebenes hinterließen, das ich lesen durfte. Ich will da nur mal Hermann Hesse und Robert Walser erwähnen, die diese Begabung in sich trugen und unter schweren Voraussetzungen ihre Stimme abgaben, um ihre Verletzungen zu heilen. Die braune Pest vor dem Krieg und die ständige Hungersnot nach dem Zweiten Weltkrieg waren nicht gerade einladend, um gute Texte aus der Seele heraus zu schreiben. Selbstkritisch und fast euphorisch nahm ich jeden gedruckten Buchstaben auf. Viel Gefühl stellte sich bei mir ein. Ich beschrieb mein eigenes Spiegelbild in der Gewissheit, der Wahrheit näher zu kommen. Zugegeben, die Texte haben nur wenig über Gott und die Dreifaltigkeit erzählt. Es war mir nicht klar, ob Christen darin vorkamen, die in ihrer Zeit in die Kirche gegangen sind.

Es ist sicher nicht wichtig, denn ich kannte damals auch keine Kirche oder habe die Bibel gelesen. Meine Alten waren keine Kirchgänger. Sie traten nur zu ihrer Trauung vor den Altar. Ob es was gebracht hat? Nun, die Ehe meiner Eltern hielt über fünfzig Jahre. Eigentlich hat es mich gewundert, Dorothee, dass der Begriff „Heiliger Geist" über deine Lippen kam. Mehr noch. Ich war überrascht, dass du dich mit der Religion auseinandersetzt. – Als wir beide in den Gastraum des Cafés zurückkamen und der Klavierspieler immer noch klassische Musik spielte, sah ich ein Buch in deiner Hand mit dem Titel: „**Das Quadrat der Liebe**".

Ich ahnte da schon, dass es sich mit der Liebe beschäftigt und das Ego ein zentrales Thema ist, um die Liebe zu beschreiben. Ich fand es echt cool, dass du das Buch mitgenommen hast. Vielleicht wolltest du dich so in einem sicheren Hafen orten. Ich wusste, dass die Liebe über die Kraft verfügt, Verletzungen aus der Kindheit zu heilen.

Als Jugendlicher war ich der festen Meinung, dass die Liebe für sich alleinsteht und keinen Bezug zum Ego hat. Selbst zur Frage der Wahrheit war ich in meiner Lehrzeit in Schöneweide schon der Meinung, dass die Wahrheit tatsächlich in uns lebt. Die wenigen Denker glauben an solchen Unsinn, das wusste ich. In meiner Familie wurde ich als Spinner hingestellt. Es gäbe keine Wahrheit, sondern nur Lüge und Hass.

Seit der Corona-Krise habe ich leider den Eindruck, dass das heutige Leben tatsächlich von Hass und Kampf geprägt wird. Ich spüre die Aggressivität auf den Straßen. Es reicht schon aus, dass ein Busfahrer abbremsen muss, weil ein Denker aus seiner Luxuslimousine aussteigt, ohne in den Rückspiegel zu sehen. Der Denker rastete daraufhin aus und trat mit äußerster Brutalität die Bustür ein und beschimpfte den Busfahrer. Dorothee, das geschah in Neukölln. Du hast fassungslos den Kopf geschüttelt und mich gefragt, warum es auf der Straße so ausufert. Ich selbst kann das auch nicht verstehen. Am Ende kamen sechs Polizeiwagen mit Blaulicht, um dem wilden Streit ein Ende zu setzen.

Die Corona-Angst macht etwas mit den Denkern. Aber auch das normalisiert sich wieder. Wir alle brauchen Zeit. Wir müssen umdenken, damit alte Strukturen gebrochen werden, weil neue Ideen die Welt bereichern. Das ist meine Wahrheit. Ich bin mir sicher, dass die Wahrheit endlose Ereignisse offenlegt, die Größeres widerspiegeln. Davor haben aber viele Denker Angst. Sie wissen nicht, wie sie die Wahrheit verstehen sollen und denken, dass sie ihnen Schaden zufügt. Aber der Schaden würde ausbleiben, wenn sie die Wahrheit aussprechen würden. Die Angst steht ihnen im Weg und sie sind nicht bereit, eine Brücke zu schlagen, um sie von einer anderen Seite zu betrachten.

Wer ist eigentlich der kreative Denker, der so ein Buch in die Öffentlichkeit bringt? Auf dem Buchdeckel sehe ich keinen Namen. War das so gewollt? Und wenn ja, warum? Na ja, irgendwie fand ich den Gedanken des fehlenden Autorennamens ganz gut. Das Rampenlicht könnte man in dem Fall auf der Bühne löschen, weil kein Denker hinter einem Tisch sitzt und eine Lesung hält. Welches Wissen wäre darin wohl zu finden – Wissen, das die alten Weisen vor Jahrhunderten schon in ihre Papyrusrollen schrieben? Ist das uralte Wissen nichts mehr wert? Sind die gemachten Erfahrungen ungültig? Ist der Angelpunkt zwischen Leben und Tod soweit verdichtet, dass nur die Ohnmacht noch infrage kommt? Ist die Neugierde heute nichts mehr wert? Darf jetzt alles automatisiert und das Gefühl Stück für Stück im Sonnenlicht absorbiert werden, bis nur noch der Krieg das Sagen hat?

Der Klappentext des Buches schildert die Idee der Angst, ohne Gott zu respektieren. Schon dieser Satz hat mich gefreut und meine Neugierde auf das Buch forciert. Dieses Buch wagt es, die weiblichen und männlichen Nuancen in mir zu zelebrieren und einen Tanz der Vernunft anzuzetteln. In gleichem Maß wurde in dir eine Waage aktiviert, die dir sagte, was du all die Jahre bereits geahnt hattest. Nämlich, dass die Liebe einer Quelle dient, die keine Zeit kennt, kein Urteil beschreibt und keine Erlaubnis zum Geben braucht. Selbst das Wort „Leben" eröffnete mir die Frage, wer eigentlich festlegt, wie Leben entsteht und wie es geführt werden muss. Hat dieser kreative Denker seinen Namen deshalb nicht auf das Buch drucken lassen, weil er schon im Vorfeld ahnte, dass der Bluff auffliegen würde?

Eine absolute berechtigte Frage. Welche Folgen hätte es denn, wenn ich zum Beispiel den Namen dieses kreativen Denkers wüsste? Ich würde sagen, keine. Es wäre nicht mehr relevant, zu wissen, wer es geschrieben hat, weil das Buch ja vor mir liegt und ich es lesen kann. Ich mag sogar einen Schritt weitergehen. Welchen Zweck würde das Buch verfolgen und wer sollte es lesen? Du wirst mir keine

Antwort geben können, denn „Das Quadrat der Liebe" beschreibt, glaube ich, nur das Jetzt und braucht keine irgendwie geartete Vergangenheitsform. Die Freude, die ich beim kurzen Hineinblicken spürte, erzürnte andererseits meinen inneren Zeugenstand, der quasi den Heiligen Geist aufruft. Der gewonnene Eindruck verändert meinen Verstand, der mich geradezu zur Wahrheit drängt. Jedenfalls tat es mir gut, das Buch zu sichten.

Ich konnte aber auch beobachten, dass du, liebe Dorothee, das Buch immer mehr mochtest. Während ich deine innere Freude über das Buch beobachtete, kam mir ein Gedanke. Ich dachte tatsächlich, dass in dir ein liebevolles kleines Mädchen leben würde, die ihre bösartigen Gedanken auflösen will. Vor den überaus ängstlichen Dukatenscheißern, die in deiner dominanten Welt leben, hast du deine warnende Hand zur Abwehr gehoben. Leise waren deine Schritte in den Straßenzügen. Sie ließen das unbefleckte reine Plakat von Offenheit und Unschuld auf dem Boden liegen, um ein Zeichen zu setzen, dass deine Wut und dein Hass den Sieg davontragen.

Aber kann man diesem Bild vertrauen? Aggressive Stimmen wurden schließlich betont stärker geäußert, da deine Angst sie massiv erdrückte. Kein Wunder also, dass die falsche Euphorie dich erniedrigt hat. In endloser Geschwätzigkeit übertönten sie das wertvolle Gehabe von Stolz und Erhabenheit und übten Druck aus, der die belehrbaren und liebebedürftigen Denker an die Wand gestellt hat, um sie zum Aufgeben zu zwingen. Ihre Siegeshymnen sind nun Gott sei Dank verstummt und die Erinnerungen wagen es nicht, einen Rest von Anmut aufzurufen, um alles in Ordnung zu wähnen. Dabei wusstest du, dass mit dir etwas nicht in Ordnung war.

Dein falsches Lachen und dein Unwohlsein waren Anzeichen, die man hätte eher bemerken sollen, die aber immer vom Arzt ignoriert wurden. Umso mehr klagen die Märtyrer an deiner Seite ihr falsches Leid mit dem Ziel, dir ein schlechtes Gewissen zu machen. Sie hätten dich auf offener Straße verbluten lassen. Selbst ein spielendes Kind würden sie ignorieren, falls es in Not geraten wäre. Sie hatten eine ganz andere Vorstellung von der Wahrheit. Sie glaubten tatsächlich, dass ihre Lebensbühne ein Paradies sei, in der jede krisenhafte Kloake überleben würde.

Gott sei Dank ist die Gerechtigkeit eine Lebenseinstellung für mich geworden, die durch Heiterkeit nicht zu toppen ist. Ja, ich musste schmunzeln, wie du, liebe Dorothee, den Schmerz und das Leid so eisern verteidigt hast, sodass es dir jeden Tag schlechter ging. Ich musste dem Dialog ein Ende setzen, um zu verhindern, dass du das Buch wegpackst, was du so liebevoll noch in der Hand gehalten hast. Ich wollte deine Heiterkeit nicht unterbrechen. Mag sein, dass die grobe Fahrlässigkeit auf deiner Seite ein Motiv findet, um alles niederzulegen, aber dem wollte ich zuvorkommen und riet dir, dein inneres Kind an die Hand zu nehmen und zu sagen: „Lies mich weiter!"

Seit vier Wochen besteht eine Kontaktsperre in der Stadt. Die Leere auf den Straßen und Plätzen ist für mich trotzdem nicht nachvollziehbar und hinterlässt einen beklemmenden Eindruck, den ich später erst verstand. Viele Tote waren zu beklagen. In fast allen Ländern auf der Erde hoben Denker Gräber aus, damit die Opfer ihren Frieden finden konnten. Auf die „Alten Denker" in den Altersheimen lauerte der Tod und hinterließ Tragödien. Leider wurde diese Art von Mahnung ignoriert, denn sie lebten alle weiter, als hätte es Corona nie gegeben.

Nach den ersten Lockerungen waren Spaziergänge durch das Wohnviertel erlaubt. Als ich an einem Altersheim vorbeiging, wünschte ich mir für jeden verstorbenen Denker eine mahnende Stele mit Geburts- und Todestag, um ein Zeichen für die Zukunft zu setzen. Deine spontane Einwendung verstand ich auf Anhieb. Die Vielzahl von Stelen würde die ganze Stadt zu einem Friedhof machen. Trotzdem fühlte ich eine seltsame Beklemmung in mir – vielleicht aus Angst, es würde auch mich erwischen.

Selbst meine Sauna am Bahnhof Kaulsdorf blieb geschlossen. Michael, der Sauna-Chef, musste seine zwei Angestellten in die Kurzarbeit schicken. Er tat mir leid, denn die Zeit, mit ihm ein Bierchen auf der Terrasse zu trinken, die gab es nicht mehr. Er hatte andere Sorgen und musste sie lösen. Doch wie? An einer Parkbank traf ich ihn und fragte nach seinem Befinden. Trocken und emotionslos meinte er, dass es ihm sehr dreckig ging und er nicht wisse, was er morgen essen soll. Das traf mich wie ein Blitzschlag. Betroffenheit nahm mir die Luft zum Atmen. Ohne zu überlegen, lud ich ihn zu einem Wocheneinkauf bei ALDI ein. Er begann zu weinen. Ich dagegen, in meinem Leichtsinn, meinte zu Michael, dass alles in Ordnung sei, dass ich ihm helfen wollte.

2

Du hast darüber gestaunt, wie deine Botschaften die Welt widerstandslos erobert haben, deine Ideen, dein Gedankengut. Du hast interpretiert, wie deine Illusionen das Leben sehen. Aus dem Grund hast du auch daran geglaubt, dass die Illusionen dein Leben erleichtern. Du hast an Mythen geglaubt und an Weisheiten aus dem Internet, die die Gurus in der heutigen Zeit immer wieder anbieten, damit auch sie satt werden. Ich lehne die Gurus nicht ab. Sie wollen leben und ihrer Welt gerecht werden. Sie mögen keine Kritik seitens der Denker, die in ihrer Not leiden müssen. Aber gerade wegen der Illusion, die in dir vorherrschte, war ein Neuanfang nicht möglich. Dafür hat es ein Bote der Fantasie gewagt, den Wahnsinn in dir aufzurufen, um den Liebesbrief für dein inneres Kind zu zerreißen und als Abertausende kleine Schnipsel vom Wind wegzutragen. Du hast keinen wirklichen Blick auf dein Leben gewagt, warst nicht in der Lage, das Gute wie auch das Schlechte zu erkennen. Der klägliche Versuch, zwei passende Schnipsel zusammenzufügen, war beschwerlich. Es wollte dir nicht gelingen, deiner inneren Zerstreuung ein Pfand für deine Sicherheit zu reichen. Die geringe Geduld, die noch in dir lebte, hat dir die Grenze zwischen Wahnsinn und Vernunft gezeigt. Deine verloren geglaubte Hoffnung wollte dich im Laufe der Zeit mehr und mehr berühren, wobei du nicht das Gefühl hattest, dein Schicksal zu erkennen. Auf die Depression konntest du nicht reagieren, sie auch nicht abwenden. Sie kam schleichend. Fast unbemerkt und leise. Erst nach einiger Zeit hast du begriffen, was mit dir geschehen war. Deshalb war das Buch „Das Quadrat der Liebe" ein Wink mit dem Zaunpfahl, um dich wieder auf den richtigen Weg zu bringen.

Meine Meinung, dass die Angst kein Lernen zulässt, wolltest du nicht verstehen. Es musste erst ein Ritual durchbrochen werden, um aus dem monatelangen Dilemma herauszukommen. Als ich dich wieder mal im Krankenhaus besuchte, kam es mir vor, als würdest du wie eine Puppe agieren, die man morgens aufzieht. Am Abend, wenn der Tag in dir abgespult war, bist du sicher mit leeren Gedanken ins Bett gegangen. Dein Schicksal kannte seinen Weg. Nach Ursachen und Gründen zu suchen, war für dich unerheblich.

Es wird dir nicht gelingen, die Vergangenheit neu aufzurollen und den Herbst zum Sommer zu machen. Du konntest das Geschehene nicht festhalten, da die Strukturen deiner Kindheit noch immer im klaren Wasser liegen und nicht greifbar sind. Du kennst alle Orte, an denen du mal gewesen bist. Du erzählst anderen davon, schließt sie in deine Erinnerungen ein. Und dennoch kannst du nicht beweisen, jemals dort gewesen zu sein. Vielleicht schafft es ein Foto, das deiner Illusion entweicht. Vielleicht schaffen es die Reflexionen im Spiegel, deine Vergangenheit zu beweisen. Aber Gedanken allein können nicht in Bewegung gesetzt werden. Nicht mal Gott würde es schaffen, dir ein jüngeres Leben zu schenken, um Frieden zu bekommen.

Du hast tatsächlich gedacht, es sei alles existent, dabei schwirrten deine Gedanken zu den Todeswolken, die ein Tor des Schicksals formten. Du konntest niemanden finden, der deine winzigen Papierschnipsel aufgesammelt hätte. Blind bist du gewesen. Unsichtbar verborgen lag deine tote Seele neben dir.

Ein Mittwoch. Ich brachte vom Bäcker den heiß begehrten Käsekuchen zu dir. Den aufgebrühten Kaffee goss ich uns aus einer Thermoskanne in Plastebecher. Du hast gelächelt, bevor wir uns auf eine Picknickdecke setzten. Dass es dir nicht gut ging, hast du mir nur zögernd gesagt. Die Sonne schien. Der Wind nahm uns wahr. Du hast meine Hand berührt. Dein Haar wehte im Wind. Endlich. Nach Wochen, die Haarsträhnen bewegten sich, als würden sie den Tanz für sich entscheiden. Tags zuvor bist du beim Friseur gewesen. Online machte ich einen Termin klar – Waschen, Schneiden, Legen, Föhnen. Du warst dir unsicher, ob dein Haar so frisch wie früher sein würde. Seit Wochen hast du es nicht angeschaut. Ich meinte zu dir, dass es nicht schlimm sei. Es wäre alles in Ordnung. Und dann kamen wir beim Friseur an. Die Frisöse nahm dich freundlich an die Hand: waschen, schneiden, legen, föhnen. Als du nach einer Stunde fertig warst, hast du mich angelächelt. Ich bezahlte und sah dich an. Deine Gesichtszüge waren weich. Frisches Haar. Diesmal nicht getönt. Das ergraute Haar hatte gesiegt und zeigte dir dein Alter. Wie schön es war. Mit dir. Unvergessen. Wir gingen raus. „Haltet Abstand. Setzt die Mundmasken auf. Es ist Pflicht", meinte die Frisöse hinter uns. Ich schaute sie an und sagte, dass wir uns schon lange kennen. Sie lächelte und sagte: „Gerne wieder."

Die Depression verdunkelt im Stundentakt die Blumen am Fenster, die des Öfteren ihre Blüten dem Licht entgegen recken. Ich sagte dir, dass auch diese dunkle Zeit vorübergeht und die Blumen im neuen Licht erstrahlen werden. Dann werden irgendwann die feinen Linien auf dem Lebensbogen sichtbar, um die vergangene Epoche einer unbeschriebenen Kindheit nachzuzeichnen. Sie wird die tragende Last sein, die dein Überleben garantiert. Aber es scheint etwas zu früh sein, dir deine uralten Strukturen zu offenbaren. Dein Gefühl verschwimmt im Nebel der Angst. Du schaust noch auf eine kahle Wand, und der Zuckerhut ergraut. All das ist gerecht. All das ist akzeptiert. Denn du sollst wissen, die Erinnerungen werden gehen, um dir den Bluff deiner Gedanken zu zeigen. Die Geschwindigkeit der Wut wird sich verlangsamen, sodass du jede Sekunde neu erlebst. Dann wirst du erfahren, dass die ersten Gehversuche dich daran erinnern, wie du als Kind zum ersten Mal ohne Hilfe durch die Straßen gelaufen bist. Erst dann wird es dir möglich sein, die Welt in Augenhöhe zu betrachten. Erst dann findest du heraus, wie du heißt und wann du geboren wurdest. Oh, meine Dorothee! Die Welt, in der du dich damals befunden hast, war klein und eng. Es genügte nicht, deine Geburtsurkunde herauszuholen. Die bescheinigt nur, dass du weiblich bist. Selbst die Jahreszeiten erlaubten dir nicht, dein dünnes Haar zu berühren. Sie erlaubten dir nicht, die Bäume zu ergründen, welches Laub sie haben. Du konntest das Jahr deiner Geburt nicht verschieben oder deinen Erzeuger verdammen.

Du wolltest die Welt verändern und eine Musik komponieren, die einer Staatshymne gleicht, ohne den Orden der Jahreszeiten zu beschädigen, zu verändern. Du musstest dich geschlagen geben. Irgendwann hast du gespürt, dass ein anderer Song auf der Welt dein Leben bestimmt. Und das war gut so. Auch ich musste lernen, dass das Gesetz des Lebens mir gegenüberstand und die Vielfalt der Hymnen meine Fantasie beflügelt. Ich musste verstehen lernen, was es heißt, geduldig zu sein, um ans Ziel zu kommen. Ich musste die Ewigkeit spüren, die sich meiner Hand näherte, die mir zeigte, wo das Licht entzündet wird.

Dorothee, wir werden in Zukunft noch viele Bücher lesen. Wir werden Zeuge sein, sofern das Wissen uns erreicht, dass wir letztlich nichts mehr in der Hand halten, was uns zum Tod führt. Wir haben es nicht in der Hand. Das Wissen vergeht und der Traum ist nur eine Illusion. Ich fand deine Idee interessant, irgendwann ein eigenes

Buch zu schreiben. Es scheint nahe zu liegen, dass du zu den Autoren gehst, die ihre eigenen Geschichten erzählen wollen. Bedenke, dass auch hier wieder Geduld von Nöten ist, um die alten Erinnerungen wiederzugeben.

Dein Unwohlsein ist das Ergebnis deiner Kindheit, die du nie richtig aufgearbeitet hast, die du immer noch ablehnst. Deshalb lebt in dir der Drang, selbst mal ein Buch zu schreiben. Ich habe dich sofort verstanden, als du mich fragtest, warum kein Buch von mir im Regal stehen würde. Der Beigeschmack von wilden Brombeeren, die noch nicht süß genug waren, hat dir keine Ruhe gelassen. Der Kampf gegen deine Angst hatte an Fahrt gewonnen. Hast du dich nicht irgendwie verrannt, als deine vergangene Zeit nicht beweisbar war? Du hast niemanden gefunden, um den alten Kreislauf deines Dramas auszugleichen. Ja, die Zeit ist tatsächlich nicht beweisbar. Selbst das Buch in deinen Händen ist kein Beweis dafür, dass es dein Buch ist.

Aber die Visionen in dir lassen alles zu. Das ist gut zu wissen, denn dein Lebensweg muss weitergehen, um all die Schicksale zu verstehen, die dich berührt haben. Sei daher froh, dass die Wege der vielen Denker in deiner Umgebung unterschiedlich verlaufen. Es ist ein Geschenk, zu wissen, zu spüren. Denn sonst würde das Chaos in dir regieren, was fatale Folgen hätte. Jeder Denker lebt in seiner Ordnung, in seiner Welt, mit seiner Geschwindigkeit, seiner Geduld und Ausdauer. In einem Bereich der Versöhnung, einem

Hof voller Licht, wo es schwer ist, die Schatten zu besuchen. In einem Status, der das innere Kind mehr wertschätzt, auch wenn die Traurigkeit an die Tür klopft.

Dorothee, du hast im Keller des Cafés vor dem Buchregal gestanden und immer wieder ein anderes wertvolles Buch gefunden. Bei so vielen Exemplaren ist es schwer, die wirklich stimmige Literatur aufzuspüren. Jedes neu veröffentliche Buch ist erst mal mit Vorsicht zu genießen. Erst beim Lesen war es dir möglich, den Text entweder anzunehmen oder abzulehnen. Die Verständlichkeit entscheidet nachher über den Erwerb. Für mich muss ein Buch über einen positiven Gedanken verfügen, der in einer kalten Windböe den Pflug zum Stoppen bringt, wenn die Arbeit beendet ist. Aber die Dinge beim Namen zu nennen, ist für mich nicht wichtig.

Bist du schon auf der Welt gewesen, als das Buch „Das Quadrat der Liebe" veröffentlicht wurde? Gewiss nicht, denn ich habe im Impressum des Buches nachgeschaut. Die Erstveröffentlichung war 1964 durch den damaligen „Aufbau Verlag" der DDR. Selbst ich wusste nichts von der Veröffentlichung, da ich zu dem Zeitpunkt 4 Jahre alt war und den Roller mehr mochte als ein Buch. Als das Buch herauskam, war die Zeit allerdings noch nicht reif, die Liebe, die im Text immer wieder beschrieben wird, zu verstehen. Die Alten verdrängten ihre Liebe, weil sie dachten, sie wäre eine Gefahr für die Gesellschaft, für die Familie.

Sie waren der festen Überzeugung, dass die Liebe jeden Denker krank machen würde. Das wollte man verhindern.

Mein Vater hätte nie so ein Buch in die Hand genommen, zu keiner Zeit. Ich erinnere mich sehr gut daran. Also warum sollte das Buch damals große Aufmerksamkeit erhalten? Vielleicht sollten wir dieses Buch erst heute entdecken? Glaubst du, dass dir dieses interessante und informative Buch rein zufällig in die Hände gefallen ist? Oh nein! Das würde zu weit gehen. Es wäre zu einfach, den kleinsten Wunschgedanken, der deinen Leib beschützen kann, in bunte Tücher zu packen. Es leben viele Gurus in Deutschland, die ihre Dienste zu den Themen Liebe und Spirit anbieten. Sie lesen aus Büchern, die sie studiert haben, und hinterlegen darin eine Menge Notizen, um einen guten Vortrag zu halten. Die Gurus sprechen über ihre Sitzungen, die sie vorher im Internet freischalten. Früher waren das Gebete, die von einem geistlichen Pfarrer angeboten wurden. Mir hat das zu denken gegeben, weil in ihren Lehren der Tod und das Leben als bedrohlich beschrieben werden. Ich wusste schon immer, dass es den Tod gibt, dass irgendwann mein Leben ein Ende hat. Und ich weiß auch, dass es nach dem Tod keine andere Art von Leben gibt. Mein Körper wird entweder verbrannt oder mit einem Sarg verbuddelt. Da ich immer nur wenig Geld auf dem Konto habe, wird wohl eine teure Bestattung mit Sarg nicht stattfinden. Schon aus dem Grund konnte ich nur wenig mit dem

Begriff „Ewigkeit" in der Bibel anfangen. Fast in jedem Gebet wird von der Ewigkeit gefaselt und vom Tod. Ich mag die Fantasie. Auch im Gottesdienst, wenn es darum geht die Kollekte einzusammeln. Aber ist das schon alles, was ein Gottesdienst zu bieten hat? Treten deshalb so viele Denker aus der Kirche aus? Ich habe keine Lust mehr auf das Thema und werde deshalb auch keine Antwort finden. Vielmehr will ich dir mit alldem sagen, dass Harmonie wieder gefragt ist. Aus ihr entstehen Träume, die in dir einmal lebendig waren. Bedenke weiterhin, dass die Wildnis um dich herum deinen inneren Frieden nicht mit chaotischen Wutausbrüchen zerstören kann. Oh nein! Auch wenn deine Kindheit schon lange zurückliegt und nur selten dein Schultag mit einem Eis am Stiel begann, so war das erträumte Paradies in dir dennoch nie in Gefahr, selbst wenn andere Denker das behauptet haben.

Nun musst du aufpassen, weil der Schmerz eine Warnung für dich bereithält. Die Warnung, dass dein Herzschlag Nervosität zelebriert und die Pforte das Licht nicht mehr durchlässt. Oh ja! Das kann schnell geschehen. Das Schicksal kennt keine Zeit. Es schlägt dort zu, wo es lange schmerzt und wo man es nie vermuten würde. Die Gleichmäßigkeit im Alltag droht mit Stress und macht die Sucht stark, weil du denkst, sie gäbe dir Sicherheit und Vertrauen und das Leben wäre in Ordnung. Aber es nichts in Ordnung. Die Hitze wird kommen, wenn die Sonne im Zenit keinen Schatten mehr wirft, dann wirst du zugrunde gehen. Daher gib immer Acht, dass die Herzlosigkeit nicht den Sieg davonträgt.

3

Du hast im Warteraum eines Neurologen gesessen und die Bilder an der Wand betrachtet. Dein Buch „Das Quadrat der Liebe" war noch geschlossen. Wie schnell die zwei Tage vergangen waren. Das Café, so erfuhren wir, hatte zugemacht.

Ein Gewitter zog auf. Man hörte von Weitem das mächtige Getöse in den Wolken. Ein kalter Luftstrom hatte sich über einen warmen geschoben. Blitze zuckten. Sie schlugen in den Boden ein. Die wenigen Denker, die sich auf der Straße aufhielten, schauten nicht nach oben. Sie waren mit sich selbst beschäftigt, die Blicke nach unten gerichtet, als müssten sie die Pflastersteine zählen. Von Weitem hörte ich, wie die Feuerwehrautos in den Straßenzügen verschwanden. Ich war der Einzige, der das beobachtete und überrascht staunte, wie heftig die Bäume im Wind schwankten.

Dorothee, es hatte was, als das Corona-Virus hier in Berlin ankam. Mag komisch klingen, aber die plötzliche Ruhe in allen Ecken der Stadt gab mir die Möglichkeit, meine Gedanken zu ordnen. Ich konnte nach Jahren endlich mal das Schlafzimmerfenster über Nacht offenlassen. Selbst am Tage machte es mir nichts aus, beim Schreiben das Fenster vom Arbeitszimmer aufzumachen. Es flogen eh keine Flugzeuge am Himmel. Trotzdem fuhr ich mit dem Fahrrad zum Flughafen Tegel. Zum ersten Mal konnte ich ungestört im Kreisverkehr fahren. Kein drängelndes Taxi nötigte mich. Die lauten Rufe der

Lautsprecheransagen blieben aus. Ein vereinzelter Bus der BVG hielt gerade an und entließ einen Fahrgast mit Koffer. Die Gänge im Flughafengebäude waren leer, die Geschäfte zu. Zwei Bundesbeamte liefen gelangweilt an den Schaltern der Flugsteige vorbei und ignorierten mich. Auf dem Flugfeld standen einige Flugzeuge und warteten darauf, in ferne Länder zu fliegen. Tankwagen und Gebäckförderbänder standen still und gaben kein Geräusch von sich.

Dorothee, ich erinnerte mich, wie ich vor fünfundzwanzig Jahren in Tegel gelandet bin und mein Gepäck vom Fließband genommen habe. Überall hörte ich lautes Stimmengewirr. Es wurde gedrängelt, um ja schnell durch die Passkontrolle zu kommen. Und dann fiel mir ein, dass die Sommerferien begonnen hatten, obwohl ich keine Kinder sah. Da wurde mir klar, in welcher Zeit ich lebte.

Als das Corona-Virus in China ausbrach, waren wir zur gleichen Zeit im Warteraum deines Neurologen. Dir ging es nicht gut, du wolltest beruflich eine Pause einlegen. Ich hatte dir dazu geraten. Zwei Wochen eine Auszeit waren für dich gut, um runterzukommen. Schlafen konntest du nur schlecht. Nach getaner Arbeit kamst du nach Hause und wollest einfach nur die Ruhe genießen. Für mich war es ein Alarmzeichen, dass etwas in der Luft lag. Ich konnte es aber nicht definieren. Als wir nun im Wartezimmer auf den Stühlen saßen, hast du dir gelangweilt die Bilder an den Wänden angesehen. Aber dein Interesse an ihnen war eher gering. Es waren ja auch Schwarz-Weiß-Bilder von einer

Pusteblume, an die der Fotograf mit seinem Objektiv sehr nah herangetreten war, um die Details der Samen zu erfassen. Mir gefielen die Aufnahmen, ich fand sie inspirierend. Du schienst nicht sehr zufrieden gewesen zu sein mit den Bildern. Ich spürte deine Unzufriedenheit deutlich. Deine Nägel kratzten nervös auf deiner Haut. Dein Widerwille war groß. Deine Wut brachte dich auf ein Kriegsfeld, welches du nicht so schnell verlassen wolltest. Es rutschte etwas in dir weg. Dein Blick vertiefte sich im Samenkonstrukt der Pusteblume, von der du wusstest, dass jedes ihrer Samenkörner eine Blume werden würde, wenn sie die Muttererde berührt. Das Wunder der Natur machte dir deutlich, dass jedes einzelne Korn tatsächlich seinen eigenen Fallschirm besitzt, kleine weiße Fädchen, die sich im Sonnenlicht wiegen, um schließlich auf den Boden zu fallen und zu keimen. Deine Augen tasteten über das Bild, als hättest du einen Makel gesucht, einen Fehler, einen absichtlich gelöschten Pixel.

Als deine innere Spannung wuchs, habe ich mich neben dir nicht wohlgefühlt. Bei meinen Ausstellungen erging es mir so ähnlich. In Kulturhäusern und Galerien war es mir zwar erlaubt, meine Werke auszustellen, aber die Besucher haben sie dann auf die übelste Weise kritisiert. Selbst wenn ich Gast einer anderen Ausstellung war, brauchte ich nicht lange auf dieselben fiesen Besucher zu warten. Hauptsache sie hatten ihr Glas Wein oder Sekt und konnten sich am kalten Buffet laben, dann war ihre Welt in Ordnung. Aber war sie das wirklich? Ich war mir nicht ganz sicher, denn die Denker, die einem ständig wehtun wollen, gehen nach einem festen Muster vor: Dem anderen Denker schaden, um sich selbst hervorzuheben. Egal welchen Fehler du in einem Bild entdeckst, Dorothee. Die Wahrheit ist, du bist zu dem Zeitpunkt überfordert gewesen. Dir war klar, dass es nicht deine Werke waren, die im Wartezimmer hingen. Du hast nie gelernt, dass ohne dein Zutun bestimmte Dinge im Leben einfach geschehen. Selbst Gott könnte das nicht.

Ich denke, dass ein altes Muster in dir überlebt hat und du deshalb bestimmte Ereignisse überhaupt nicht wahrgenommen hast. Sie glitten dir aus den Fingern und wurden zur Vergangenheit. Doch du erkanntest die Vergangenheit nicht an, und das wurde dir zum Problem. Du warst stets im Außen und hast nach Motiven gesucht, die dir nicht gehörten, aber dennoch dein Ego wütend machten. Wie konnte es also sein, dass du den Fotografen abgelehnt hast, obwohl du ihn gar nicht kanntest?

Deine krankhafte Sucht nach Illusionen machte dich zusehends instabil. Du hast dir eine Märchenwelt aufgebaut und gedacht, es wäre die Realität. Es war eine widerstandslose Sucht, die in dir ein Feindbild auslöste, das gar nicht existierte. Du konntest nie genug davon kriegen. Immerzu warst du damit beschäftigt, dich mit erlebbaren vergangenen Fehlern zu vergleichen. Du hast nach Illusionen gesucht, auf die dein Chaos perfekt passte. Gehorsamkeit war dir fremd. Dein Drama zwischen richtig und falsch konntest du nicht lösen. Dein Bühnenbild war ein feuchter und dunkler Kellerraum, in dem deine Lebensgeschichte uraufgeführt werden sollte, wenn du sie innerlich akzeptiert hättest. Und wenn sich im ersten Akt der Vorhang öffnen würde, wäre die Frage nach richtig oder falsch nebensächlich.

Es sollte dir klar sein, dass der „Heilige Krieg" vor deiner Kindheit stattgefunden hat. Du konntest deine eigene Geburt nicht verhindern, deshalb hattest du die einmalige Chance, die schöne Fotografie der Pusteblume im Warteraum zu akzeptieren. Da dir das nicht gelang, übernahm deine Wut die Regie, um dich ins Chaos zu stürzen. Grandios! Ich konnte an deinem Gesicht sehen, wie sich alles in dir verdunkelte. „Na, kein Veto?", fragte ich dich? „Der Fotograf hatte vor deiner Zeit entschieden, das Motiv in der Natur aufzuspüren, um es mit einer Kamera festzuhalten."

Ich war überzeugt, dass der Fotograf seine Gründe hatte, das Foto einer Pusteblume zu zeigen. Vielleicht wurden seine Gründe von Freude, Spaß und Dankbarkeit getragen. Sind das die Gründe für dein Veto, deine Missgunst? Dein Denken hatte sich verhärtet, bis das Maß voll war. Tobsuchtsanfälle waren die Folgen. Ich erinnere mich, dass du dich lautstark echauffiert hast, als wir aus der Praxis kamen. Manche Passanten dachten, wir wären im Streit.

Deine scheue Fantasie, die latente Angst abzulehnen, verschwand nur langsam. „Warum die Eile?", hast du dich gefragt. „Warum soll ich mich nach so vielen Jahren verändern?" Das stimmte mich traurig, denn ich wusste, dass deine scheue Fantasie nichts Gutes im Schilde führte. Je mehr sie Raum in dir einnahm, desto mehr wurde die gesunde Liebe in dir zerstört. Ich habe dieselbe Erfahrung gemacht und muss noch heute darauf achten, nicht in dieselbe Falle zu tappen.

Dachtest du wirklich, ich wäre ein kleiner Gott, der all das Weltgeschehen sofort akzeptiert und sich alles gefallen lässt? In der Jugendzeit war ich ein unangenehmer Weggenosse, wenn zum Beispiel ein Mitschüler in Deutsch oder Mathe besser war als ich. Ich suchte Rache, wollte den Mitschülern Schaden zufügen und sie in der Öffentlichkeit für blöd hinstellen. Aber die Lehrer rochen den Braten, als sie erfuhren, dass ich ihre Hauseingangstüren verschlossen hatte, damit sie zu spät zur Klassenarbeit kommen. Aber das ging voll daneben, da eine Mitschülerin mich dabei beobachtet hatte, wie ich mich an einer der fremden Haustüren zu schaffen machte. Ich war als Kind naiv und unehrlich. Man durchschaute mich schnell und brandmarkte mich ständig zum Täter für alle Vorkommnisse in der Schule, auch für Dinge, für die ich nicht in Betracht kam. Dein ständiger Zwang, deine Illusionen in bunte Farbe zu tauchen, hat letztlich einen bösen Beigeschmack bekommen. Deine Ausflüchte wurden mehr und deine Resonanz zur Lüge bestärkte dich eher darin, die ganze Sache vom hohen Ross aus zu betrachten. Früher war deine Welt wahrscheinlich anders gestrickt. Wie oft hast du das Böse in deinem Vater einfach geschluckt. Nach Jahren wuchs dein innerer Widerstand. Dann kam die Angst zu dir und machte dich zu einem Nervenbündel. Jegliche Verdrängung war von dir gewollt. Abgebremst in voller Fahrt hast du eine Reise in die Unendlichkeit unternommen, ohne zu halten. Was für ein Wahnsinn! Hast du nicht bedacht, dass diese Art der Verdrängung dir keinen Frieden bringt? Es versperrt dir eine poetische Kraft, die den guten Gedanken der Liebe bereithält. Keines dieser festgefahrenen Blockaden und Probleme hast du geahnt. Dafür hast du einen hohen Preis gezahlt. Du warst in diesem Teufelskreis involviert. Was für ein Drama! Deshalb hast du dir eine gute Strategie zurechtgelegt, um „Alte Denker" physisch zu verletzen, wie den Fotografen, den du gar nicht gekannt hast. Dein Lebensraum war nun mal klein. Die Weltreise zu anderen Kontinenten hat zwar deine bösen Gedanken kurzweilig abgelenkt, aber der Kern deiner Bösartigkeit und deines Misstrauens stand weiterhin in Bereitschaft. Leider.

Die Denker im Warteraum ließen sich nicht beirren. Sie blieben sitzen, um den Arzt zu sprechen. Du meintest sarkastisch, dass sie lieber arbeiten gehen sollen, anstatt hier herumzulümmeln, um einen Krankenschein zu kriegen.

Dein von dir gewolltes Vetorecht hat mich an dieser Stelle erzürnt. Wieso hast du dir das Recht herausgenommen, über den Krankheitszustand der wartenden Denker zu urteilen? Natürlich hast du mir darauf keine Antwort gegeben. Du konntest die Situation sowieso nicht verändern. Sie warteten, bis der Arzt sie aufrief, und ich fand das gut. Du nicht, ich weiß! Aber die Welt ist nun mal so gestrickt, dass jeder Eingang im Haus des Wahnsinns auch über einen Ausgang verfügt. Du warst dazwischen und hast keine vernünftige Entscheidung fällen können. Schade, dass du nicht ehrlich sein konntest. Dann wärst du in der Lage, deinen Schmerz mit Hoffnung zu lindern.

Deine Behauptung, dass alles Unfug sei, was ich zu dir gesagt habe, verblieb im Warteraum – trotz eisiger Kälte im Hochsommer. Tatsächlich war die Realität an eine Grenze gelangt, wo die Schöpfung in dir fragt: „Wo sind die kleinen Schachteln mit Medikamenten, die Heilung versprechen?" Die Pharmazeuten klopften an deine Haustür und wollen dir helfen. Nichts hast du angenommen. Ich fand das schade und verlorene Zeit.

Dein Gesundheitsspiel war mit Herzrasen und Nervosität in Höchstform. Auch hier hast du alles weggewischt und so getan, als wäre deine Welt in Ordnung. Du hast die Einbahnstraße in all den Jahren allein zurückgelegt und sie liebevoll gepflegt, sodass sie aussah wie eine Eisfläche. Du allein hast das Lied über dein Elend angestimmt, bist dann ausgerutscht und hast lange Zeit auf dem Rücken gelegen. Dorothee, eine gebrochene Denkerin? Du hast also einen Strohhalm gesucht, um Vitamine aufzunehmen, damit deine Angst verschwindet? Wie seltsam!

Als Corona über das Land hereinbrach, wussten die Denker noch nicht, wie groß die Gefahr wird. Jeden Tag starben im Land unzählige Denker an dem Virus, und ich dachte, es würde morgen alles vorbei sein. Daraus wurde leider nichts. In den sozialen Medien häuften sich sinnlose Kommentare, die beweisen sollten, wie dramatisch die Welt tatsächlich ist. „Haltet zusammen", war die damalige Devise. „Keiner bleibt auf der Strecke." Ich konnte diesen Schmarren nicht mehr hören, und aus diesem Grund habe ich dich oft über Facebook angeschrieben. Daraufhin haben wir uns heimlich im Park getroffen und früh morgens die junge Rehe im Wuhletal beobachtet. Die Natur hatte dir ein süßes Lächeln ins Gesicht gezaubert. Selbst die Warnschilder, Abstand zu halten, waren für uns unwichtig.

Den Fernseher verschonte ich ganz, konnte aber froh sein, dass unser Treffen im Café Tasso noch erlaubt war. Vier Tage später war das dann auch nicht mehr möglich. Ausgangssperre wurde verhängt. Ich kam mir vor wie ein Kriegsverbrecher. Die Cecilienstraße und „Helle Mitte" waren menschenleer. Ich kannte so was nicht. Einerseits war das für mich beängstigend, andererseits mochte ich die Ruhe, die sich in den Straßenzügen breitmachte. Als es Dunkel wurde, trafen sich ein paar Jugendliche unter einem Plastikbaum und hörten Musik. Sie tranken Wein und Bier und taten so, als wäre die Welt

noch in Ordnung. Kurz vor Mitternacht hörte ich durch das verschlos-
sene Fenster ihre Musik. Später kam die Polizei, um dem Spuk ein
Ende zu setzen.

Alles geschieht im Leben nur einmal. Einmal wird man geboren und einmal stirbt man. Natürlich mit der wundervol-
len Möglichkeit, die Lebenszeit mit guten Erfahrungen und
wertvollen Erlebnissen auszufüllen, was aber bei dir aus
dem Ruder lief. Gerade erst am Horizont angekommen,
stieg der Hass frühzeitig in dir auf und der Glaube an die
Liebe bröckelte, sodass du die Fotografie mit der Pusteblume im Wartezimmer gedanklich noch mal aufgerufen
hast. Ich habe das nicht verstanden. Tatsächlich war das
Thema mit dem Fotografen nicht vom Tisch. Wie oft hast
du davon angefangen? Was ging in dir vor, dass du dich
selbst verletzt hast?

Dorothee, das Buch, das du gelesen hast, war am nächsten Tag nicht mehr aktuell. Nicht bedeutsam, nicht mal er-
wähnenswert. Und so solltest du dir vorstellen, dass die Fotografie der für mich schönen Pusteblume nicht mehr da
wäre. Sie war nie da. Es war deine Illusion.

Es gibt klare Regeln im Universum. In der Physik. In
der Sprache. In den Gefühlen. Es gibt klare Grenzen zwischen Freundlichkeit und der Absurdität von Ekel und Zy-
nismus. Erlaubt ist im Leben alles. Selbst die Heuchelei
würdigt die Musik von Hass und Ablehnung, auf der deine

Illusion oft aufgebaut war. Das solltest du verändern, indem du die Ebenen, die im Außen liegen, nicht beachtest.

Du kannst die Ereignisse im Weltgeschehen nicht ändern. Sie sind vergangen. Falls du an Gott glaubst, ist es dir erlaubt, vor dem Altar zu beten und deine Gedanken auszuschmücken, um daran zu glauben, dass die Vergangenheit zum Greifen nahe ist. Keinem Märchen in der Welt gelingt es, die Sehnsüchte der Denker süßlich zu machen, damit die Bilder im Buch irgendwann realistisch werden. Figuren und Gebäude unterliegen der Fantasie, müssen uns nähergebracht werden. Du kannst Frau Holle lesen, aber dennoch wird das Märchen dir nicht die Hand reichen. Und das solltest du akzeptieren. Alles andere bringt dir Schmerz.

Ich ahnte zum Beispiel, dass meine Mutter ein Tag nach ihrer Einlieferung ins Krankenhaus sterben würde. Keine Kraft der Welt hätte das verhindern können? Selbst der Kirchgang in Hellersdorf hat mir da nicht geholfen. Zwei Kerzen habe ich angezündet und lange zu Gott gebetet. Aber da Gott nur unserem Geist entspringt, konnte ich den Tod nicht besiegen. So starb sie am vierten Tag des siebten Monats. Ich hatte keine andere Wahl, als das zu akzeptieren. Gab es für dich eine Wahl? Ist der Kurs deines Lebens an der chaotischen Welt vorbei gegangen?

Das Universum hat die Naturgesetze festgelegt. Deine Eltern wussten nicht, dass sie dich eines Tages zur Welt bringen würden. So geht es Hunderttausenden – in jeder

Sekunde und jeder Minute. Hast du mir tatsächlich geglaubt, als ich dir klar machen wollte, dass die Ereignisse in der Welt ohne unser Urteil über falsch oder richtig ablaufen. Über dieses Urteil haben wir keine Macht.

Das Wort „Glaube" mag im Alltag ein riskantes Wort sein. Ich meinte zu dir, dass du etwas vorsichtig mit diesem Wort umgehen sollst. Du hingegen, ich weiß, würdest an viele Dinge im Leben glauben. Das finde ich gut, denn zu glauben heißt, zu verstehen, wer du wirklich bist. Heißt aber auch, die Gefühle einzubeziehen, die in dir herrschen. Du hast dem Glauben allerdings einen anderen Stellenwert eingeräumt und der Welt draußen, die dich schwächte und nicht stärkte, mehr Beachtung geschenkt. Mir schien es daher sinnlos, dich davon zu überzeugen, die Welt so anzuerkennen wie sie ist. Die Welt, und das war mir wichtig dir zu sagen, verurteilt ständig. Sie weiß aber auch, was Liebe und Wahrheit sind, wie du sie verinnerlichen kannst, wie sie dich verkörpern und dich bestärken, gesund zu werden. Flucht hilft dir da nicht.

Ich musste auch begreifen, dass ich meine Vergangenheit nicht abschütteln kann. Sie konnte mich in keiner Notsituation retten oder mir die Angst nehmen. Deswegen war deine Flucht vor deinem Krankenhausaufenthalt etwas, das so kommen musste. Dein Körper hatte aufgegeben. Er zerbrach unter der schweren Last, die du nicht mehr tragen konntest. Chaos führte deinen falsch verstandenen Glauben auf einen Irrweg, den du vor lauter Verzweiflung aber nicht gegangen bist. Die Liebe starb in dir und die Wunde deiner Seele blieb offen. Abhilfe konntest du nicht schaffen, weil selbst die Illusionen so in dir festgefahren waren, dass ein Loslassen unmöglich war. Ich habe deine trüben Augen gesehen und wusste, dass du dachtest, dass die von mir angesprochenen Illusionen ein Hirngespinst wären. Wäre es nicht so, hättest du in der Corona-Krise mit mir einen Spaziergang unternommen, um mir zu sagen, wie schön deine innere Welt ist. Vergeblich. Das Chaos hättest du nur mit Vertrauen zu mir verhindern können. Doch welches Wunder hätte dir geholfen, eine Linderung der Seelenschmerzen zuzulassen? Selbst wenn es ein Wunder gegeben hätte, du hättest keins gesehen.

Nach dem Kaffeetrinken wollte ich noch ein paar Besorgungen machen. Ich brauchte dringend Toilettenpapier, das es in den Supermärkten natürlich nicht gab. Bei Rossmann oder DM sah ich nur leere Regale und die Verkäuferinnen standen machtlos an den Kassen und meinten zu mir, sie würden den Laden lieber schließen, um sich von der Misere zu befreien. Im „Spreecenter" angekommen hörte ich, wie ein Schreibwarenladen die Rollos herunterließ. Der Hauptgang, wo alle Geschäfte rechts und links ihre Auslagen zeigten, sah wie leer gefegt aus. Die Osterfeiertage standen an, doch die Bevölkerung wollte anscheinend den Feierlichkeiten nicht nachgehen. Aus Angst? Ich wusste es nicht. Ich erinnere mich, dass gerade diese Feiertage für die

Kirche sehr bedeutsam sind. „Christi Auferstehung muss doch zele-
briert werden", meinte ich zu dir, „auch wenn du von dem nichts wis-
sen willst." Du hast mir aber nie gesagt, warum du so denkst. Ich
meinte, dass der Corona-Virus nicht daran schuld sein könne. Wir
alle haben es in der Hand, die kirchlichen Feste zu feiern. Ich bin
unabhängig und kann die Feiertage begehen, wann ich will, auch wenn
es mir im Augenblick nicht erlaubt ist, zur Kirche zu gehen. Mir fiel
es schwer, keine Kerze anzünden, um sie auf den Altar zu stellen.
Die Kirchentüren blieben tatsächlich verschlossen. Wir konnten auch
diverse Freunde und Familienmitgliedern nicht umarmen. Im öffentli-
chen Nahverkehr sah ich selten einen Denker, der zur Arbeit wollte,
oder einen Reisenden mit Koffer.

Hat dein Gefühl nicht mehr ausgereicht, um nachzuempf-
finden, was die Gebete über Liebe für die Menschen bedeuten? Hast du vergessen, dass der innere Hügel der Melancholie, den du erklimmst, dein eigener ist? Vielleicht
kommt der Zeitpunkt, wo du deine eigene Vorlesung hältst,
zum Thema: „Ist eine positive Veränderung jederzeit möglich?" Eigentlich gehört diese Frage der Vergangenheit an,
denn sie beantwortet dein Chaos, das du so gern verdrängt
hast. Selbst deine Traurigkeit versiegte im Sumpf der Kapi-
tulation. Ein süffiger Rest, den du Liebe nanntest, wuchs
auf einem der vielen Schrottplätze deiner Illusionen, wobei
ich vermutet habe, dass bald der tote Punkt erreicht ist, an
dem du dich nicht mehr selbst befreien kannst. Sei daher

bitte vorsichtig! Achte dich mehr! Brems dich nicht aus, wenn es dir ein wenig besser geht. Mach früher halt mit deinen Gedanken, die dich ins Dunkle ziehen und gib dir selber Trost.

Dorothee, der Warteraum roch wahrhaft muffig, als ob die kranken Kojoten ihren Geist im Lattenzaun verloren hätten. Denn sie sind es, die gejagt werden und dich beim Namen nennen. Aus Angst kannst du vielleicht ihr Mitleid nicht deuten, nicht erklären, nicht verstehen, und selbst das wäre in Ordnung.

Zunehmend wurde die Depression in dir stärker, auch wenn du es nicht registriert hast. Letztlich ist es unwichtig zu spekulieren, wann und wie heftig die Depression in dir zu wüten begann. Das ist langweiliges Geschwätz über den verloren geglaubten Sultan, der die Wahrheit vor deinen Augen auslöschen wollte, um das Leben zu beenden. Er wollte nicht zulassen, dir vor dem Suizid die ganze Wahrheit zu sagen. Raffiniert. Vielleicht hast du unbewusst bemerkt, was er vorhatte, denn die vielen Bücher, die du im Leben gelesen hast, könnten dir geholfen haben, den Suizid nicht zu vollziehen. Vielleicht lebte in deinem Unterbewusstsein ein Bettler, der dir sagte: „Lebe einfach weiter!" Ja, du hast damals richtig zugehört. Ein Bettler hat dir wahrscheinlich den letzten Brotkanten gereicht, um dich zu erinnern, dass Gott das Leben mag und nicht den Tod. Mehr noch, liebe Dorothee. Sein Brotsack war vor Jahren bereits leer, und doch hat er die Kraft besessen, dem einsamen Vagabunden auf dem Feld die Saat zu reichen, um das Feld neu zu bestellen. Da er dies aus gutem Willen heraus tat und die Vagabunden dachten, er wäre ein Trottel, mussten sie ihre Meinung letztlich revidieren. Denn er war es, der die reiche Ernte einbrachte, um dir zu helfen.

Der Tag hütet seine Geschichten mit dem heißen Verlangen, die Liebe aufzuspüren, die für dich bestimmt war. Ich wusste, dass du mir nicht glauben würdest. Erneut hast du die negative Kraft gefunden, dich herablassend über das Bild der Pusteblume im Warteraum zu äußern. Du hast mir leidgetan. Welches Wunderwerk müsste es geben, damit du die Welt akzeptierst? Ich habe keins gesehen.

Wissenschaftler schrieben in ihren Büchern, dass Heilung zu jeder Zeit möglich ist. Ich glaube ihnen. Wir alle erhalten in unserer kostbaren Lebenszeit eine Chance des Neuanfangs. Krank zu werden bedeutet immer, dass die Genesung dich zum Freund macht. Du solltest die Krankheit nutzen, um einen anderen Weg zu finden. Abstand zu gewinnen, das Schicksal nicht anzugreifen, sondern es als eine Art des Wahrnehmens anzunehmen. Ich glaube im Inneren sehr fest daran, dass in jeder Krankheit die Möglichkeit der Erneuerung steckt.

Dorothee, die Worte sind schnell ausgesprochen. Ich weiß nur zu gut, dass die Realität anders ausschaut. Hab daher etwas Verständnis für dich. Das Schicksal ist ein

Geschenk, das dich daran erinnern soll, alles haben zu können, um dich der Liebe anzunähern.

Die „Alten Denker" haben in ihrer Geschichte einen Namen erfunden, die sie befähigt, die verletzten Gefühle mit der Heilung zu verbinden. Deine Lebenserfahrungen gaben dir die Möglichkeit, deine Vergangenheit zu akzeptieren, und zwar friedlich. Ja, du hattest richtig gehört: friedlich. Was dir fehlte, war die Gemächlichkeit. Sie ist nötig, um dein Leben in der Gegenwart besser zu verstehen, intensiver anzuschauen. Frieden zu finden bedeutet, den Pfad selbst ausfindig machen. Ohne dem würde es nicht funktionieren, dein Leben in den Griff zu bekommen.

Die Einsamkeit draußen in der Stadt war für mich frustrierend. Die Umarmungen fielen aus. Ein Abstand von 1,50 Meter musste eingehalten werden, Maskenpflicht, Desinfektionsmittel. Fremde Hände berühren wurde verweigert. Die Angst vor einer Ansteckung ging um. Man kannte sich nicht mehr, auch wenn der Vorname noch gegenwärtig war. Die Augenfarbe blieb Braun. Der Haaransatz ergraute und war Wochen später zu lang, da die Friseure nicht schneiden durften. Kindergärten und Schulen wurden geschlossen. Erzieher und Lehrer langweilten sich am PC oder begannen zu stricken. Zuschauen, was die anderen Denker planten und taten. Wer erfindet etwas Neues? Wie soll es weitergehen? Die Kinder blieben allein. Sie spielten mit dem Handy und sahen bis tief in die Nacht Fernsehen. Aber dann, irgendwann schallte es aus den Hinterhöfen von rhythmischen Klängen. Ein Traktor zog einen Anhänger hinter sich her. Auf der Ladefläche gab es keine Kartoffeln oder Paletten von Toilettenpapier. Oh nein, Dorothee. Ich sah ein Piano darauf stehen. Daneben einige Pauken und Trommeln, die einen Song anheizten, dass die Fenster in den Wohnungen wackelten.

Drei Musiker ließen sich inspirieren, den Denkern im Wohnumfeld eine Freude zu machen. Sie spielten Tango oder kubanische Musik. Sie ließen es sich nicht nehmen, einen Popsong zu spielen, der sofort in die Beine ging. Ich sah die Denker auf ihren Balkonen. Sie tanzten und sangen Lieder. Der Beifall berührte mich. Gute Laune kam auf, ohne jedwede Aggressivität. Ich schöpfte Hoffnung, als ich das erleben durfte.

Der Himmel war blau und leer. Kein Kondensstreifen markierte den sonnigen Tag. Die Krähen erfreuten sich, indem sie lauthals krächzten und auf den Autodächern herumtanzten, um gefundene Apfelstücke aufzupicken. Drei Krähen begannen zu streiten. Futterneid prägte ihr Dasein. Für mich ein willkommenes Spektakel in der öden Corona-Zeit. Nicht weit von der Wuhle ein Schwanenpaar mit ihren drei Jungen. Sie zupften am Schilfgras, das ihnen Schutz bot. Bevor die Jungen das Nest verlassen, werden die Alten dafür sorgen, dass sie ihre kleine Welt kennenlernen, um zu überleben.

Dorothee, wenn du dich weiter mit dem Thema der Selbstvernichtung befasst, kann deine Gesundung nach hinten losgehen. Die Angst wäre dann dein Partner, also der Satan.

So wie unsere Alten es immer prophezeiten. Daher mahnte ich dich, auf andere Dinge zu schauen. Selbst auf deine naive Frage: „Auf welche Dinge?", konnte es nur eine Antwort geben: „Die Liebe." Sie verleiht dir die besondere Fähigkeit, die Leichtigkeit im Leben intensiver wahrzunehmen, anzunehmen. Sie lebt durch Bewegung und der Energie der puren Erwartung, die ein Morgen bereithält. Denn so erging es mir. Ich ging jeden zweiten Tag Joggen und schätze ab, wie weit meine Depression die guten Emotionen abwürgten. Die Bewegung unterliegt dem Naturgesetz und ist daher eng verbunden mit der Seele, die in uns lebt. Sie ist der Antrieb für Neugierde, Vielfalt, Fürbitte, für Fantasie und Beherrschung. Sie stärkt dich in deiner Wahrnehmung und dient dir als eine sichere Führung. Ohne Bewegung würdest du kein Licht sehen und keinen Schatten erfahren. Du würdest nicht spüren, dass die Angst einer Ohnmacht gleicht.

Ich fragte mich als Jugendlicher, warum die Pilger ihre heiligen Orte besuchen oder in die Kirche gehen, warum der Wallfahrtsort eine Zuflucht für sie ist. Sie legen weite Strecken zurück und beschenkten sich während ihrer Wanderschaft des Glaubens. Wozu? Heute glaube ich, die Antwort zu kennen. Als ich einer schweren Depression ausgesetzt war und den Tod suchte, lief ich von Kladow nach Kaulsdorf, von Köpenick nach Fürstenwalde, von Eberswalde nach Mahlsdorf, von Erkner nach Frankfurt/Oder, von Köpenick nach Potsdam, von Dresden nach Görlitz, von Wannsee nach Lichtenberg. Das Laufen überkam mich geradezu und ließ mir die Freiheit, den Weg zu gehen, der für mich Sinn machte. Ich begann zu suchen. Ich tat es, um der Bewegung zu dienen. Automatisch. Ohne zu überlegen.

Dorothee, im Nachhinein – und das sagte ich dir damals im Café Tasso – waren die langen Wanderungen hilfreich. Ich fand einen Weg, der mir half, mit meiner Depression fertig zu werden. Jeden Tag aufs Neue. Ich stellte zum ersten Mal Fragen des Lebens und versuchte, in der realen Welt Antworten zu finden. Doch es gab sie nicht. Ich befragte einen Pilger, der bei dem weisen Thomas im Kloster von Eichsfeld wohnte. Auch er verneinte. Mehr noch. Er riet mir, den Gedanken aufzugeben, da die Welt, die wir angeblich sehen, nichts Gutes zu bieten hat, außer Illusionen von Ohnmacht und Hass. Daher sind Illusionen nur leere Hüllen mit Gedankengut, das keiner Seele angehört. Diese Hüllen formen Schablonen der Angst und ergeben keinen Sinn. Keine Definition wäre imstande, Illusionen zu erklären. Der Pilger Thomas schätzte meine Frage und bedachte sie mit seinem Mitgefühl. Er meinte, dass ich schon bereit wäre, mich mit den Fragen des Lebens intensiv zu beschäftigen. Das sei für ihn bemerkenswert und wertvoll zugleich. Das Pilgern an einen heiligen Ort ist uralt. Gott hat die langen Wege dafür festgelegt. Erst durch das Pilgern kämen wir der Natur besonders nahe und es sei möglich, die Wahrheit zu finden. Als er das gesagt hatte, wurde mir klar, dass ich die Bewegung damals tatsächlich dringend gebraucht habe. Egal, ich musste auf Wanderschaft gehen, damit es mir besser ging.

Ich begann den Pilger Thomas zu mögen. Ich gab dir gegenüber zu, dass seine persönliche Lebenseinstellung der meinen ähnlich ist, auch wenn ich nicht an Jesus glauben würde. Er gab mir aber irgendwie Kraft.

Wird es einen Ort geben, wo ich den ersten Sonnenaufgang berühren und meine Augen langsam öffnen kann, um diese beschissene Welt anders zu betrachten? Mag sein, dass es zwischen uns spirituell wurde und du deshalb mehr Abstand von mir wolltest. Trotzdem fragte ich, wer das Weltgeschehen überhaupt bestimmen würde. Welche Energie reguliert meine Gedanken und mein Handeln? Wer ist zuständig, wo und wann einen das Schicksal trifft? Finde ich die Antworten, wenn ich mich auch auf eine Pilgerfahrt begebe, anstatt in eine Kneipe zu gehen, um mich zu besaufen? Oder sollte ich besser bis tief in die Nacht vor einem Fernseher sitzen und darauf warten, dass meine Birne leer wird und ich keine Angst mehr habe? Gehen deshalb ganze Völkerstämme auf Wanderschaft, weil sie im Innersten ahnen, dass die Wahrheit in der Natur auf sie wartet? Gibt es für „Wahrheit" eigentlich auch einen anderen Namen? Ist Gott die Wahrheit? Oder ist er ein König, der ein Volk beherrscht und die Wahrheit verkündet, als wäre er heilig? Ich nehme besser Abstand von solchen Fragen und diversen Meinungen, die die Wahrheit erklären wollen. Ich weiß nur, dass Utopie und Magie die Wahrheit nicht widerspiegeln, auch wenn die spirituelle Welt das anders darstellt. Es gab schon immer Gurus, Heiler oder Abgesandte einer anderen Welt. Sie predigen jeden Tag und wollen die Menschen in Sicherheit wiegen, dass Gott allgegenwärtig ist und sie nur durch ihn zur Liebe gelangen.

Dorothee, je tiefer ich in das Buch eingedrungen bin und die Dinge des Lebens in einer anderen Perspektive gesehen habe, desto mehr konnte ich deinem boshaften Blick trotzen. Der Schuldenberg wurde größer. Der Denker, der solche Denkweisen anwendet, glaubt tatsächlich, dass es die Hölle und den Himmel gibt. Die Gurus rufen Tag und Nacht im Internet dazu auf, zu verstehen, woher der ewige Schmerz kommt. Sie ziehen alle Register und wollen die Welt zahm machen, indem sie von Jesus reden, der uns allen den Frieden bringen wird. In Wahrheit bröckelt der versprochene Frieden überall in der Welt. Großfamilien brechen auseinander. Städte werden absonderlich und Dörfer sterben aus, weil keiner mehr dort wohnen will. Wo ist das Geständnis für dein Lebenswerk? Wo bleibt deine Dankbarkeit und wo ist das Gefühl der Zuneigung, die deine Weltansicht strahlen lässt? Ich sah in deinem Gesicht nur negative Züge. Vielleicht sollte ich eine andere Frage an dich stellen? Macht es Sinn zu leben? Wozu Bücher lesen, wenn du schon im Vorfeld weißt, dass der Tod auf dich wartet und der heilige Nachtgruß dir vorenthalten wird? Hast du tatsächlich gehofft, mit einem freimütigen Geständnis, welches eh gelogen wäre, nicht in die Hölle zu kommen? Oder wolltest du mich auf den Arm nehmen, als du sagtest, dass es doch Sinn mache, weiterhin unglaubwürdig zu bleiben?

Ich kenne kein Buch auf dieser Welt, das so zahlreich gedruckt und gelesen wird wie die Bibel. Nur der Knecht würde es wagen, sie zu öffnen, um die scheuen Psalmen vorzulesen, und sich danach zu bekreuzigen – natürlich den Blick nach oben gerichtet. Würde er dann von sich behaupten, dass er die Wahrheit kennt und sie an die Menschheit weitergeben kann? Oh nein, liebe Dorothee! Die Kraft würde er nicht haben, da er geschwächt im Licht sehen würde, was ihn immer noch zur Last gelegt wird.

Dass ich die Wahrheit irgendwann mal niederschreiben kann, dazu bedurfte es viel Lebenszeit. Ich war überzeugt, dass der Augenblick die Wahrheit darstellt und nichts anderes. Ich sah meine Hand und pflückte eine rote Rose. Ich roch an ihrer Blüte. In diesem Augenblick wusste ich, dass ich die Wahrheit im Blütenstaub sah. Dorothee, ich habe in den letzten Jahren viele Biografien von großen Literaten gelesen. Ich wollte wissen, wie sie ihre Kindheit erlebt haben, wie ihre Väter zu ihnen waren, wenn sie schlechte

Zensuren mit nach Hause brachten. Ich traute manchem Literaten nicht über den Weg, wenn sie in ihren Büchern von einer glücklichen Kindheit schrieben. Nicht mal dreißig Seiten weiter widersprachen sie sich. Sie griffen zu Zigaretten oder Alkohol, um ihre Angst zu zähmen. Zeitig war die Angst am Werk. Sie betonten, sich wappnen und schützen zu müssen. Jedes Suchtmittel war ihnen recht: Alkohol, Nikotin, Kaffee. Hauptsache, sie bekamen ihre Angst in den Griff, um irgendwie weiterzuleben.

Klaus Mann war so ein besonderer Literat, der jeden Tag nach Anerkennung verlangte, die er von seinen Eltern nicht bekam. Mit Zigaretten und Alkohol unterdrückte er seine aufsteigende Angst. Er hat es nicht geschafft, sie gänzlich zu verdrängen. Ausgehungert suchte er im Schreiben Trost. Im Schreiben war seine Hoffnung am größten, die Angst überwinden zu können. Er dachte, dass er sich von der Schuld befreien könnte. Er schaffte es nicht und klagte die Welt an. Die lebenden Denker dort draußen wären an seinem Elend schuld. Erst spät begriff er, dass niemand seine Schuld tragen würde. Deshalb wählte er den Freitod als Ausweg. Also, wo soll ich suchen, um die Wahrheit zu finden? Ein schwieriges Unterfangen. Alles ist so leicht dahingesagt. Die Wahrheit liegt auf der Straße, man muss sich nur bücken und zugreifen. Unsinn, man muss nachdenken, abwägen und sie erkennen. Ich war mir immer unsicher, ob mein Vater wirklich wusste, was die Wahrheit für eine Bedeutung im Leben hat. Dorothee. Die Kraft, die in der „Wahrheit" steckt, beschäftigt mich schon mein ganzes Leben, wenn ich ehrlich bin. Irgendwann am Tag kam mir ein Gedanke über die Wahrheit. Ich wollte den Begriff definieren. Ist die Wahrheit greifbar? Dehnbar? Kann man sie ignorieren, wenn es mal brenzlig wird im Leben?

Erinnerst du dich noch, als wir im Café Tasso bei der vierten Tasse Kaffee saßen und uns an den Begriff Wahrheit herantasteten? Auch sprachen wir darüber, wozu man lebt und welchen Sinn es macht, weiterzuleben. Ich meinte diese Frage sehr ernst. Mir wurde bewusst, dass wir beide dringend ein festes Fundament für das Leben brauchen. All die Jahre haben wir das vernachlässigt, weil wir glaubten, es nicht zu brauchen. Und nun?

Seit der Corona-Krise ist in der Stadt nichts mehr in Bewegung. Alles wirkt auf mich wie ein Totentanz hinter verschlossenen Türen. Jeder Denker mit Gewerbe bangt ums Überleben. Die Miete und Strom wollen bezahlt werden, und wenn das Geld nicht pünktlich auf das Konto kommt, dann besteht die Gefahr der Kündigung. Die Gesellschaft ist rau geworden, auch wenn die Dankbarkeit überall in den Medien laut und bunt zu lesen ist.

Die „Alten Denker" leben in dieser eisigen Zeit allein zu Hause. Sie hoffen, dass jemand für sie einkaufen geht. Die Straßen bleiben leer. Die Busse und Straßenbahnen zeigen uns jedes Geräusch, dennoch ist der Straßenlärm so leise, dass man zum Beispiel zum ersten

Mal am „Straußberger Platz“ die Vögel zwitschern hört. In drei Wochen beginnt die Ferienzeit, dann geht das große Rätselraten los: Wohin soll man reisen? Die Grenzen sind noch geschlossen. Der Flughafen ruht und lässt die Saatkrähen ihre Landung machen.

Die „Alten Denker“ sprachen früher gern von einem besonderen Weg, den die Gesellschaft gehen müsse. Von einem gläubigen Weg vielleicht? Von einem kreativen Weg? Von einem heiteren Weg? Einem kostbaren Weg, der für uns die Liebe bereithält?

Die Spiritualität nahm an Fahrt zu und die Kirchen, das sagte ich dir bereits vor der Weihnachtszeit, werden ihre Pforten ganz schließen, da es keine Gläubigen mehr gibt. Die Denker in der Stadt und auf dem Land haben es satt, immer wieder von der Schuld zu quatschen und sich mit der Hölle zu beschäftigen. Wer artig und brav seine Hausaufgaben erledigt, so die Kirche, würde in den Himmel gelassen und das Gold empfangen, als Zeichen des Glaubens. Ist die Meinung noch aktuell?

Dorothee, die Religionsdenker begaben sich aufs Glatteis, weil sie dachten, durch Gebete würde man zum Glauben kommen. Ich zweifelte an der These. Es mag schwer sein, zu glauben. Jeder Denker hat wohl ein festes Glaubensmuster, das aber von vielen nicht anerkannt wird. Sie wissen nicht, dass der Glauben bereits in ihnen lebt, und das seit ihrer Geburt. Sie verdrängen den Glauben und wollen ganz eisern Atheist bleiben. Viele Denker glauben an Verschwörungstheorien, die sich die Welt ausgedacht hat. „Warum?", war deine Frage. Nun, sie mussten frühzeitig den Glauben bekämpfen, der von innen kam. Ich erkannte die Gefahr der Verleugnung. Dabei hat die Religion gute und ehrliche Ansätze, um Hoffnung und Frieden vor dem Altar zu verkünden. Nur die Angst der befremdlichen Denker siegte, und es wurde denen angeraten, zu verleugnen, die ein inniges Gefühl von Glauben hatten. Denn wer wirklich glaubt, dass die Schuld die Welt regiert, der sollte die Schuld auch tragen, die ihm die Welt auferlegt. Und das ist nicht die Wahrheit, auch wenn sie es als ihre Wahrheit verkünden.

Dorothee, mein inniger Glaube fürchtet die Schuld nicht. Ich kann daher die Welt so annehmen wie sie ist. Und wie ist sie? Illusorisch! Und nun waren wir beide wieder beim Thema. Die Illusion will uns weismachen, dass der Glaube in der Welt zu finden ist, was aber nicht stimmt.

Früher galt die Erde als eine Scheibe. Die Gläubigen dachten, dass die Erde eine Scheibe sei. Doch es wurden Beweise vorgelegt, dass die Erde eine Kugel ist. Wer glaubt, dass es die Hölle gibt, der glaubt auch an die Gefahr, dass Jesus jeden gläubigen Denker bestrafen würde, der die Welt nicht schont. Gehörst du dazu? Es tut mir leid, dass ich es erneut ansprechen musste. Es tut mir in der Seele leid, dass du dachtest, dein Leben umsonst gelebt zu haben, da deine

Kindheit nicht gut verlief. Du hast deinen Glauben infrage gestellt und andere Denker für deine missliche Lage verantwortlich gemacht. Wie einfach!

Vor ein paar Wochen gingen wir beide am Sonntag in eine Kirche. Der Pfarrer segnete uns am Ende des Gottesdienstes. Was für ein toller Moment das für dich war. Du hast gelächelt und wie die frischen Kirschen an den Bäumen gestrahlt. Und nur einen Tag später, ich konnte es nicht gleich begreifen, hast du dir plötzlich den Tod gewünscht, da du in den Abgrund der Hölle gesehen hast.

„Oh mein Gott!", sagte ich. „Was ist das für eine Welt, die in dir entstand?" Ich konnte nicht wissen, dass der Sinn des Lebens in Sekundenschnelle aus deinem Herzen gewichen war. Erst durch mein Drängen, deine Ärztin zu konsultieren, bekamst du eine kurze Pause. Doch dann fingen deine Gedanken erneut an zu kreiseln und forderten den Tod auf, dir Erlösung zu bringen. Mit Trost und Zuwendung habe ich dich aufgefangen. Wir gingen gemeinsam zu deiner Psychologin, die dir erklärte, dass ein Seil nicht die richtige Lösung sei.

Ich habe dich verstanden und spürte genau, wo du warst. Der Wind sollte keine Widerstände offenbaren, um das Chaos in dir nicht ganz preiszugeben. Es gefiel mir, meine Jeansjacke über deine Schultern zu legen, um dir Schutz zu gewähren, als wir die Arztpraxis verließen. Waren deine Träume, die ein Zeichen sein sollten, dass deine

Kindheit auch für dich mal ein Ende finden muss, nicht längst verglüht? An manchen Tagen wirkte deine fröhliche Stimmung nahezu kindlich, um die Gleichgültigkeit über Bord zu werfen. Doch dann ließ deine traurige Stimmung nicht lange auf sich warten und zeigte dir erneut deinen Schmerz, dem du sofort gefolgt bist.

Jeden Morgen begann ich zu beten, was ich früher eher selten getan habe. Aber für dich war es mir eine Herzenssache, um herauszufinden, was es mit mir machen würde. Es war eine neue Erfahrung, denn die Solidarität machte ich mir nun zu eigen. Die Entschlossenheit führte mich. Mehr noch. Die Einsamkeit verlor bei dir dadurch ihren Wert. An dein Charisma, das dich erretten sollte, hatte ich seit Tagen appelliert.

Alles, was dir dienlich sein könnte, suchte ich. Ich erträumte mir eine selige Musik für dich, die dir das Fliegen zu den Wolken erlaubte. Und wo die Atmosphäre den Sauerstoff trennt, gab ich dir einen neuen Namen. Ich gab dir ein neues Reich, in dem sich das Paradies im Verborgenen aufhält. Könntest du darüber nicht nachdenken? Nur für eine kurze Zeit? Ich ahnte nach unserem Gespräch, liebe Dorothee, dass dein Dilemma im Alter von 5 Jahren begann und du es nicht verhindern konntest, dass dein Vater dich missbraucht hat. Ich möchte nicht weiter ins Detail gehen, denn die Erinnerung daran ist für dich sicher schmerzhaft genug. Du musst darüber hinwegkommen.

„Dein Wille geschehe!" Was für ein furchtbarer Spruch, der ganze Welten auf den Kopf stellen kann. Aber darin liegt dennoch eine gewisse Kraft. „Dein Wille geschehe!" Du allein entscheidest, wohin deine Reise gehen soll. Doch das konntest du erst, als du alt genug warst, deine eigenen Entscheidungen zu treffen und dich von deinem Vater zu lösen. Ohne Widerstand hättest du das nie geschafft. Ein Gott hat dir dabei nicht geholfen. Nein, das bist du allein gewesen.

Für mich war die Gnade tatsächlich ein Geschenk. Im Nachhinein kann ich dir sagen, dass es diese Gnade war, die mich dazu veranlasst hat, ein Buch über dich zu schreiben. Die Corona-Zeit gab mir den Rahmen – die Ruhe, die Zuversicht, die andere Art einer Normalität. Ich brauchte nur zugreifen, weil das Motiv schon in mir war. In mir lebte der Glaube, meine Ziele nie verlieren zu können. Mir war es egal, ob Flugzeuge abhoben oder landeten. Ich nahm den Verzicht an und verlangte ein Umdenken im Konsum und dem egoistischen Gehabe in der Gesellschaft, das stets zur Folge hatte, den Sieger zu küren. Schau dir all die Denker an, sie halten nichts in den Händen. Kein Brot, kein Becher mit Wasser. Die Pforten bleiben geschlossen. Die Bananen und das viele Obst werden in die Biotonnen geworfen – klammheimlich, damit es keiner bemerkt. Kinder bleiben zu Hause und warten auf Dinge, die nicht kommen. Sie beginnen zu weinen, da der Hunger in ihren Gedärmen nagt. Alles ist erlaubt, nur nicht satt und zufrieden sein.

Dorothee. Ich sah mit eigenen Augen zwei Kinder vor einem Su-
permarkt stehen, die jeden Denker fragten, ob sie was zu essen be-
kommen könnten. Niemand kümmerte sich um diese Kinder. Die
Sonne schien heiß auf dem Planeten, als ein Kind vor Erschöpfung zu
Boden fiel. Ich nahm es auf den Arm und gab ihm aus meiner Was-
serflasche Tee zu trinken. Dem anderen Jungen gab ich eine Banane,
die ich bereits gekauft hatte. Am Nachmittag musste ich beim Kaffee
noch mal an diese Situation denken. Dem kleinen Jungen und seinem
Bruder kaufte ich am Chinaimbiss zwei Mittagsessen. Auf einer
Parkbank konnte ich sie beobachten, wie sie ihre Mahlzeiten aßen.
In den Abendstunden musste ich weinen und schämte mich, dass ich
nicht mehr helfen konnte. Mir wurde deutlich, dass ich nicht jedes
verarmte Kind auf der Welt unterstützen kann, da auch mein finan-
zieller Rahmen begrenzt ist.

Mit dieser Geschichte wollte ich dir verdeutlichen, dass
mein inneres Kind für diese beiden entschieden hatte und
mein Ego dagegen war. Mein Ego sagte, dass irgendwer den
Kindern schon helfen würde. Dorothee, in meinem Leben
habe ich viele Bücher gelesen und suchte darin nach noch
ungeborenen Ideen, die mich als Person kennzeichnen.
Aber ich fand weder einen Buchstaben noch ein Wort oder
einen Satz. In der Zwischenzeit langweilte sich mein Ge-
müt. In absoluter Dunkelheit fand ich die Endungen der
Begriffe nicht und versagte somit, weil das Vergessen in mir
siegte. „Also, wozu sollen Bücher gut sein?", fragte ich

dich. Auch in deinen Händen sah ich oft ein Buch, deine Blicke nach unten gerichtet, um die Zeilen zu erhaschen, die deiner Seele Sicherheit geben sollten. Ich konnte nur lachen. Ja, es tat mir etwas leid, dir wehzutun, aber was sollte ich machen, wenn kein Buch zu finden war, das mich beschreiben konnte?

Die uralten Prägungen und Verhaltenskodexe einer Kindheit verblassen allmählich, weil die Zeit dafür sorgt, dass die Gedanken weiter verschwimmen und sich dann auflösen. Jede geborene Illusion, so hatte ich es dir ganz deutlich gesagt, will nur die Vergangenheit zurückdrehen. Aber du hast immer wieder abgewunken und wolltest von meinen Erfahrungen nichts wissen. Lieber hast du deinen Illusionen einen Raum der Realität gegeben. Deine Verletzungen aus der Kindheit sollten aber korrigiert werden, um dein Leiden zu beenden. Deine Gedankenspiele in die Vergangenheit, die Gegenwart und Zukunft sollten dir Sicherheit geben. Du wolltest zur Ruhe kommen, den Alltag genießen, ohne seelischen Schmerz zu empfinden. Schade, dass es keinen wirklichen Bettler gegeben hat, der aus seinem Märchen heraustrat, deine Hand genommen und dir ein Paradies gezeigt hat, wo es keine Verletzungen gibt. Leider hat er nicht deinen Namen gerufen. Er wusste nicht mal, dass es dich gibt. Dein eiserner Glaube, der schattig ist und eisige Luft verbreitet, zweifelt an der Zuneigung durch die

Denker, die bereit sind, dein Leben zu akzeptieren. Aber was soll ich dagegen machen? Du wolltest mit dem Kopf durch die Wand. Ich akzeptierte das. Ich habe dir keinen Vorwurf gemacht, dass du mich abgelehnt und etwas unterkühlt angeschaut hast. Aber mit sich selbst hart umzugehen, löst keine Probleme, Dorothee. Du konntest nie gelassen über Dinge hinweg schauen. Deshalb spürte ich auch deine Angst, die dir jeden Tag schwer zusetzte. Sei also ein wenig froh, dass die angeborene innere Neugierde in dir den Zeigefinger erhoben hat und ein Zeichen setzte, dass dein inneres Kind lebendig ist. Ohne dein inneres Kind wahrzunehmen, hättest du deiner Neugierde keinen Raum geben können.

In keinem Lexikon kann der Begriff „Freiheit" eindeutig definiert werden. Die Philosophen beschreiben „Freiheit" ausführlich, liefern aber keinen Beweis, dass es sie gibt. Selbst die Bibel kann das nicht. Freiheit ist für mich wie tote Materie. Bindungen und Verpflichtungen stellen darin einen Traum dar. Aber es ist kein Traum, sondern die Realität. Freiheit ist also eine Illusion, denn jeder Denker ist zu jedem Zeitpunkt und an jedem Ort auf dieser Welt von irgendetwas abhängig – also unfrei. Und doch wolltest du mir beweisen, dass die Freiheit in jedem von uns wohnt, um zu überleben. Aber unser Wille kann die Neugierde nicht einschränken oder den Tod überlisten. Leider fand ich darüber nur wenig in der Bibel. Dorothee, dein Schmunzeln konnte ich nachvollziehen, denn meiner Meinung nach ist die Neugierde eine Triebkraft für Bewegung im Leben und bringt Heilung mit sich.

Stillstand, also keine Bewegung zuzulassen, bedeutet das „NICHTS". Wenn du deine Energie vollständig gegen null fährst, würde das den Tod mit sich bringen. Also, was willst du mit einem „NICHTS"? Solange dieses „NICHTS" deine Gedanken begleitet, solange wird das Chaos deinen Weg zur Angst frei machen. Die Angst umschließt dich mit dem Kalkül von gehässigem Geplänkel innerer Unzufriedenheit. Sie belässt das Lebenslicht dort, wo es geboren wurde, und genau dort erlischt es, wenn das „NICHTS" dich führt. Deine Kraftlosigkeit wütete daher weiter, ohne dass du es gemerkt hast.

Das war der Zeitpunkt, wo die Depression dich eingefangen hat und ihr feinmaschiges Netz ausbaute, sodass kein Entkommen möglich war. Das war der Zustand, von dem du nichts wissen wolltest. Deine Gedanken haben nur das Böse in dir gesehen und jeden Tag den schwarzen Regen begrüßt, der den Mantel deines Vaters auf deinen Schultern noch schwerer machte. Dieser filzige Mantel, von dem ich sprach, ist nur eine Metapher, zog aber deine Vergangenheit an, damit du umfällst.

Schon das Wort „Maskenpflicht" war mir anfangs suspekt. Wenn ich sie aufsetzte, beschlug meine Brille. Ich bekam wenig Luft. So richtig wusste ich nicht, was das bringen soll. Erst später, als du mir den Mund- und Nasenschutz erklärt hast, erkannte ich den Sinn. Ich war dir für deine Erklärung dankbar. Daran konntest du aber sehen, dass ich das alles nicht so ohne Weiteres akzeptiert habe. Uns allen sind neue Ereignisse im Leben erst mal etwas suspekt und machen uns Angst. Vertrauen muss geschaffen werden. Erst dann ist es möglich, Brücken zu bauen, um ans Ziel zu kommen.

Jede Erklärung in der chaotischen Pressewelt hat deine Unsicherheit noch weiter geschürt und es dir schwer gemacht, den Dingen dort draußen zu vertrauen. Es war beklemmend zu beobachten, dass die unzähligen Denker vor einem Supermarkt nur im Abstand von 1,5 Metern stehen durften. Überall konnte man diese Mahnung lesen. Wie war das gemeint? Abstand halten. Von dir. Von meinem Nachbarn, die am Tag ständig ihre Wohnung reinigen müssen? Oder sollte ich mehr Abstand halten vor den Denkern, die meine Haustür mit Seife beschmieren oder in den Nachtstunden leise die Wohnungstür öffnen, um alte Zigarettenkippen auf meinen Fußabtreter zu legen, die mir dadurch sicher sagen wollten, wie arm sie wären und wie sehr sie hoffen, damit Mitleid zu erregen. Auch eine Umarmung war anfangs nicht erlaubt. Selbst innerhalb der Familie war Vorsicht geboten, um den Virus nicht zu übertragen. Die Angst rief meinen Namen. Auf Bahnsteigen, die leer waren, blieb nur der Schatten eines Schaffnerhäuschens zurück. In U-Bahn-Zügen flackerte ein Monitor an der Decke und sendete Nachrichten, die keiner las. Der Himmel ruhte und sah kein Flugzeug nach oder von Tegel fliegen. Das Hotel am Bahnhof Kaulsdorf war geschlossen. Im Eis-Café nebenan standen die Stühle auf den Tischen. Die Speisekarten blieben ungenutzt, da der Koch auf bestimmte Zeit nicht mehr kochen durfte.

Dorothee, in den Tageszeitungen gab es nur ein zentrales Thema. Es war das Super-Thema. Kein anderes stand mehr im Raum: Wie viele Tote jeden Tag registriert wurden. Wie viele Denker sich ansteckten und in die Krankenhäuser eingeliefert wurden, und wer als geheilt entlassen werden konnte. Selbst der Sonnenschein im Frühling war fast nebensächlich geworden, wäre nicht die langanhaltende Trockenzeit gewesen, die im Land herrschte und über die man berichtete. Man beobachtete, dass alle Bäume förmlich nach Wasser schrien. Die Birken vor meinem Haus brauchten kein Wasser mehr. Sie waren bereits abgestorben und zeigten ihr hässliches Kleid. Mich machte das alles traurig. Die Gärtner der Parkanlage kümmerten sich nicht ernsthaft um die jungen Birken und Holunderbüsche. Alles kränkelte und bekam braunes Laub. Ich fragte die Gärtner, warum sie die Bäume erst eingepflanzt haben und welchen Sinn es machen würde, sie nach nur drei Jahren wieder herauszunehmen. Natürlich bekam ich keine Antwort und erntete nur böse Blicke. Das sind die modernen Denker, die nur an sich denken. Es gibt aber auch andere, die in ihrem Wesen der Natur näher waren, sie schätzten und ehrten.

Vor langer Zeit berichtete ein Dokumentarfilmer von einem Schamanen, der auf einer Pilgerreise gewesen war: Peru, Bolivien, Spanien, Ägypten. Er hat nach Wissen gesucht, über die Erde, die Sonne und Wolken, den Wind und den Regen. Er schien genau zu wissen, dass

Mutter Erde Schmerz empfand. Er meinte, dass die Erde seit Jahren eine tiefe Wunde in der Erdkruste zu heilen versucht. Der Schamane war überzeugt, dass die schlimme Zeit der Rodung der Tropenwälder damit zu tun hat. „Mutter Erde spricht mit uns", sagte er. „Und nur wir könnten sie heilen." Die Mächtigen hätten nicht verstanden, dass auch sie Bewohner der Erde sind.

Der seltsame Schamane rief daher den Gott der Natur auf, die Zeichen des Friedens nicht mehr zu ignorieren. Es gebe eine mediale Verbindung zwischen den Denkern und der Mutter Erde, die im Einklang stehen müssten, aber nicht sind. Der Schamane bat eindringlich, der Mutter Erde zu helfen. Sie bräuchte Hilfe, um ihre Wunden zu heilen. Falls aber die Wunden sich nicht schließen lassen, kann das in absehbarer Zeit zu einer Katastrophe führen. Naturgewalten wären die Folge: Hochwasser, heftige Stürme, Eisschmelze an den Polkappen, gewaltige Erdbeben und Dürren.

Der Schamane, der im Film von einem schwedischen Team begleitet wurde, lehrt seine Weisheiten und Erfahrungen den Kindern im Land. Er war im Film etwas erzürnt, weil die Mächtigen der Erde nicht den Ernst der Lage begreifen. Präsidenten und Könige denken, sie wären die Herrscher über die Erde. Aber das stimmt so nicht. Mutter Erde hat die Kraft, den Regen zu rufen, dem Wind die Saat ausstreuen zu lassen, die Wurzeln der Pflanzen mit Wasser und Nährstoffe zu versorgen. Sie schafft Kälte und Wärme, und das im Einklang mit der Energie im Universum.

Der Schamane prophezeite, dass die Menschheit vor einer entscheidenden Wende stehen würde. Ich brauchte eine gewisse Zeit, um ihn zu verstehen. Seine Anwesenheit auf den Bergen und in den Tälern sprengte meine Fantasie. Was er mit seinen Händen berührte, schien zu schmelzen. Jede Blume wollte ihre Blüten der Sonne zeigen, und die Ziegen an den Klippen wagten tollkühne Sprünge. Durch seine Erläuterungen begriff ich, dass Mutter Erde sich wie ein Lebewesen verhält. Ich sah fortan die Natur anders, indem ich die Blumenerde in die Hand nahm und die vielen Kleintiere aufmerksam beobachtete: Regenwürmer, kleine Schnecken und Asseln. Sogar winzige Samenhülsen sah ich, die irgendwann in der Zukunft sprießen würden.

Warum habe ich dir von diesem Schamanen wohl erzählt? Mir wurde durch ihn klar, dass der Corona-Virus das Weltgeschehen beeinflusst. Das Virus fordert uns auf, unsere Laufrichtung zu ändern. Ein Umdenken wäre jetzt erforderlich. Sieh dir die Weltmeere an. Überall schwimmen Plastikteile umher und verseuchen die Umwelt. Die Erderwärmung schreitet voran. Das Eis an den Polen beginnt zu schmelzen. Ich denke, dass es im nächsten Sommer wieder zu einer langanhaltenden Hitze kommen wird. Buchen und Eichen, Kiefern und Birken, Eschen und Linden werden vertrocknen und bald kein Laub mehr haben, wo die Eichhörnchen ihr Futter verstecken können. Die Wälder in Richtung Strausberg und Erkner beginnen schon im Hochsommer ihre Blätter abzuwerfen. Der Waldboden ist dort sehr trocken und dürr. Kein Tier lässt sich mehr blicken. Das Ufer am Störitzsee bestand mal aus Sand. Vorher war dort Wasser, nun geht es immer mehr zurück. Über 15 Meter breit ist das Ufer nun. Selbst das Schilf hat seine Dichte verloren. Hinter der alten Spree konnte ich Wiesen und Felder sehen. Bestellte Felder gab es nicht mehr. Der Bauer ließ sie zuwachsen. Die Trockenheit brachte keine Ernte mehr. Das Land Brandenburg wurde in der Corona-Zeit zu einem einsamen Ort. Die Traktoren blieben im Stall. Partyboote durften nicht ablegen. Und der Biber wurde nicht mehr gesehen. Selbst zur Kirschblütenzeit war der Wind so eisig, dass die jungen Knospen erfroren sind. Für mich ist das die Sprache der Natur. Sie antwortete auf all die Zerstörungen durch uns Denker.

Dorothee, die Welt kollabiert. Die politischen Unruhen haben sich im Weltgeschehen vervielfacht. Grenzen werden verworfen und man darf jetzt jeden Denker im Internet bedrohen, beleidigen, beschimpfen und mit dummen Sprüchen zur Strecke bringen. Anderer Meinungen zu sein, ist unerwünscht. Der braune Zucker macht sich überall breit. Ich sah Nazisymbole an Denkmälern und doch fuhr die Polizei einfach daran vorbei. Modern geworden ist, in einem schweren Laster mit hoher Geschwindigkeit in Menschenmassen zu rasen. Woher kommen diese krankhaften Ideen? Der Schamane aus dem Film verstand es gut, dem Publikum zu verstehen zu geben, dass sein Volk, die Inkas, eine andere Art von Zusammenleben anstreben. Mutter Erde steht bei ihnen im Zentrum ihres Lebens. Ihre Gebete bei Sonnenaufgang werden erhört. Das Sonnenlicht erhellt den Tag und gibt die Wärme frei. Und doch ist die Sorge des Schamanen berechtigt. Er würde es begrüßen, wenn die Mächtigen der Weltgemeinschaft die Mutter Erde anerkennen und sie retten.

4

Deine Tränen wolltest du nicht fließen lassen. Du wolltest sie beherrschen. Ich habe deine Anspannung in meinem Arbeitszimmer gespürt. Ja, da war immer noch das alte Bild von der Pusteblume. Wegen ihr brachte ich dich vor drei Jahren zu einem Psychiater. Du solltest mit ihm sprechen. Dir ging es tagelang seelisch nicht gut. Am Telefon sprachst du von einer inneren Leere. Dein Lachen fehlte, und selbst deine schönsten Hobbys waren nicht mehr angesagt. Das Malen und dein Tagebuch hast du sein lassen. Deine Augen suchten Halt. Die Umwelt nahmst du zeitweilig gar nicht wahr. Die Depression nahm ihren Lauf. Gott sei Dank konntest du damals noch gut schlafen.

Wurdest du verlegen, hast du stets einen kleinen Schreibblock aus dem Rucksack geholt. Zwischen den weißen Blättern sah ich ein paar Zeichnungen von dir. Es waren Zeichnungen von sehr seltsam anmutenden Gesichtern. Sie waren traurig und in eine schmerzzerreisende Stimmungen getaucht. Ich habe dich etwas beneidet, dass du diese fragilen, ängstlichen Gesichter zeichnen konntest. Du hast ihnen als zentrales Thema die Sehnsucht gegeben. Ich sah sie und dachte sofort an die Einsamkeit. Ich wage zu behaupten, dass die Einsamkeit schon eine gravierende Rolle bei dir gespielt hat. Das hattest du anfangs abgestritten, was ich schade fand. Denn gerade die Einsamkeit hat das Bild ins richtige Licht gerückt und vieles ausgesagt. Selbst meine Einsamkeit hatte meinen falschen Stolz entwürdigt. Schon den Gedanken in deiner Anwesenheit auszusprechen, das bedarf einer gewissen Rücksichtnahme. Ja, es fiel mir schwer, deine Einsamkeit nachzuempfinden, da ich dachte, sie wäre eine Schande für dich. Seitdem ich aber mit dir im Dialog stand, musste ich tatsächlich überlegen, warum ich den Begriff Einsamkeit ins Spiel gebracht hatte.

Früher kam es mir so vor, als würde die Einsamkeit meinen Alltag behindern. Deshalb hatte ich keine Lust, sie zuzulassen. Mir kam es so vor, als würde ich ein Depp sein, der die Einsamkeit nicht annehmen durfte. Oft sprach mein Vater davon, dass Einsamkeit ein Makel der Gesellschaft sei und ich nur zu dumm wäre, Freunde zu finden. Heute empfinde die Einsamkeit als ein Geschenk. Denn sie gibt mir die Zuversicht, den Illusionsstau außen vor zu lassen und auf den Kern der Dinge zu schauen.

Dorothee, ich fand es wunderbar, die Chaoten einfach stehen zu lassen und anzufangen, meine Lebensbühne neu zu gestalten. Über der Bühne thront die Einsamkeit, von der ich in Zukunft hohe Erwartungen habe. Ich brauche die Einsamkeit und ärgere mich ein wenig, dass ich sie nicht schon früher zugelassen habe. Im Wald zu sitzen und dem Rauschen der Bäume zu lauschen, ist einer der vielen Gründe für meinen Wunsch nach Einsamkeit. Sie gibt mir Raum für Stille, um meine Gedanken neu zu ordnen und

meine innere Stimme wahrzunehmen. Mit einem Aquarell-
stift hast du einen Eisvogel gemalt, der in seiner Farben-
pracht einmalig aussieht. Ich konnte beobachten, wie du die
zarten Linien des Eisvogels gemalt hast, damit er seinen
Blick nach unten richtet. Der Bach unter dem Geäst ließ
erahnen, dass dort kleine Fische schwammen. Die Zeit war
nicht vor Ort. Der Uhrzeiger schwamm vor meinen Augen
weg. Ich durfte dich anschauen. Ich sah deine feinen blon-
den Haarsträhnen, die über einem Wirbel deines Scheitels
hingen. Die Ohren hielten die Wellen deiner Haare fest, sodass ich deinen Ohrring sah, der wie ein Symbol der Offenheit dein Dasein schmückte. Sicherlich war er aus Silber ge-
fertigt worden. In der Einfassung saß ein blauer Stein, der
den Himmel symbolisierte. In den Adern deines zarten Hal-
ses pochte dein Herzschlag gleichmäßig. Deine schmalen
Lippen beschrieben eine süße, aber auch schmerzvolle
Welt, von der ich mir keine Vorstellung machen konnte.
Deine Augen sahen traurig aus. Wie gern hätte ich den
blauen Himmel in deinem Bild malen wollen, um dir so einen Diamanten zu schenken.

Es überraschte mich absolut, in welch kurzer Zeit du
den Eisvogel gemalt hast. Du gabst ihm Farbe: Blau, Rot,
Gelb, Grün, Violett, Kobaltblau. Die Farben drückten etwas Persönliches aus und waren es wert, das Bild intensiver
zu betrachten. Im selben Moment spürte ich Neid. Aber
das verschwand sofort wieder, als ich etwas Dunkles in

deinem Gesicht aufblitzen sah. Da wusste ich, dass die Depression dich erneut attackiert hat. Ich ließ es mir nicht anmerken und schenkte dir einen kostbaren Moment, indem ich dich berührte und dir sagte, alles würde gut werden.

Die Sprache, die ein inneres Kind in bestimmten Lebenssituationen verwendet, ist für mich göttlich. Mir war bewusst, dass mein inneres Kind eine Entscheidung getroffen hatte und damit unbewusst dem Glück näherkam. Als ich diese Erfahrung machte, war das Fügung. Und diese Fügung wahrzunehmen, sie zu fühlen, zu registrieren, ist wie ein Geschenk.

In einem der Bücher aus der Vergangenheit fand ich einen wertvollen Satz: „Viele Denker leben unter uns, die nicht sehen, nicht hören und nicht fühlen können." In dem Satz steckt viel Kraft, denn es zeichnet das aus, was uns Denker ausmacht. Das heißt, entweder du nimmst deine innere Kind-Stimme wahr und hörst, was sie zu dir sagt, oder du verleugnest und beschimpfst den Fotografen weiterhin, der das Bild mit der Pusteblume im Wartezimmer aufgehängt hat. Deshalb sagte ich zu dir, dass du stets eine Wahl hast, um zu entscheiden. Dein diesbezügliches Unverständnis hat mir allerdings gezeigt, dass du mit den Begriffen „Wahl" und „Inneres Kind" nicht umzugehen weißt. Ich habe das nicht verurteilt, sondern akzeptiert. Deshalb erzählte ich dir, wohin meine Lebensreise gehen soll. Solange du aber nicht spürst, wer in dir die Regie führt, solange entscheidest du aus der Welt deines Egos. Einer Welt voller Wut und Hass, mit der Prämisse, den Schuldigen zu finden. Falls aber das innere Kind die Entscheidung gefällt hat, wirst du schnell feststellen, dass diese nicht mit Angst behaftet ist. Das innere Kind entscheidet spontan und wartet nicht, bis die Angst auftaucht. Das Ego dagegen wägt ständig das Gut und Böse ab. Das innere Kind aber weiß im Vorfeld bereits, dass es aus Liebe handeln wird, und entscheidet dann. Die latente Sprache deines inneren Kindes würde daher über die Täler hinweg ziehen und jeden Zugvogel am Himmel begleiten, bis es den Ort gefunden hat, der dich beim richtigen Namen nennt. Und glaube mir, dein Name wird irgendwann genannt. Das Universum kennt die intuitive Art deines ICH und weiß, was in dir lebt. Ich sagte es dir bereits – die Wahrheit. Sie begleitet dich ein Leben lang und macht es dir möglich, die Liebe zu spüren.

Deine Reaktion kam spontan. Daher wusste ich, dass dein Ego mit all seinem Unsinn geantwortet hat. Ich dagegen hatte meine Wahl angenommen, ließ dich mit deinem Protest stehen und bin nach Hause gegangen. Was sollte ich machen?

Abstand halten! Gerade in der sehr chaotischen Zeit las und hörte ich in den Medien oft, dass die Situation in der Welt prekär bleiben würde. Fast überall hörte ich Mahnungen, dass der Abstand eingehalten werden soll, dass man sich die Hände waschen muss und keinen

Denker berühren oder umarmen darf. Im Supermarkt oder in den Drogerieläden lauert der Virus auf jene, die unbeholfen und naiv fünf Packungen Toilettenpapier kaufen. Selbst die beliebte Küchenrolle wurde zu Hause gehortet, da die armen kranken Denker dachten, der dritte Weltkrieg stünde bevor. Mich ließ das alles unbeeindruckt. Ich erinnere mich, als meine Mutter mir erzählte, dass das Brot im Krieg knapp geworden war. Sie hat am Backtag von der Bäckerei vier Brote gekauft und sie im Tiefkühler eingefroren.

Deine Einstellung über die Pandemie hielt sich in Grenzen. Ich hatte den Eindruck, dass dich das alles nicht stören würde. Erst später wurde mir klar, dass du durch die Depression keinen Zugang zu den Ereignissen hattest. Trotzdem hast du im Café in deinem Tagebuch geschrieben und immer wieder neugierig aufschaut, was um dich herum geschah. Ich hatte Freude zuzusehen, wie akribisch und ernst du das Schreiben genommen und wie überlegt du deine Worte gewählt hast. Das hat mich sehr beruhigt. Ich nippte fast gelangweilt an meinem Jasmin-Tee, der schon kalt geworden war. Ich hatte jedenfalls das Gefühl, als wäre unsere Situation normal – du hast geschrieben und ich schaute dir zu. Na ja, vielleicht gibt es gar kein Corona und wir bilden uns das alles nur ein. Ich meine, dass unsere Fantasie nur eine List für uns bereithält, um am Ende zu sagen: „April, April!"

Also, ich habe da einen Freund, der heißt Arthur und fährt Pizza aus. Er wollte sich was dazu verdienen, da er von seinem Hauptjob als Industriemaler nicht leben konnte. Früher, so meinte er, konnte sein Vater von seinem Verdienst gerade mal so leben, was heutzutage gar nicht mehr möglich wäre. Arthur ist sehr geschickt und hat auch

immer mal einen Witz auf den Lippen, wenn er die heiße Pizza an
der Tür überreicht. Es macht ihm Spaß zu kämpfen und stets nach
vorne zu schauen, auch wenn sein Verdienst nicht so berauschend ist.
Wenn er abends die bestellten Pizzen den Denkern übereicht, hat er
stets ein offenes Ohr für sie. Deshalb bekommt er auch häufig Trink-
geld. Durch die Coronakrise ist das Trinkgeld weniger geworden. Und
doch wird es wieder bessere Zeiten geben, meinte er zu mir.

Dorothee, diese Eiszeit wird uns noch oft heimsuchen. Da wird
der Slogan: „Bleib gesund!", zu einer Farce. Da werden auch wieder
alle Gaststätten schließen. Die Stühle stehen auf den Tischen und die
Wirte suchen händeringend nach finanziellen Hilfen, wie sie die Mie-
ten in den kommenden Monaten begleichen können. Sie rufen verzwei-
felt nach Spendenaktionen und geben Gutscheine statt eines Schwei-
neschnitzels mit Blumenkohl. Dafür stimmt der Haustürservice. Sie
kochen und liefern zugleich, um wenigstens etwas Geld zu verdienen.
Ich finde die Idee genial.

Ist Corona die Realität oder eine Illusion, die sich von der
Wahrheit entfernt? Ich beließ die Situation, in der ich mich
befand, wie sie war. Abends schrieb ich, da ich alles festhalten wollte, was geschehen war. Ich trotzte nicht und ließ
meine Pforte offen. Ich fand es wichtig, die Pforte offen-
zulassen. Ich wollte erfahren, wie es weitergehen würde mit
dir, mit mir, mit Corona und wann der Wahnsinn ein Ende
hat. Fragen standen im Raum und ich suchte nach Antworten, die ich nicht fand. Ich tastete mich an einer Wand

entlang, die ich zu respektieren hatte. Mir wurde der Blick in die Zukunft verwehrt. Und wenn ich ehrlich bin, ich wollte dich mit meinen Fragen in den Fokus rücken.

Dorothee, ich wollte dich beeinflussen, um dich auf einen besseren Weg zu bringen. Psychisch warst du stark angeschlagen. Die Depression nahm dich in Besitz. Kein Denker ahnte, was auf dich zukommen würde. Keiner. Es war nicht verwerflich, zu fragen, warum das Schicksal so mit einem umgeht, dass es fast das Leben kostet. Ist die Wahrheit erneut von dir verdrängt worden, sodass du am Ende deine Angst wieder aufgerufen hast, um dich zu schützen? Ich selbst habe versucht, mich der Wahrheit zu stellen und erkannte, dass die Realität die Ursache dafür war, dass meine Illusionen von mir richtig eingeordnet wurden. Das war fatal. Ich musste damit abschließen, auf andere Denker zu hören und ihnen gerecht zu werden. Im Kindesalter wollte ich meinen Eltern in jeder Hinsicht gerecht werden, bis ich merkte, dass ich das nicht schaffen würde. Und doch war mein Glaube so fest, dass ich dachte ich, ihnen am nächsten Tag vielleicht gerecht zu werden. Die Enttäuschung wurde größer und größer. Ich spürte die Last auf meinen Schultern immer deutlicher. Was sollte ich tun? Ich musste dem Einhalt gebieten und ihnen sagen: „Keinen Schritt weiter!"

„Kehre endlich um, Dorothee! Wie oft habe ich das zu dir gesagt? Sei geduldig mit dir selbst und versuche die

Poren zu schließen, damit der Groll keine Möglichkeit hat, dich zu erniedrigen."

Das bis jetzt Geschriebene wiegt das ganze Drama nicht auf. Zwar bekam man die Pandemie in der Stadt gut in den Griff, aber leider nicht überall. Wenn ich über den Teich schaue, wie viele Denker in den USA infiziert wurden und gestorben sind, ist das Ausmaß in Deutschland vergleichsweise gering. Trotzdem denken Tausende, „nach mir die Sintflut". Irgendwie macht es mir Angst. Aber ist das Virus überhaupt zu stoppen? Mit Mundschutzmaske oder weiteren diversen Regeln? Ich musste die Frage an dich stellen: „Welchen Vorschlag hättest du, das Corona-Virus von unserem Stadtteil fernzuhalten?"

Ich sprach über die Pforte, die ich öffnen lassen würde, wenn es mir gut geht. Das ist ein gutes Zeichen, denn so hättest du die Möglichkeit, mich besser kennenzulernen. Hätte ich die Pforte verschlossen gehalten, wäre bestimmt kein Dialog zwischen uns zustande gekommen sein. Selbst deine Pforte, die du manchmal unbewusst geöffnet hast, gab mir die Gelegenheit, deinen Charakter besser zu verstehen. Deine Geburtsurkunde im Wohnzimmerschrank grämte sich ein wenig und mied die Sonne, als du noch Kind warst. Wie schade, denn ich bin der Meinung, dass ein Sonnenaufgang dich am Herzen berühren kann. Wenn du es zulassen würdest, den Schleier deines Unvermögens mehr und mehr fallen zu lassen, dann wäre dein Blick nach vorn bestimmt klarer. Dein aufzubrechender Wunsch nach Illusionen, die in dir eine Totenfeier auslösen, wäre durch einen spontanen Lichtstrahl sofort eliminiert. Deine Illusionen dürfen aber die Grenzen von Zukunft und Vergangenheit nicht vermischen, da du in den vergangenen Jahren den Hass unterschiedlich stark empfunden hast. Das alte Wissen und die überholten Erfahrungen deiner Eltern, die dich nicht als eigenständiges Individuum sahen, gehören der Vergangenheit an. Du bist als Kind nicht ängstlich oder ungezogen gewesen, nie lieblos und auch nicht dumm in der Schule. Du bist nicht hässlich und hast als Mutter nicht versagt.

Dorothee, du musst dich von den falschen Ansichten deiner Eltern lösen. Sie gehörten dir nicht. Du musst wissen, dass es ihre Ängste waren, die ihnen das Leben schwer machte. Und dass es ihnen dabei nicht gut ging, liegt klar auf der Hand. Du solltest ihre Schuld tragen – eine Last, die dir nie gehört hat. Sie hat dich daran gehindert, den richtigen Weg zu finden, deine eigene Kreativität und die Liebe. Du hast dir zwar Mühe gegeben und deinen Willen eingesetzt, aber den Lebensprozess nicht richtig verstanden, verinnerlicht, wahrgenommen. Die Suche nach dem Motiv des Lebens hat dich gekennzeichnet. Dein Wesen hat deine Umgebung mehr und mehr von Angst geprägt. Du hast das Licht nicht wahrgenommen, dass dir ein Loslassen ermöglicht hätte. Du bist stattdessen in die Dunkelheit abgedriftet, um nicht gesehen zu werden. Du hast selbstzerstörende Szenen in dir aufgerufen, um deinen Willen zu ignorieren, der dich auf sichere Pfade geführt hätte. Du hast das Kind in dir betrogen und erneut der Hoffnung Beachtung geschenkt, dass deine Eltern dich anerkennen. Doch die Anerkennung kam nicht und wäre auch bis zum heutigen Tag nicht gekommen. Der Glaube in dir zerbrach, und das Selbstbewusstsein. Du dachtest, es würde genügen, die ein Heimatgefühl suggerierende Sprache dieser chaotischen Welt wahrzunehmen. Mehr noch. Du hast dich der Illusion hingegeben, auf einer satten grünen Wiese mit einem Schaukelstuhl zu sein. Oh nein! Das alles war trügerisch und gebot dir, im leeren Raum zu verweilen, der dir Angst machte. Du hast im gleichen Atemzug deine innere Welt ignoriert, und das brach dir das Genick. All die Jahre hast du die Welt in dir mit der Maßgabe verdrängt, alles abzutöten, was an Gefühl noch in dir war. Du hättest dir die Frage doch selbst beantworten können, warum du vor zwei Wochen ins Krankenhaus gehen musstest, um deine starken Depressionen behandeln zu lassen. Ein Wunder geschah ganz nebenbei, und das kam ohne dein Zutun. Denker in weißen Mänteln nahmen dich auf und erkannten, dass du an deine gesundheitlichen Grenzen gestoßen bist. Ich kenne diese Denker in ihren weißen Mänteln sehr gut und durfte vor Jahren mit ihnen Bekanntschaft machen. Auch für mich war es ein Wunder, dass ich in einem dieser Häuser unterkam. Zwölf Wochen waren nötig, um meine Psyche zu analysieren und eine Diagnose zu stellen. In den Therapien habe ich gelernt, mit meinem inneren Kind umzugehen. Ich bekam Instrumente in die Hand, wie ich mit mir bei der Bewältigung von Alltagsproblemen umgehen muss, welche Hilfe ich mir anbieten darf, wenn es mir nicht gut geht. Ich wurde von einem sehr guten Therapeuten neu geprägt und wusste seitdem, dass das Weinen zum männlichen Teil dazu gehört. Die althergebrachte Ansicht, dass männliche Denker nicht weinen dürfen, war dadurch überholt. Diese Botschaft bekam mir gut, denn so fühlte ich, dass zwei Stimmen in mir die Rolle meines Lebens übernehmen wollten – die Stimme meines Egos und die meines inneren Kindes.

Ja, ich war darauf bedacht, mein Wissen preiszugeben, denn ich erhob Anspruch darauf, dass auch mich eine weibliche Stimme ansprechen konnte. Ich musste es nur zulassen. Erst dadurch erkannte ich, dass meine Mutter mich früher zwar oft ermahnt hat und Strenge zeigte, sie mich aber trotzdem liebte, mich liebkoste und auf den Arm nahm.

Dorothee, ich habe dir vor langer Zeit Fotos gezeigt, wo meine Mutter mich auf dem Arm trägt und dabei anlächelt. Für mich sind das überzeugende Fotos. Auch wenn meine Verbitterung lange Zeit in mir wütete, muss ich eingestehen, dass diese Fotos eine andere Sprache sprechen als die Realität. Vielleicht war das der Zeitpunkt, in der meine Mutter die weibliche Sprache in mir entfacht hat und die mir heute die Fähigkeit gibt, auch die männliche Stimme wahrzunehmen.

Ich war bei dir von Anfang unsicher, ob du die Stimmen überhaupt wahrnehmen würdest. Dein Zurechtlegen von uralten Thesen im Umgang mit Denkern anderer Mentalität, hat mich schon sehr gewundert. Die meisten kreativen Denker in der Kunstszene zum Beispiel, waren für dich wie Feinde. Du hast sie entsprechend angesprochen: abwertend, abstoßend, ablehnend, dominant. Keinen kreativen Denker hast du in deinem Umfeld akzeptiert, egal welche Art von Kunst angeboten wurde. Ich hatte stets den Eindruck, dass du dachtest, man würde dir was wegnehmen. Und das ist bei vielen Denker, die so egoistisch handeln müssen. Bei denen ist es kaum möglich, eine gute Idee sofort umzusetzen. Erst muss die Idee zerhackt, in allen Einzelheiten analysiert und begutachtet werden, um sie dann schließlich für schlecht zu empfinden. Wenn dieser Punkt erreicht wird, kann man einen einseitigen Dialog führen, wo nur noch die Idee im Raum steht, sonst folgt als Reaktion die resolute Ablehnung und man wird zum Arschloch abgestempelt.

Bei dir fehlte, so war mein Gefühl, die Balance, weil deine Angst die Korrektur hemmte. Deine Unsicherheit verbunden mit den uralten Bildern aus deiner Kindheit hielt dich davon ab, deinen richtigen Namen aufzurufen. Orientierungslos bist du wie eine schwere Taube über das Tal der Ahnungslosen geflogen. Du hast dein zu Hause einfach nicht finden können.

Alles wurde vor deiner Geburt festgelegt, und das Rinnsal von Leid und Wut, welches deine Qual ausmachte, blieb zäh und breiig. Fettleibig schwirrten die Gedanken in deinem Gewebe umher, wobei das Paradies leise an deinem Traum angeklopft hat. Aber du hast das nicht bemerkt, da der Nebel um dich herum dicht war. Zu sehr warst du damit beschäftigt, deine Angst zu pflegen. Du gingst auf Distanz mit deinen guten Gedanken und hast gleichzeitig den lieben Herrgott gerufen dir zu helfen. Hast du tatsächlich geglaubt, das würde funktionieren? So einfach ist das Universum nicht gestrickt. Natürlich klopft das Paradies auch an deine Tür und bemüht sich, dich auf den rechten Weg zu bringen. Doch du hast das nicht in Betracht gezogen, weil unbekannte Ereignisse dich in nicht abzuschätzende Gefahren bringen könnten. Mir wurde klar, dass deine Eltern dich so erzogen hatten und dir suggerierten, dass mit den Gefühlen auch die Ängste kommen. Aber dem ist nicht so. Weil dein Denken aber nichts anderes zuließ als diese Ansicht, wurdest du schwächer und hast letztlich aufgegeben. Ein müdes Lächeln hätte dir nicht geschadet, wären deine Illusionen nicht so stark in dir verankert. Deshalb

solltest du dir mehr Mühe geben, das Bild mit der Pusteblume im Wartezimmer zu verstehen. Das hat letztlich
nichts mit dir persönlich zu tun. Es ist vielmehr deine Aufgabe, diese Gegebenheit zu akzeptieren. Mehr nicht.

Es gab Gründe, warum es dir nicht gelang, dies zu akzeptieren. Das Verständnis aufzubringen wäre ein guter
Pfosten für dich gewesen, um dich daran anzulehnen. Er
hätte dir Sicherheit gegeben, sodass die Fantasie eine Berechtigung bekäme, alles zum Fließen zu bringen. Selbst
deine Ideen haben eine Berechtigung, akzeptiert zu werden,
egal ob es einem Denker gefällt oder nicht. Sie stehen im
Raum und müssen angeschaut werden. So einfach ist das.
Genau so einfach ist es, eine Idee in eine Geschichte, res-
pektive in ein Buch zu verwandeln. Vor ein paar Monaten
noch wäre es für mich undenkbar gewesen, überhaupt daran zu denken. Ein Buch über uns beide.

*Ein neues Jahr begann. Wir ahnten nicht, dass wenige Monate später
das Virus ganze Landesstriche überfallen würde. Unvorstellbar. Was
ist eine Pandemie und wie ernsthaft kann sie uns bedrohen? Das
Drama mit dem Virus ist mittlerweile zum Normalzustand geworden, und das macht mir Sorgen. Doch wohin geht die Reise?*

Das Buch war schon weit gediehen, als wir herausfanden,
dass unsere Ängste etwas mit uns zu tun haben. Gern nahm
ich diese spirituelle Ausrichtung in Kauf. Hauptsache, sie

dient dir zum besseren Verständnis, dass die Gesundheit das oberste Gebot ist. Ich gab zu bedenken, dass die Gedanken im Verborgenen eine unbekannte Reise beginnen könnten, wo niemand von uns weiß, wo und wann sie aufhören wird. Seltsame Begegnungen könntest du im Traum erleben, wenn du möchtest. Du könntest dich verwandeln und all die Konturen des Bösen ausradieren. Dabei würde die innere Stimme in dir leiser werden und all die Farbpigmente im hellen Licht aufrufen, um das Stimmige deiner Seele festzuzurren. Sie ist die Voraussetzung dafür, dass deine erkrankte Psyche sich stabilisiert. Würde dir das gelingen, gebe es einen guten Ansatz, um Ehrlichkeit und Fantasie in Einklang zu bringen.

Dorothee, würdest du einen Unterschied zwischen einer Fotografie und einem gemalten Bild machen? Als ich dir sagte, für mich gebe es keinen Unterschied in der Kunstsprache, war dein Blick sehr betrübt. Das genügte mir, um mir klar zu werden, dass ein feinfühliges Gefühl in dir hochkam. Das bestärkte mich zudem in der Ansicht, dass dein Ego keine Verbindung mit deinem inneren Kind eingehen wollte. Weißt du, dass Fotografien eine eigenständige Sprache vermitteln, was bei gemalten Aquarellen nicht der Fall ist? Ein Foto aufzunehmen, geschieht meistens spontan und ist stets abhängig von der Situation. Es gibt Motive, die vor einer Minute noch nicht präsent waren und innerhalb der nächsten Sekunde aus dem Nichts entstehen. Ein gemaltes Bild dagegen entsteht wie im Zeitraffer und genießt die Ruhe der Linien. Es wandelt ständig seine Strukturen, die so zu Strophen einer Musik von Farben werden. Die Illusionen geben den Farbnuancen erst später einen Sinn und verführen die Fantasie, um überhaupt zu einem Motiv zu werden. Ich meine, dass auf dem Aquarell erst die Farben zueinanderfinden müssen, um das widerzuspiegeln, was im Geist entstanden ist.

Ich kenne mich darin aus. Es gab auch in mir eine Zeit, wo ich jeden Tag malte. An manchen Tagen konnte ich drei bis vier Aquarelle malen. Selbst ich hatte keine Ahnung, wie der Pinselstrich das Aquarell zu einem Kunstwerk macht. Die eigentliche Kunst besteht nämlich darin, mit dem Malen rechtzeitig aufzuhören. Ein Pinselstrich zu viel und das Bild ist ruiniert. Nun ist meine Geschichte in Wort und Bild gekleidet, sodass ich keinem was beweisen muss. Denn das musst du auch wissen. Geschriebenes und Gemaltes erheben keinen Anspruch, beweisbar zu sein. Was ich damals produzierte, war ein Moment, und der Moment ging fort von mir. Der Moment kennt keine Stunde oder Woche, nicht mal die Jahreszeiten. Die Vergänglichkeit, von der viele kreative Denker sprechen, gibt uns ein Gefühl der ewigen Verlassenheit. Wenn ich schrieb oder malte, wusste ich, dass die Einsamkeit mein Denken berührt. Ja, mehr noch. Sie umarmt mich und darf den Gedanken zulassen, dass die Einsamkeit mir gehört. Gerade das tat mir gut.

Dorothee, die Einsamkeit berührt keine Angst, die mich traurig machen könnte. Sie lässt nur eins zu, mich der Liebe anzunähern. Letztlich hast du die gleiche Möglichkeit, dich dieser göttlichen Szenerie anzuschließen, um die Ereignisse in deiner Kindheit zu akzeptieren.

„Lass das Foto sein und begib dich an den Ort, wo dein inneres Kind auf dich wartet." Diesen wertvollen Satz habe ich dir an den Kopf geschmettert. Das tut mir nicht leid. Im Gegenteil. Du wolltest die Wahrheit ja wissen. Deine Entschlossenheit, die Sonne zu meiden, war ein fataler Fehler. Das Licht hätte deinem Wohl gedient, um das neue Drehbuch deines Lebens zu öffnen. Entwerfe diverse Figuren aus deiner Welt. Wähle den Horizont, der am Abendhimmel nahe bei dir sein soll. Vielleicht kommt der Zeitpunkt, wo du einen kleinen Silbertaler auf deinem Weg findest, der dich beschreibt. Auch wenn die Traurigkeit im Wappen sichtbar wäre, sie würde eines Tages deine wahren Umrisse preisgeben, wo sich ein Lachen versteckt hält.

Mein Lachen zu finden, schien mir am Anfang sehr schwierig zu sein, dachte ich. Aber schnell begriff ich, dass der Zugang zu meinem inneren Kind verschüttet war und ich lernen musste, es zu befreien. Keines der Bücher über die absolute Spiritualität war in der Lage, mein ich zu retten. Nicht mal der Guru aus Eisfeld. Auch wenn er morgens und neuerdings auch zur Mittagszeit seine Session zelebrierte, war seine persönliche Ansicht zu Jesus für mich nebensächlich. Relevant war nur, dass ich mich selbst wahrnehme, um mein inneres Kind zu befreien. Nur ich allein konnte diese Entscheidung treffen. Deshalb war es mir unwichtig, ob der Guru seine Spende für die dreistündige abendliche Session bekam. Ich gab sie ihm einfach.

Diverse Lockerungen wurden im Fernsehen und in der Presse vor einigen Tagen angekündigt, dass zum Beispiel bestimmte Geschäfte in der Stadt wieder öffnen durften. Seit Wochen mussten die Geschäfte wegen Corona ihre Türen geschlossen halten. Kaufhäuser und große Einkaufszentren waren menschenleer. Ich ahnte, dass das nicht gut gehen würde, wenn der Umsatz von hundert Prozent auf null heruntergefahren wird. Miete und Strom müssen trotzdem bezahlt werden, ob nun die Ware über den Verkaufstisch geht oder nicht. Das brutale Überleben in der Welt ist real. Existenzen stehen auf dem Spiel. Manche Denker wissen tatsächlich nicht, was sie morgen einkaufen können, weil sie kein Geld verdienen.

Nach ein paar Wochen wurde den Friseuren erlaubt, ihre Türen zu öffnen, um den geplagten Frauen und Männern die Haare zu stylen, zu färben, zu föhnen oder zu waschen. Du selbst hast dich ebenso gefreut, als deine Frisöse Betty aufmachen konnte. Aber schon beim Termin musstest du eine Wartezeit von drei Wochen einplanen.

„Was ist das nur für eine Zeit, in der wir jetzt leben?" Dieser Satz von dir gab mir zu denken. Ich überlegte, wie es weitergehen soll. Wie fühlt es sich an, wenn du mit deinem Freund eine Gaststätte aufsuchst und am gedeckten Tisch sitzen darfst? Wie soll der

Mindestabstand von 1,50 Metern eingehalten werden? *Leise Gespräche durch den Mundschutz könnten da nicht mehr stattfinden, da die Entfernung zu groß ist. Die Intimität geht verloren. Die Hand zu reichen, ist nicht erlaubt. Selbst ein Kuss ist verboten, zumindest zwischen Menschen zweier Haushalte.*

Dorothee, du hattest recht, unsere Freiheit wurde durch das Virus stark eingeschränkt. Die Flüchtlingsströme blieben erst mal in Italien stecken und waren gezwungen, dort zu überleben. Was für ein Elend! Und die Gesichter in Deutschland waren mit einem Mundschutz bedeckt. Die Augen starrten ins Leere, zumindest schien es mir so. Die Finanzmärkte kollabierten, da die Weltmärkte keine Handelswaren produzierten und somit kein Geld umsetzten. Die Firmen mussten schließen und die Arbeiter bekamen Kurzarbeitergeld, was keine großen Sprünge zuließ. In manchen Ländern durften die Denker nicht mal auf die Straße gehen, außer zum Kauf von Lebensmittel oder zum Arztbesuch. Spaziergänge oder Sport im Park waren strikt untersagt. Selbst der Benzinpreis rutsche in die Tiefe. Tankstellen blieben leer und der Tankstellenpächter klagte, dass er keinen Umsatz machte.

Ich erinnere mich gut, als wir beide im Auto saßen und feststellten, dass eine sonst stark befahrene Kreuzung mit 4 Spuren leer war. Erst spät abends sahen wir die Fahrzeuge der Pflegedienste und diverser Pizzafahrer. Die Wasserqualität der Wuhle in Hellersdorf wurde besser. Man sah kleine Fische schwimmen, die sogar ein Eisvogel im hohen Geäst sehen konnte. Sein Sehvermögen war absolut grandios. Er stürzte sich zielgerichtet ins Wasser und fing einen winzigen Fisch. Selbst zwei Schildkröten konnten wir auf einem Granitstein beob-

achten. Da der Straßenlärm fehlte, waren viele Vögel vor Ort, die man nur selten oder fast nie sah. Die Rohrweihe war zu hören. Der Distelfink stolzierte über den Kiesweg und der Kernbeißer beobachtete mich unter seinem Versteck aus Laub. Und wenn ich dachte, die Natur würde ruhen, dann konnte ich im Weiher den Teichrohrsänger hören. Was könnte ich mehr verlangen? Nichts. Ich musste nur darauf achten, mich selbst mehr in den Fokus zu rücken, damit meine Hellhörigkeit und Sensibilität nicht verloren gingen. Mehr nicht.

Der Galerist **Horst Salzmann**, der schon zu DDR-Zeiten viele Ausstellungen organisierte und im „Prenzlauer Berg" nicht weit von einer Kirche entfernt seine Arbeitsstätte besaß, ließ sich in der Corona-Zeit nicht irreführen und suchte im Land Brandenburg geeignete Motive zum Malen. Er malte alte Dörfer, Dörfer in Tälern, Dörfer mit Kopfsteinpflaster, die bei Regen den Glanz der Steine widerspiegeln. Oder Laternen, die nicht leuchten und somit Platz für den Storch schaffen, der oben auf dem Lampenschirm sein Nest baut. Es waren Bilder von Dörfern im Land Brandenburg. Unscheinbare Kirchen und Friedhöfe gaben dem ruhigen Flair einen gewissen Charme. Auf manchen Bildern konnte man noch dicke, verkrüppelte Eichen sehen, die das Gehölz mit all seinen Strukturen haargenau abbildeten. Wie gelang es dem Maler, die Atmosphäre eines Dorfes so einzufangen, dass man dachte, es wäre eine Fotografie? Erinnerst du dich an den ausgebauten Schweinestall im Dorf

Eigenhain, an die wunderbar warme Atmosphäre mit den Lichtstrahlern, die an der Decke befestigt waren, um die kalkweißen Wände zu beleuchten? Behaglich wirkte es, als Salzmann die unzähligen Aquarelle aufhängte. Was für ein Anblick? Ich war erstaunt über die schönen Motive, die ich in der Ausstellung sah. Die besondere Farbgebung der Figuren und die detaillierten Fachwerkhäuser und Kirchen gaben eine irgendwie geartete poetische Sprache zum Ausdruck, die unter meine Haut ging. Du hast gleich gespürt, dass ich fast versessen war, die Aquarelle anzuschauen. Ja, ich mochte sie. Die Aquarelle gaben mir Frieden. Schade nur, dass du meine Freude nicht geteilt hast.

Ich ahnte schon, dass es keine gute Idee war, mit dir zu dieser Ausstellung zu gehen. Aber was sollte ich machen? Die köstliche Käsetorte und der frisch gebrühte Kaffee auf der Veranda eines schön gelegenen Cafés, das war Gott sei Dank eine richtige Entscheidung. Beim schönsten Sonnenschein dauerte es nicht lange, bis deine Stimmung sich besserte. Dennoch schmerzte es, zu erfahren, dass du den Maler Horst Salzmann nicht mochtest. Ich wollte von dir wissen, warum? Ein Galerist und Maler, das war schon was Außergewöhnliches.

Er war Ende siebzig, besaß eine leicht gebräunte Glatze und eine schwarze Nickelbrille. Seine braunen Augen funkelten wie bei einem frechen Buben. Seine Lippen waren schmal, wirkten streng. Ein Dreitagebart ließ sein ohnehin schon mageres Gesicht noch dünner erscheinen. Das rot karierte Jackett und das weißbestickte Seidenhemd ließen Horst edel erscheinen. Die schwarze Leinenhose und die blauen Absatzschuhe mit den weißen Schnürsenkeln sahen modebewusst und gepflegt aus. Mit dem Malen hatte er spät begonnen. Er wollte die vielen alten Maler aus dem vorigen Jahrhundert, deren Bilder in den Ausstellungen hingen, erst kennenlernen.

Er wirke auf mich wie ein Märchenerzähler. Ich mochte ihn wegen seiner ruhigen Art. Seine Arbeit, biografische Informationen von verstorbenen kreativen Denkern zu sammeln, machte Horst zu etwas Besonderem. In seinem Block im Internet konnte ich lesen, wie viele kreative Denker aus dem vorigen Jahrhundert er bereits entdeckt hatte und in welcher Stilrichtung sie malten. Das gab ihm den Antrieb, diese Denker der Öffentlichkeit zu zeigen. In seiner persönlichen Galerie wollte er auch seine Arbeiten dem Publikum zeigen. Er tat dies auf Anraten vieler seiner Freunde und Bekannten. Mit Erfolg.

Erstaunlich fand ich, dass ich keinen dieser kreativen Denker kannte. Es gab nicht nur Klimt oder Picasso oder Rembrandt. Ich durfte mich glücklich schätzen, meiner eigenen Recherche zu vertrauen, um kreative Maler zu finden, die meinen Stil des Malens widerspiegelten. Dazu gehörte auch Willy Muschter, der dem Realismus angehörte. Seine Bilder waren absolut rein und so fein gemalt, dass ich jedes Detail im Bild sehen konnte. Horst Salzmann gehörte auch zu diesen Realisten. Ich beneidete ihn ein wenig für seine Malkunst. Er meinte zu mir, dass alle Motive ihm leicht von der Hand gingen. Auch Hermann Hesse hatte das Talent, wunderbare Aquarelle zu zeichnen und die Begebenheiten im Bild deutlich festzuhalten. Horst begann schon als dreijähriges Kind zu malen.

Gut, dass du ehrlich zu mir wurdest, Dorothee, und deinen Ärger preisgabst. Er konnte echt gut malen, dazu war er Galerist. Und das passte dir nicht. Letztlich war es dir verwehrt geblieben, einen so wunderbaren Denker wie Horst wirklich kennenzulernen. Ich konnte es. Wir verstanden uns blendend und schmiedeten Pläne, wie ich eine eigene Ausstellung machen könnte.

Galerien und Ateliers waren bereits vier Wochen geschlossen und die künstlerischen Denker, die die Geschäfte führten, brauchten dringend Geld, um über die Runden zu kommen. Mir tat es weh. Ich konnte mit ihnen fühlen, da keine Möglichkeit vorhanden war Geld zu verdienen. Manche kreativen Denker bauten sich im Internet eine eigene Plattform, auf der sie ihre Dienstleistungen anboten. Es gab sogar ein Künstlerehepaar, das in Mitte ein Studio hatte, wo sie auf Klavier und Cello klassische Musik spielten. Einmal in der Woche gab es auf „YouTube" eine klassische Musikstunde, die es in sich hatte. Durch ihre Ehrlichkeit und Offenheit haben viele User eine Menge Gutscheine für ein Konzert gekauft, um sie vor der Pleite zu bewahren.

Als meine Sucht nach Malern aus den früheren Jahrhunderten sich langsam legte, hörte ich mit dem Malen auf. Ich suchte fortan nach Büchern, die ich unbedingt lesen wollte. Ich glaube im Nachhinein, dass unser gemeinsames Interesse nach Büchern ein persönliches Kennenlernen erst möglich machte. Die Jagd nach Büchern begann.

Gott sei Dank befanden sich auf meiner Lebensreise interessante, freche, frivole und poetische Schriftsteller, die sehr talentiert waren. Die Geschlechterfrage musste im 18. Jahrhundert erst überwunden werden, bis Frauen auch in dieser Branche gleichberechtigt waren. Sie malten mit Hingabe und auf höchstem Niveau und waren in der Lage, die künstlerische Bühne wertvoller zu machen.

Ich mochte wie gesagt unbekannte Schriftsteller: Robert Walser, Pessoa Fernando, Karin Feuerstein-Praßer, Janne Teller, Susanne Fritz. Ich hätte dir noch andere gute Autoren nennen können, aber ich wollte nicht prahlen.

So ähnlich verhielt es sich auch mit unbekannten Malern und Malerinnen, die stets im Hintergrund agierten. Sie hatten es nicht leicht, aus dem Schatten der großen Stars ihrer Zeit herauszutreten: Anna Klein, Julie Wolfthorn, Elisabeth Büchsel, Anita Ree. Sie und andere Denkerinnen hätten eine grandiose Laufbahn hinterlegt, aber sie bekamen von der männlichen Gesellschaft nicht die Anerkennung, die dafür nötig gewesen wäre. Auch war der Wille in ihnen nicht vorhanden, mehr aus sich zu machen, da die Angst in ihnen regierte. Nach so vielen Jahren sind diese Künstlerinnen fast in Vergessenheit geraten. Gott sei Dank, dass die Nachfahren deren Werke wiederentdeckt haben. Kuratoren aus aller Welt wissen das zu schätzen, um die wertvollen Werke der Öffentlichkeit zugänglich zu machen.

Horst Salzmann ist so ein Kurator. Was ist daran so verwerflich, diese verstorbenen Seelen neu zu entdecken und ihre alten Werke der Gesellschaft zu zeigen? Würde es Horst nicht geben, würde bestimmt ein anderer Kurator Galerien finden, um diese Werke aufzuhängen. Deshalb gefiel mir nicht, dass du Horst abgelehnt hast. Das hat in mir immer Wut entfacht, die ich letztlich nicht richtig einordnen konnte. So wie bei der Fotografie im Wartezimmer deines Neurologen. Die Pusteblumen auf dem Bild gaben mir irgendwie Sicherheit. Beim Betrachten konnten meine Gedanken abschweifen. Aber nein! Du musstest ja dagegen wettern, wie man solche Dinge überhaupt aufhängen könne. Das Gleiche war bei Horst, wobei er vor uns stand und seine persönliche Geschichte erzählte, die wirklich nicht dominant auf mich wirkte. Während seines Erzählens kochte es in dir. Ein massives Feuer flammte in dir auf und deine dünnen Adern bekamen nicht genug Sauerstoff, um dich selbst ins ruhige Fahrwasser zu bringen. Dein Zorn hatte sich in jeder Zelle deines Körpers festgesetzt. Dein egoistisches Denken ließ die Liebe in dir erkalten. Das ist kein Gesetz der Natur, sondern dein Gesetz. Dir war nicht bewusst, dass die andersdenkenden alten kreativen Denker ebenso einer fragmentierten Straße des Lebens entlanglaufen müssen, um ihr Lebensziel zu erreichen. Mit Ehrlichkeit und Kühnheit gingen sie ihren Weg und ließen ihr inneres Kind frei. Du dagegen hast Arroganz und Kaltblütigkeit gefühlt, nicht Zuneigung oder Liebe, um dich selbst zu verstehen. Du hast unbewusst deine innere Welt ignoriert, um deine äußere Welt zu stärken. Du hast nach Anerkennung gesucht. Aber in dir lebte ein Widerstand, der das kreative liebevolle Leben der Denkergemeinschaft einfach nicht tolerierte. Was war passiert? War dir in deiner Kindheit etwas widerfahren, das du nicht überstanden hast?

Die schönen hellen Räume der Galerie von Horst Salzmann mit den entzückenden wunderschönen Aquarellen aus seinem Schaffen erstrahlten in Demut und nahmen jeden Besucher an die Hand. Sie begannen zu lächeln, blieben lange vor den Bildern stehen und begannen zu tuscheln. Und jedes Mal sah ich deine bösen Blicke, als wollten sie die Besucher töten. Deine schmierige, bösartige Welt hattest du allerdings auf sehr dünne Pfähle gebaut. Engstirnig und chaotisch war dein Denken, und die Solidarität hast du verdammt und verurteilt. Daher gab es nicht viel Zeit, um den Wandel einzuleiten. Der Tag war gelaufen. Ein verlorener Tag für dich und ein gewonnener Tag für mich.

In der Corona Krise waren viele Ausstellungen geplant. Es gab einen Kulturkalender vom Kulturring, der auf diese Veranstaltungen hinwies. Als aber die Senatsverwaltung bekannt gab, alle Kultureinrichtungen zu schließen, war überall eine Ohnmacht zu spüren. Viele kreative Kulturschaffende konnten nicht richtig einordnen, was mit ihnen geschah. Erst Tage später begann diese Entscheidung bei ihnen so richtig zu schmerzen. Und er war nach Wochen noch nicht weg, dieser Schmerz. Ich nahm die Nachrichten über Corona nur so nebelhaft wahr und dachte jeden Tag an einen Bluff. Als die ersten Verstorbenen in der Öffentlichkeit bekannt gegeben wurden, konnte ich mir ausmalen, wohin die Reise gehen würde. Stillstand allerorten.

Erstaunlich dagegen war es bei deiner Ausstellung im Oktober vor zwei Jahren in einer Galerie in Marzahn, wo du deine Aquarelle zeigen durftest. Die Galerie M im Bezirk war ein idealer Ort, um dein Ego der Öffentlichkeit zu präsentieren. Du hast dich in deiner Haut sichtlich wohlgefühlt, schließlich wurdest du ja auch von allen Seiten gelobt. Sektgläser wurden gefüllt und man stieß mit dir an, um deinen Erfolg zu feiern. Ich gönnte es dir von Herzen. Deine Augen strahlten. Du hattest dir gewünscht, dass an diesem Tag deine verstorbene Mutter zugegen gewesen wäre. Ich sagte dir, dass du ohnehin nichts davon gehabt hättest. Nichts.

„Seifenblasen werden zum Himmel aufsteigen", sagte ich zu dir, „und du bist nicht imstande, auch nur eine davon zu greifen. Also wozu dieser Wunsch nach Anerkennung durch deine Mutter, die ja nicht mal in der Lage war, dir als Kind Liebe und Trost zu geben?" Darüber warst du nicht sehr erfreut. Doch sollte ich dir nicht die Wahrheit sagen?

Dorothee, solche Gedanken über andere solltest du besser für dich behalten. Du hast kein Recht zu sagen, wie ein kreativer Denker sein muss, um dich zu akzeptieren. Du hast damit eine Grenze überschritten, die dich verletzt hat. Jedes Argument war dir recht, solange es deinen Interessen diente. Und das stieß bei mir auf Widerwillen.

Ich kann mich gut erinnern, wie mein sehnlichster Wunsch in Erfüllung ging, als ich eine Arbeit in einer Wohngemeinschaft für Demenz erkrankte Denker bekam. Nach einem Anruf durch den Arbeitgeber durfte ich den Arbeitsvertrag unterschreiben. Zu meiner größten Überraschung gehörten ein hohes Gehalt und zweiunddreißig Urlaubstage dazu.

Ein leichtes Achselzucken, das war deine einzige Gefühlsäußerung. Du hast dich weggedreht und eine alte Ausgabe vom „Spiegel" hervorgeholt. Dann hast du aus einem Artikel vorgelesen, der zu meinem Thema überhaupt nicht passte. Ich hatte keine Ambitionen für Politik und schon gar nicht, um über das Thema „Trump" zu sprechen. Aber nein! Du hast mich einfach übergangen, weil du ja deinen Willen durchsetzen musstest. Du warst leider nicht imstande, auf mich zuzugehen und mich anzuhören. Keine

Anteilnahme spürte ich, kein Zuspruch und keine Freude. Als du die Zusage bekamst, im Bierpinsel in Spandau eine Ausstellung zu machen, war ich hocherfreut. Deine Begeisterung hatte Stunden angedauert. Die Sabrina, eine ehemalige Freundin von dir, war schwanger und bekam im August vorigen Jahres ihr Baby. Als sie dich vier Tage später anrief, um dich einzuladen, hast du einfach den Hörer aufgelegt. Ich konnte dich nicht verstehen.

Während der Corona-Krise ist der Alltag schwieriger geworden. Mit der Mundschutzmaske kann ich mich nicht freifühlen. Dass auch andere Denker damit nicht klarkommen, kann ich verstehen. Und doch leben Denker unter uns, die eine friedliche Nachbarschaft nicht zulassen und andere drangsalieren. Eine junge Denkerin, Mitte fünfzig, hat zum Beispiel nichts Besseres zu tun als jeden Tag bis tief in die Nacht zu telefonieren – so lautstark, dass das ganze Haus mithören kann. Nebenbei läuft die Waschmaschine. Gegen vier Uhr morgens wird es dann ruhiger. Warum ich dir das erzählt habe? Weil ich nicht verstehen kann, dass man seine Nachbarn so drangsalieren muss. Es gibt doch keine Gründe dafür, mit Sekundenkleber diverse Wohnungstüren zu verkleben, mit Spülmittel den Fußabtreter zu tränken oder den Türspion abzubrennen. Wie primitiv sind diese Denker? Wollen sie Aufmerksamkeit? Du warst der Meinung, sie würden den gewissen Kick such, das Adrenalin. Ich glaube, sie sind einfach nur unterfordert, da ihnen der eigentliche Sinn im Leben fehlt. Für mich stellt die Corona-Krise andere Anforderungen, die ich bewältigen muss. Ich rufe zu jeder Tageszeit meinen Namen, um zu sagen, dass alles in Ordnung mit mir ist. Ich will die Corona-Zeit dazu nutzen, mein Buch fertigzustellen und mit dir im Dialog bleiben. Was wäre, wenn die Krise mich plötzlich auf eine andere Lebensreise schicken würde?

Ich muss trotzdem noch mal auf deine Lebenseinstellung zurückkommen. Mir war aufgefallen, dass du versucht hast, für all deine Lebenslagen die richtige Antwort parat zu haben. Ich musste mich beherrschen, nicht dominant zu wirken, nur weil ich das so stehen ließ. Ich akzeptierte dein Elend. Du hast einen kümmerlich wackligen Thron besiegt, der im Fundament porös war. Leider hast du wahrgenommen, wie unsicher du im Alltag warst. Deine Ängste hatten zugenommen, deine Niedergeschlagenheit, die Lebenslust wurde weniger und die Freude auf den nächsten Tag blieb nahezu aus. Deine Freunde und Bekannten, und dazu würde ich mich ebenso zählen, durften dir nicht widersprechen. In welcher Welt wolltest du künftig leben? Deine eingeschränkte Lernfähigkeit in der Kindheit hat dich zu einer kalten Person gemacht. Das einfach so abzustreifen, wird in Zukunft schwer sein. Trotzdem konnte ich immer noch Verständnis für dich aufbringen. Ich wollte es verstehen. Mehr noch. Ich fragte mich, wie es geschehen kann, dass deine Gefühle für deinen Freundeskreis starben, obwohl du ihnen doch sehr nahegestanden hast.

Ich überlege seit einiger Zeit, ob ich es sein lassen soll, mit dir Kontakt zu halten. Ich habe dir oft ein Geschenk gebracht. Es war eine Geste, eine kleine Freude für dich. Aber ich konnte es dir nie recht machen. Es kam kein Dank, und du hast meine Geschenke immer beiseitegelegt.

In meinem ehemaligen Bekanntenkreis lebte mal ein Denker namens Harald von Paulitz, der mit sechsundachtzig Jahren in der Schweiz verstarb. Er rannte ständig vor seiner Angst weg. Er war ein geborener Tyrann, der sein Elend mehr mochte als seine Bekannten und Freunde. Nie wollte er Geduld und Freundlichkeit, die die Sinne zum Gefühl wiedergeben, verstehen. Er kannte keine Liebe, kein Entgegenkommen. Er wollte sein Recht verteidigen und kniete sich auf die Halsschlagader des unterlegenen Denkers, bis dieser keine Luft mehr bekam. Dann ließ er sein Opfer los, ohne ihm zu helfen. Kalt und ungehobelt ist er über die Gefühle anderer hinweg gegangen.

Ich erinnere mich an einen Dialog, in dem er behauptete, die Sonne würde im Norden aufgehen und im Osten unter. Ich ließ ihn bei seiner Meinung und räumte das Feld, bevor es blutig wurde. Ist es bei dir auch so, Dorothee? Deine kühle Ablehnung gegenüber manchen Denkern lässt die Vermutung zu, dass du bei ihnen die Schuld gesucht hast, statt in dir zu forschen, was mit deinen Gefühlen los war. Meiner gegenteiligen Meinung bist du ja nie gefolgt.

Horst Salzmann, der Galerist, konnte nichts dafür, dass es dir in der Galerie schlecht ging. Ich hätte ihm stundenlang zuhören können, wenn du nicht immerzu gestichelt hättest. Deine Buhrufe und dein falsches Lachen waren widerlich. Welchen Sinn hatte das?

„Bitte Abstand halten!" Die Mundschutzmaske muss überall im öffentlichen Raum getragen werden. Lockerungen wurden von der Regierung übers Fernsehen bekannt gegeben. Die Grenzen in der EU waren noch geschlossen, sodass die Touristen nicht nach Berlin zurückkamen. Die Hotelbranche verdiente kein Geld und die Betten blieben leer. Jeder kleine Krämerladen in der City war zwar seit ein paar Tagen unter Auflagen offen, aber die Kundschaft blieb dennoch aus. Die Mietzahlungen wurden aber am Monatsende fällig. Woher sollte das Geld kommen?

Birgit Hörmann verkaufte Bekleidungen für Damen. Eine wunderbare Kämpferin, die ohne Wehleiden die Corona-Krise durchstehen wollte. Sie schloss an einem Montag ihren Laden auf und abends gegen achtzehn Uhr ließ sie die Jalousien herunter. Neunzehn Euro hatte sie für den ganzen Tag eingenommen. Eintausendvierhundert Euro Miete würden dagegen in vier Wochen fällig werden. Ihr Gesicht sah düster aus. In ihr sprudelte die pure Wut heraus, aber der Stolz blieb. Sie fühlte sich vom Staat verschaukelt, verlassen. Sie habe alle Anträge für das Soforthilfeprogramm abgesendet und warte nun vergebens auf eine Überweisung durch die IBB. Dorothee, ich kannte Birgit schon als Kind. Wir gingen damals zur Oberschule. Sie studierte später Medizin und hat sich schließlich zur Krankenschwester ausbilden lassen. Einundzwanzig Jahre hat sie den Job gemacht, bis sie an Burn-out erkrankte. Danach ging sie für sechs Wochen zur Reha. Dort entschloss sie sich, selbstständig zu werden und einen eigenen Laden aufzumachen. Vor zwei Jahren öffnete sie mit einem hohen Kredit einen Bekleidungsladen in der City. Davon hat sie immer geträumt, meinte sie. In der Corona-Zeit kam das plötzliche Aus. Die Kundschaft blieb im März weg. Kein Umsatz. Keine Miete. Wie sollte es weitergehen? Birgit war verzweifelt. Sie rief laut nach Hilfe. Keiner hat sie gehört. Aber eines Tages kam sie auf die Idee, Mundschutzmasken herzustellen. Erst waren es fünf, die sie ins Schaufenster legte. Im Nu waren sie verkauft. Sie bestellte sich verschiedene Stoffe und hat mit ihrer Freundin Julia Tag und Nacht Mundschutzmasken genäht. Sie errichteten eine Internetplattform und stellten über fünfzig verschiedene Masken ein, die in ihrer Farbenvielfalt kaum zu übertreffen waren. Auch ein Krankenhaus aus ihrer Umgebung meldete Bedarf an. Birgit blühte mehr und mehr auf. Sie verdiente endlich ein wenig Geld, um ein Teil der Miete begleichen zu können. Und so erging es vielen Selbstständigen in Berlin. Kreative Denker, die von der Kunst leben mussten, waren gezwungen, sich etwas einfallen zu lassen. Auch sie boten ihre Dienstleistungen im Internet an. Gutscheine wurden vergeben. Die wenigen Denker konnten sich mit den Gutscheinaktionen fürs Kino und Theater nicht ganz anfreunden. Ich hatte Verständnis für die Denker, die nicht bereit waren, nur Gutscheine zu erwerben. Sie wussten ja nicht mal, wann sie diese einlösen konnten. Selbst die Kinos und die Theater waren geschlossen.

Die Regierungsvertreter konnten ja nicht mal sagen, wann die kreativen Denker ihre finanzielle Hilfe ausgezahlt bekommen. Die ich kannte, haben ihre Anträge an den Senat gerichtet und mussten lange auf Geldeingänge warten; teilweise fehlen diese heute noch. Verschwörungsdenker behaupten ja im Netz, dass die zweite Welle von Corona bald kommen würde. Man schürt Angst und will sich wichtig machen. Doch Beweise liefert keiner der Verschwörungstheoretiker.

Dorothee, unsere Welt hat sich zum Negativen verändert. Die zuvor noch wichtigen Gedanken über Verdrossenheit und Melancholie erschien uns vor ein paar Wochen weit weg zu sein, sodass heute alles von der Vergangenheit aufgesaugt wird, um es zu verdrängen. Und an dem Punkt sagt mir meine Wachsamkeit: „Pass auf dich auf!" Meine Angst darf nicht siegen.

Du hast dein freundliches Umfeld ignoriert und bist in die Rolle einer Königin geschlüpft, die letztlich eine einsame Dorfstraße entlangging, um Opfer zu finden, die sie nicht mochte. Du hast nicht achtgegeben auf den Knecht, der am Wegrand stand und einen Pinsel in der Hand hielt. Ja, ein alter verfilzter Pinsel war es, den man mal für ein Aquarell benutzt hat. Der Farbtopf des Knechts war leer. In der roten Farbe ertrank seine Welt. Er hat eine andere Farbe versucht, die ihm das Leben retten sollte. Er wusste, dass Schwarz den Tod bedeutet und ihn ins Chaos führt. Um das zu verhindern, begab er sich zum Wegrand und wartete auf Rettung. Aber du wolltest keine Rettung.

Was hat Picasso, was du nicht hast? Ist es der Charme, das Talent zum Malen, das Lächeln, der Erfolg, die Gedanken zum Bild, die Auswahl der Farben, die Offenheit, um die Herzen der Betrachter zu erreichen? Oder stehst du dir selbst im Weg und rufst deine eigene Verleugnung auf?

Ich habe genau hingesehen, aus welcher Galaxie deine bösen Gedanken kamen. Ich rief instinktiv das Universum, das deine eitrigen Wunden heilen soll. Dein Ego aber suchte Ausflüchte, Absagen und Verdrängung. Deinem inneren Fluch, nichts zustande zu bringen, bist du leider zu oft gefolgt. Du bist dünnhäutiger geworden, und ich gab dir recht. Daher versuchte ich, dir gut zuzuhören und jedes böse Wort aus deinem Mund nicht immer in Watte zu packen. Leider konnte ich kein Buch finden, in dem ich hätte lesen können, wie sehr du die Facetten deiner Angst geliebt hast. Nichts hätte ansatzweise das Elend in dir schildern können. Meinem Rat zu folgen, die Angst loszulassen, um deinem Glauben näher zu kommen, erschien dir sehr suspekt. Dabei hast du deine Fantasie ganz hoch angebunden; sie hätte den Himmel mit kobaltblauer Farbe bestreichen können. Dein Verlangen auf Verzicht war der Quelle sehr nahe, sodass deine krampfhaften Ideologien von Gier und Neid dich mehr und mehr krank machten. Du hast verlangt, dass die resoluten Denker ihren Willen ablegen, damit du ein leichteres Spiel hast. Du wolltest Handlungsabläufe und Ereignisse der Denker in deinem Sinne regulieren, um die fatale Welt in dir zu verändern. Ungeachtet dessen, ihre Ideen zu respektieren, hast du hinter vorgehaltener Hand den Krieg gesucht. Ja, den unheimlichen Krieg, den widerlichen Zank. Du wolltest den dir zugefügten Verletzungen trotzen, um die Befreiung deiner Angst anzufechten. Ich war froh, dass du nicht zugelassen hast, der Knecht zu sein, der seine Farben nicht findet.

In mir wurde dagegen deutlich, dass mein inneres Kind seit der Geburt eine breit gefächerte Farbpalette in den Händen hielt, um großartige Aquarelle für die Zukunft zu malen. Mit Recht stand ich am Wegrand und winkte meinen verstorbenen Verwandten zu, die all ihre Hoffnung in mich gesetzt hatten. Meine Gedanken zum Glauben und zur Liebe waren weit gereift. Das hatte zur Folge, dass ich andere kreative Denker akzeptierte, die kein festes Muster bedienten. Psychisch eingeschränkte Denker, die ihrem Alltag trotzten und an Demenz erkrankte Puppenfiguren, die ihre Welt leider anders sehen, um der Angst zu entkommen, habe ich ins Herz geschlossen.

Dorothee, das macht das Leben aus, gibt mir Sicherheit und ein festes Fundament. Dein Vertrauen zu mir war wie ein dünner Strohhalm, durch den kein Lebenssaft floss. Das lag an dir, weil du nicht gelernt hast zu teilen. Deine Mutter war leider nicht in der Lage, dir zu zeigen, wie man teilt. Sie zeigte dir nur, wie du mit Ignoranz, Egoismus und Härte vorankommst.

Während ich das Buch schrieb, wurde mir klar, dass ich durch meine Art zu geben und zu nehmen unsere Beziehung gefördert habe. Ich gönnte dir von Herzen deinen eigenen Stil im Schreiben. Lyrik in Worte umzusetzen, das hast du schon immer gut gekonnt. Hermann Hesse oder Robert Walser zeigten der Welt ebenso, was sie konnten. Sie wurden bewundert, beneidet. Den Prozess wollte ich kennenlernen und mir all das beibringen. Ein gesunder Neid forderte mich auf, die Dinge ernster zu nehmen und das ständige Vergleichen mit anderen Denkern sein zu lassen.

Neid ist ein Indikator für meine Fantasie, die es mir ermöglicht, nach neuen Ideen zu suchen oder Erprobtes zu versuchen. Das Kopieren war nie mein Anliegen. Ich wollte immer meinen eigenen Stil finden. Das tat ich auch und malte über zweitausend Bilder. Heute spüre ich, dass der lange Malprozess meine Lebenseinstellung geformt hat. Ich war in der Lage, die Wut in mir zu kanalisieren, zu kontrollieren. Ich erkannte, was die Angst von mir wollte. Euphorie und Hoffnung keimten auf, ohne dass ich das zuvor bemerkt hatte.

Ich sah am Himmel eine Schwalbe fliegen, die mir ein Zeichen gab, dass das Paradies nicht mehr weit war. Denn im Paradies, und das wusste ich, wohnt meine Lebenseinstellung, die mir zu jeder Zeit eine Wahl ließ.

Museen und Galerien würden bald wieder ihre Tore öffnen, das las ich in dem Leitartikel einer Zeitung, die ich bei dir im Krankenhaus fand. Ich dachte, die Tageszeitung wäre vor der Corona-Zeit im März gedruckt worden, so alt schien sie mir. Als ich aber las, dass sie vom aktuellen Tag war, staunte ich über die weitreichenden Lockerungen. Kein Händewaschen mehr, Umarmungen wurden erlaubt und die Biergärten dürften sich wieder mit Gästen füllen.

Ich respektierte den angekündigten Schritt, den Flughafen Tegel zu schließen. Der Himmel gehört den Vögeln und nicht den Flugzeugen, die ständig Kerosin über Kreuzberg und Moabit ausstoßen, um ans Ziel zu gelangen. Der große Flughafen „BER" in Schönefeld sollte bald ans Netz gehen, das könnte doch ausreichen, um nach Brasilien oder Amerika zu gelangen. Aber wer will schon dorthin fliegen? In diesen Ländern waren die Todeszahlen ja noch höher und die Gesundheitssysteme sehr schlecht.

Dorothee, du solltest auf dich achtgeben. Ich habe dich immer gern im Krankenhaus besucht und wollte wissen, wieso du eingeliefert wurdest. Irgendwie geschah es schnell, denn zwei Tage zuvor konnten wir noch miteinander telefonieren. Du klangst am Telefon zwar nicht gerade fröhlich, aber Sorgen machte ich mir zu dem Zeitpunkt noch nicht. Von einem zum anderen Tag hat sich dein Schicksal geändert.

*Die Sonne schien an dem Tag mäßig. Ich erinnere mich gut, denn es war der erste warme Tag im März, als der Krankenwagen an deinem Haus vorfuhr. Deine Freundin, die einen Stock über dir wohnt, hat es mir erzählt. **Rosemarie** mochte dich. Sie öffnete mir die Hauseingangstür, da ich bei ihr klingeln musste, weil du nicht geöffnet* *hast – aus verständlichen Gründen. Leise war ihre Stimme, als ob sie ein Geheimnis hatte. Erst als wir beide in ihrer Wohnung waren, erzählte mir Rosemarie ausführlich, was mit dir geschehen war. Die aufgebrühte Tasse Kaffee kam mir gerade recht. Ich konnte es am Anfang nicht glauben, was du einen Tag zuvor durchgemacht hast.*

Ich freute mich daher sehr, dich Tage später zu sehen – mit Mundschutz und Desinfektionsmittel am Eingang der Station E9. Du hast mich seltsam ängstlich angesehen. Aber deine Angst war unbegründet, ich war nicht sauer auf dich. Im Gegenteil. Ich war zwar ein wenig geschockt oder überfordert, aber ich fühlte mit dir. Die Verbundenheit war plötzlich da. Ich kann es dir nicht erklären. Diese Art der Verbundenheit kannte ich so nicht. Ich habe dich, ob deines Verhaltens nicht verurteilt. Hätte ich deine persönliche Einstellung angenommen, dann hätte ich dich als Person ignoriert. Ich wäre nie auf den Gedanken gekommen, dich im Krankenhaus zu besuchen.

Auf einer Parkbank vor dem Krankenhausgebäude ruhte ich mich ein wenig aus. Es war eine neue Verhaltensweise, um mein Leben in ruhige Bahnen zu lenken. Ich wollte erst ankommen und mir dann mehr Bedeutung schenken, das war meine Devise.

Ein junges Mädchen kam aus dem Gebäude und ging zu ihrem bereits wartenden Freund. Sie umarmten sich innig. Es stimmte mich froh, wie sehr das junge Mädchen sich über den Besuch ihres Freundes freute. Sie ließen sich lange nicht los. Berührungen und Liebesworte prägten den

Moment. Im Nachhinein war ich dankbar, dass ich solch einen Moment erleben durfte, denn Emotionen machen den Alltag schöner.

Ich stand auf und berührte die weißen Lilien neben der Bank, die sehr graziös wuchsen. Ich spürte die Freude in mir, dich zu besuchen. Als ich dich einen Tag zuvor fragte, welche Wünsche ich dir erfüllen kann, standen Erdbeeren und Bananen hoch im Kurs. Schließlich war der Juni ein Erntemonat. Auf den Feldern gab es Spargel und knallrote Erdbeeren. Als du das Körbchen Erdbeeren in den Händen hieltest und eine Frucht in den Mund gesteckt hast, überkam mich etwas Schwermut, die ich nicht richtig deuten konnte. Und doch spürte ich eine eigenartige Kraft, den Spaziergang am letzten Wochenende mit dir zu wiederholen, ohne böse Worte und Verurteilungen. Das Ziel war eindeutig. Das nahe gelegene Eiscafé am Bahnhof Kaulsdorf. Das einzige Eiscafé weit und breit. Was wir bestellen sollten, wussten wir sofort. Der Nusseisbecher mit Schlagsahne war seit Jahren unser Favorit.

Nachdem wir genussvoll die süße Eiscreme gegessen hatten, kam die Sonne heraus. Dein Gesicht wirkte im Hellen blass. Der Krankenhausaufenthalt hatte seine Spuren hinterlassen. Jedes Gesprächsthema war genehm, um uns freundlich zu begegnen. Die Vergangenheit ließ ich außen vor. Ich wollte nichts aufrufen, was ohnehin schon schwer belastet war. Das Negative wollte ich durch einen Kinobesuch vergessen machen. Viele Filme boten mir eine angeblich heile Welt. Wenn der Abspann des Films eingespielt wurde und die feinfühlige Musik im Hintergrund zu hören war, spürte ich ein schlechtes Gefühl und kam nicht mehr zur Ruhe. Es brachte mich in Rage, dass der Film den Eindruck erweckte, wie wunderschön eine Kindheit sein kann. Wie gern hätte ich mit dem Schauspieler getauscht. Bösartige Kindheitserinnerungen wurden ausgeblendet. Das Chaos blieb aus. Was für ein Drehbuch? Materielle Dinge im Überfluss und die väterliche Liebe war unendlich. Trost zu jeder Stunde von der Mutter. Das Kind im Film war ein kleiner Star, das hoffnungsfroh in eine rosige Zukunft rutschte, als gäbe es nie ein Ende. Betrübt sah ich mir das Filmende an und musste mein Gefühl der Verlassenheit in Empfang nehmen, um wieder in die Realität zu gelangen. Alte Denker, die in ihren Drehbüchern auf belanglose Kindheitsszenen Bezug nahmen, projizierten eine Wunschwelt, die es niemals geben wird.

Dorothee, du hast viel Persönliches über mich erfahren, aus meiner Kindheit und der Kindheit von anderen Denkern meines Umfeldes. Meine Sprache war rau und kritisch, nie neutral, oft theatralisch und manchmal hektisch. Ich wurde schnell wütend und daher ungerecht, um den Schuldigen abzuurteilen – egal wie die Schuldfrage aussah und ob ich damals das große Schaufenster des Gemüseladens zerstört habe, auch wenn erst ein Tag später sich ein

Schüler dazu bekannt hat. Die Schuldfrage wurde vorher geklärt, und so trug ich die harte Strafe allein.

Also, warum sollte deine Kindheit anders ausgesehen haben? Die Illusionen, die man dir vorgegaukelt hat, waren trüb und unvollständig, nur hast du es nicht bemerkt. Meine Kindheit war bereits vergiftet. Ich konnte nicht mehr zwischen Lüge und Wahrheit unterscheiden. Übrigens, später schaute ich mir solche Filme nicht mehr an. Sie waren mir zu wenig realitätsbezogen. Ich dachte: Wie soll das funktionieren, wenn die Liebe zwischen Mann und Frau nicht spürbar ist und jeder seinen Weg geht?

Die Filmwelt wird rauer, pervers, undurchsichtig und schockierend. Wenn eine schöne Denkerin im Film keinen Sex haben wollte, denn wurde sie eben festgehalten und angebrüllt, bis sie gefügig war. Er kam zum Orgasmus und sie wurde wie ein Stück Dreck einfach liegengelassen. Er zog sich sein enges Hemd an, steckte sich ganz cool eine Zigarette an und verließ ihre Wohnung, ohne ein Wort zu verlieren.

In der Corona-Zeit blieben alle Bars und Kinosäle für Sex geschlossen. Die Nutten auf der Straße warteten vergebens auf ihre Freier. Eine harte Zeit begann für sie. Das Ordnungsamt kontrollierte. Am Tag war wenig Verkehr, und das im wahrsten Sinne des Wortes. Die Autos in der Stadt konnte man zählen. Dafür sah ich einige Radfahrer, die zur Arbeit fuhren und die öffentlichen Verkehrsmittel

mieden. In den Abendstunden konnte ich nach langer Zeit den Fuchs
wieder entdecken. Er suchte Essbares.

Deine Nähe, Dorothee, gab mir den Nährstoff, den ich
brauchte, um in meiner Seele zwischen Dunkelheit und
Licht zu unterscheiden. Ich musste verstehen, warum du
nicht mehr leben wolltest. Was geschah in dem Augenblick,
als in deine Seele absolute Dunkelheit einkehrte?

Überfordert stand ich lange Zeit am Türpfosten und
konnte nicht begreifen, was geschehen war. Ich stellte Fragen und suchte Antworten, die ich nicht fand. Und doch
wurde ich nicht wütend auf dich. Ich spürte deine Ängste
und hatte das Verlangen, dich in die Arme zu nehmen. Ich
ahnte, dass etwas auf dich zukommen würde. Aber wie du
aus eigener Erfahrung weißt, verdrängt man die Sachen
schnell und die Normalität kehrt ein. Aber dann brach das
Schicksal über dich herein und alles wurde anders.

Allein dieser Gedanken genügte mir, um zu sagen: „Die
Welt mag zwar die Ungerechtigkeit leichtfertig verteilen,
aber jeder einzelne Denker hat dennoch die Möglichkeit,
seinen Weg selbst zu wählen, um ans Ziel zu kommen."

Deine Reise, liebe Dorothee, war uneben. Du gingst
nicht immer gerade aus. Es gab in dir Tiefen und Höhen
und ständig wechselnde Stimmungsschwankungen. Aber
sei gewiss. Ich habe deine Stimmungen all die Jahre intensiv
wahrgenommen und wusste trotzdem, dass in dir die hei-

lige Quelle lebt. Jeder Denker, der das Licht erblickt, wird nicht ohne eine Quelle in diese Welt geboren. Keiner auf der Erde kann sagen, er trüge keine Quelle in sich. Wer das aber behauptet, der lügt, den belastet bereits seine Angst.

Dein Wissen über die Angst war zu spärlich, um Zuversicht und Hoffnung in dir zu wecken. Die Ablehnung deines inneren Selbst hat dich krank gemacht. Du hast ein schlechtes Karma hervorgebracht und damit deine verlogene Welt, in der keine Freude wohnt, bestätigt.

An dieser Stelle hätte das Buch enden sollen, wenn ich zugelassen hätte, dass deine Angst nicht heilbar wäre. Wenn ich nicht gewusst hätte, dass in dir auch eine andere Seite lebt, die lachen und fröhlich sein kann. Vielleicht wäre es möglich gewesen, auf dieser Seite anzufangen und die Seiten davor leer zu lassen – so wie du versucht hast, deine wirkliche Kindheit gegen eine erdachte auszutauschen. Nur hat das nicht funktioniert. Aber davon wolltest du nichts wissen, da deine Ängste dich bereits fest im Griff hatten. Ich wusste, dass du lieber den einfachen Weg gehen willst, um irgendwie zu überleben. Ich hörte bereits Klaviermusik im Hintergrund spielen, die auf den Tasten leise meine heiligen Wünsche zelebrierte und mein inneres Kind eroberte. Und das war gut so. Ich empfand Dankbarkeit. Und durch diese Dankbarkeit war es mir möglich gewesen, deinen **versuchten Freitod** anders zu betrachten. Ich war überfordert und dennoch gelang es mir, einen winzigen Überblick zu bekommen, um all das zu verstehen und nicht zu verurteilen. Trotzdem spürte ich Widerstände in mir, da ich das ja nicht so einfach akzeptieren konnte. Vor ein paar Wochen noch sah deine Zuversicht auf das Leben anders aus, glücklicher. Mir kam es so vor, als wären dir die Grenzen der Freiheit ganz nahe. Ich glaubte, die Klänge der Osterglocken zu hören und dass die Figur Jesu in dir leben und dir Licht spenden würde. Das soll nicht albern klingen, aber ich nahm diese Wahrnehmung ernst, denn auch ich bin überzeugt, dass mich eine äußere Macht durchs Leben führt. Doch gibt es tatsächlich eine Macht, die ein Leben lenkt? Diese Frage stellte ich mir, und da wurde mir klar, wie dunkel es in mir aussah und ich überhaupt nicht einschätzen konnte, woher mein Glauben kam. Mein Ego ließ mich das nicht erkennen. Es wollte Hass in mir streuen und meine Gedanken vergiften. Sein Tanz glich einer Genugtuung, die ich bedienen sollte. Es wollte, dass ich dich verurteile. Es verlangte von mir, dich mit der Begründung abzulehnen, du würdest feige sein und dem Leben nicht trotzen. Aber das ist nicht die Wahrheit. Die Wahrheit ist, dass ich zu dir gehalten und dir Trost gespendet habe, um daraus zu lernen.

Nun wurde das Buch im Nachhinein sehr interessant. Ich fand mit dir einen guten Leitfaden, der uns zum Licht geführt hat. Und Licht bedeutete, dass Sicherheit und Vertrauen in dir reiften, um die alten Muster zu verlassen.

Die Corona-Zeit war seit März vorigen Jahres das zentrale Thema in der Medienlandschaft. Überall konnte man das Virus in der Gesellschaft wüten sehen. Alle mussten machtlos zuschauen. Virologen und Wissenschaftler forschten, analysierten, kontrollierten und schätzten ab, und das schließlich mit Erfolg. Berichte wurden verbreitet in der Hoffnung, das Virus in den Griff zu bekommen. Zu jeder Tageszeit wurde darüber gesprochen. Dankeshymnen wurden plötzlich gesprochen und gesungen. Jeder Politiker, der einen bekannten Namen hatte, begrüßte die hohe Einsatzbereitschaft der Polizei, der Ärzte, Pfleger und Schwestern, die in den Krankenhäusern und Altenheimen aufopferungsvoll zwölf Stunden und mehr Dienst am kranken verseuchten Denker leisteten. Selbst Minister, Räte, Staatssekretäre und Bürgermeister hielten im Fernsehen Reden der Dankbarkeit. Auf die Dauer konnte ich es nicht mehr hören, denn mit so viel Höflichkeit kam ich an meine Grenzen des Erträglichen. Stattdessen hätte man sie besser bezahlen sollen, dachte ich mir. Ich kannte Pflegerinnen, die mussten nach ihrem harten Dienst noch einen Zweitjob ausüben, um über die Runden zu kommen. Also, wie soll man Dankbarkeit verstehen, wenn man nach einem Zwanzig-Stunden-Tag nach Hause kommt und halb tot ins Bett fällt? Natürlich gab es auch Denker, die wurden zusehends aggressiver. Die Geduld wanderte bei einigen auf sehr schmalem Grat. Kein Wunder, nach zehnwöchigem Homeoffice und geschlossenen Kindergärten, Schulen und Jugendeinrichtungen. Nachdem alles geschlossen war und die Denker ihre Freizeit nicht mehr eigenständig gestalten konnten, begann ein Umdenken. Man besann sich auf Dinge, die wichtig waren: essen, trinken, einkaufen, *spazieren gehen, gesund bleiben. Sozialgemeinschaften bildeten sich und man rief dazu auf, sich für andere Denker einzusetzen. Die Denker sprachen plötzlich von Verletzlichkeit und Sorgen. Die eisige Kälte verschwand. Die Denker begannen auf Facebook zu schreiben und hofften auf Verständnis, um sich selbst Mut zu machen. Ich las deren Eintragungen, und so fand ich heraus, wie unterschiedlich die Wahrnehmungen der Denker waren und wie sie auf andere Äußerungen reagierten. Deine Wahrnehmung dagegen blieb leider sehr begrenzt. Dein Gefühl aus dieser Zeit lebte ständig im Abseits des Erlaubten, und wo Hoffnung aufkeimen wollte, wurde diese von dir unterbunden. Ich fand das erschreckend, artfremd, etwas abstoßend. Andere Denker dagegen waren zwar in manchen Dingen nervlich am Ende, weil sie kein Geld verdienen durften, aber sie verloren dennoch nicht ihren Stolz, ihre Zuversicht, ihren Optimismus. Ich hätte dir gern ein wenig Zuversicht über „WhatsApp" gegeben. Ich habe es aber sein lassen, weil ich wusste, dass du nur deine Welt wahrnehmen würdest. Deine Ignoranz war schon sehr verletzend.*

*„Selber schuld, wenn die sich mit Corona anstecken", hast du gesagt. Bei diesem kalten Satz brach meine sensible Mauer zusammen. Weltweit waren die von Corona bedingten Todesfälle sehr hoch. Die Krankenhäuser kamen an ihre Grenzen. Manche infizierten Denker wurden abgewiesen. Ich meinte zu dir, dass es nicht sein kann, so kalt zu sein wie du. Eine Antwort kam leider nicht. Selbst meine Geschichte über eine gute Bekannte aus meiner Therapiegruppe hast du irgendwie ignoriert. **Magda,** eine freundlich gesinnte junge Denkerin, Mitte zwanzig, gerade in ihre Masterarbeit verwurzelt, war mit*

dem Fahrrad zur Gruppentherapie unterwegs, als ein arroganter Fahrer, ohne in den Rückspiegel zu schauen die Fahrertür öffnete. Sie konnte nicht mehr ausweichen, stürzte gegen die Autotür und verletzte sich im Gesicht und mit einer Schnittwunde an der rechten Hand. Zudem war ihr rechtes Armgelenk gebrochen. Der Fahrer beschimpfte sie lautstark, fuhr einfach weiter und ließ sie verletzt am Straßenrand stehen. Dorothee, das war auch Corona geschuldet, nur auf einer anderen Art.

Das Schicksal lebt von Überraschungen, von denen du dich sehr gut abschotten konntest. Nur, wie lange? Ich mochte trotz allem die ruhige Atmosphäre auf den Straßen und Plätzen der Stadt. Zum ersten Mal konnte ich nachts das Schlafzimmerfenster offenlassen, da die Ruhe auch in meiner Straße Einzug hielt. Ich hörte die Frösche zum Abendrot an der Wuhle quaken. Selbst das Röhren der Hirsche nahm ich wahr, denn sie markieren mit der Stimme ihr Revier. An manchen Abenden sah ich die Fledermäuse vor dem Wohnhaus umherfliegen und musste oft dabei an dich denken.

Ist seltsam, aber wahr. Denn du solltest wissen, dass die Freiheit ein hohes Gut in der Weltgemeinschaft ist und eine menschliche Psyche braucht, um die Schwingungen der Freude und Liebe zu empfangen. Wir haben das Ereignis der Corona-Krise intensiv erlebt, den Fall der Mauer. Ich erinnere mich, dass du kurz vor Mitternacht an meiner Wohnungstür gestanden hast, um mich abzuholen, weil wir gemeinsam zum Ku'damm wollten. Die ganze Nacht und weit in die Vormittagsstunden hinein feierten wir mit Hunderttausenden Denkern den Mauerfall. Du warst so lebendig und hast mit allen *angestoßen. Nach über dreißig Jahren spürte ich keine Lebensfreude mehr in dir. Was war geschehen? Immer wieder musste ich dir diese Frage stellen. Ich träumte davon, dass wir auf eine sehr belebte Straße zwei Gartenstühle stellen, um uns den Sonnenaufgang anzuschauen. Nur dieser Traum, der blieb mir lange in Erinnerung.*

5

Die Wuhle hat den lang ersehnten Regen aufgesaugt und ließ ihn über Felssteine und Uferböschungen tanzen. Seit Wochen war kein Regen gefallen. Er ließ im vertrockneten Flussbett Risse zurück, zersetzte den Lehm in kleine Kugeln, die im Wind umher rollten. Am Himmel sah man in der Nacht Sterne und den Großen Bären. Am Tage winselte der abnehmende Schwefelmond sein Leid. Der feine Staub auf dem Blech der Fahrzeuge malte Windrosen. Als das Sommergewitter im Land ausbrach und der Regen im Norden sich langsam verzog, stieg ein farbenprächtiger Strom aus Wasserdampf auf. Der Augenblick war einzigartig, denn in den Wolken, die sich auftürmten, erschien ein farbenprächtiger Regenbogen. Ich spürte eine Energie, die deinen Namen trug. Dorothee.

Ein Schiff tauchte am Horizont auf und brach mit seinem Bug die Wellen. Es war dein Schiff. Robust trotzte es dem eisigen Ostwind, sodass Eiskristalle an den Bullaugen abprallten. „Hart Backbord!", hätte dein Befehl lauten müssen, um den Kurs deines Lebens unverändert zu lassen. Zu jeder Zeit stand es dir offen, deinen Kurs im Leben zu ändern, mutig zu sein und der gnadenlosen Verfolgung ein Ende zu setzen. Da du aber bereits erschöpft warst und die Ideen deiner Liebe aufgegeben hattest, war nur noch wenig Wasser unter deinem Kiel. Es hätte gewiss Sinn gemacht, das Ruder herumzureißen, um der Sanddüne zu entkommen. Du hättest das sicher geschafft.

Weißt du noch, bevor du ins Krankenhaus eingeliefert wurdest, warst du bereits Monate vorher ausgebrannt. Deine Idee von Liebe und Freude zerschellte an der Klippe deiner Angst. Du hast vergessen, dich selbst zu umarmen. Oft waren deine Blicke leer und öde und deine Haut zerkratzt. Wir haben uns zu wenig Zeit genommen, um die Dunkelheit anzusprechen. Ich hätte dich berühren sollen, damit du deine Angst verlierst. Doch ich musste akzeptieren, dass du dein Umfeld mit deinen Illusionen schmückst, um dein Ego zu füttern. Oft gab ich dir süße Impulse, die signalisieren sollten, dass deine persönliche Anwesenheit bei Freunden willkommen ist. Ja, sie mochten dich und wollten dir jeden Tag zeigen, dass du wahrhaftig willkommen bist. Deine Einbildung, man würde dich nicht dulden, gehört der Illusion an. Auch dachtest du, deine Eltern würden dich mögen, dabei haben sie dich abgelehnt. Mehr noch. Du wolltest das verdrängen, um dein Leben leichter zu machen. Leider vergebens. Ich glaube, dass du den Kampf aufgegeben hast, weil dich diese permanente Kraftanstrengung kaputtgemacht und in die Krise geführt hat.

Ich konnte kaum zuschauen, wie du leiden musstest, denn ich bin auch den Weg gegangen, um die Anerkennung zu bekommen, die ich letztlich von meinen Eltern nicht bekam. Dein Schiff musste untergehen. Die eigentlichen Gefahren auf hoher See lauern überall in deinen Gedanken. Sie haben dich begleitet, sodass durch den heftigen Wellengang am Bug des Schiffes deine Gefühle zerschellten. Da hast du auf die Hoffnung gesetzt, um die verlorene Kindheit wieder zurückzubekommen. Du wolltest mit dem Universum handeln. Es sollte ein Deal werden. Das hieß, dass deine Kindheit zwar in deinem Geist existierte, du sie aber nicht loslassen konntest. Fatal. Verzweifelt hast du geglaubt, dass der aufgehende Mond deine Lippen berühren und ein Wunder bewirken würde. Das Wunder blieb aus. Ich sagte zu dir: „Gott sei Dank." Schade wollte ich dir eigentlich sagen, aber ich verkniff es mir, um dich nicht weiter zu provozieren. Es hätte nichts gebracht. Mir war es eher wichtig, dein Stück Paradies zu retten, damit du dir neue Ideen zu eigen machst, um weiter leben zu können. Da ich die Angst in deinen Augen sah, wünschte ich mir, dass du ein Gebet findest, welches dich auffangen würde.

„Wäre ich doch nie geboren worden", hast du gesagt. Das traf mich wie ein Hammerschlag, den ich erst mal wegstecken musste. Aus dem Satz war eine Bedrohung herauszuhören. Man konnte sie nicht missverstehen. Deine Fenster waren geschlossen, da dein Leben bereits an einem dünnen Faden hing. In dem Moment wusste ich, dass ich das Buch unbedingt weiterschreiben muss, um dir später, vielleicht in zwanzig Jahren, zu zeigen, was wir erlebt haben. Da es zu wenige spezielle Therapiemöglichkeit gab und keine Termine beim Therapeuten zu vergeben waren, blieb dir nur eins übrig: Du musstest dich selbst versorgen, als dein eigener Freund sozusagen. Eine andere Wahl hattest du nicht. Ich musste auch damit klarkommen, dass ich nicht sofort einen Therapeuten fand. Ich suchte für mich einen Ausweg. So begann ich zu schreiben und mich dadurch selbst zu heilen. Ich wollte mir meinen Kummer von der Seele schreiben. Erst später auch mit dem Malen. Das waren meine zwei Möglichkeiten, aus diesem Dilemma heraus zu kommen. Natürlich waren die Anfänge kläglich und mit Vorurteilen übersät. Als ich zu malen begann, wurde es besser. Damit konnte ich meine Angst öffentlich machen. Ich gab ihr ein Gesicht. Deshalb konnte ich dich auch verstehen und war in der Lage, meine Bilder herauszuholen und auf dein Antlitz zu legen. Sie passten genau zu deinem Gesicht. So brauchte ich dich nicht zu rügen oder zu verurteilen. Ich sagte zu dir: „Es ist geschehen." Der vergangene Tag konnte dir nichts mehr anhaben, also war das „Jetzt" legitim. Ich respektierte die Wahrheit, um die Angst anzuerkennen, die in uns beiden lebte, und versuchte mich erneut zu belasten.

Bedenke, wie ich im Herbst vorigen Jahres mit dir darüber sprach, dass die Anerkennung der Wahrheit erst ein Vorwärtskommen möglich macht. Mit dem Wort „Wahrheit" hast du lange gehadert. Tage später hast du mich erneut gefragt, wie man die Wahrheit ignoriert, um einen anderen Weg zu finden. Es sei nur leeres Geschwätz. Für dich wäre die Wahrheit eine Fassade, hinter der man sich verstecken kann. Sie sei ein Alibi, um andere Sachen rechtfertigen zu können, wenn was schieflaufen würde. Da hattest du nicht ganz unrecht, denn ein Schicksal spiegelt die Wahrheit im wahrsten des Sinnes in allen Farben wider. Wir wären nicht in der Lage zu fliehen, wenn das Schicksal uns einholt. Das ist ein Gesetz der Natur.

Wenn es beginnt zu regnen, dann wird es regnen. Genauso wird es stürmen, die Sonne scheinen, der Schnee im Winter fallen, die Traurigkeit die Seele versilbern, das Lachen den Tag verjüngen und die Liebe das Leben erhalten und bereichern. Es gibt keinen Abstand zwischen den beiden Metaphern, die eine Welt beschreiben, wenn es darum geht die Wahrheit zu verstehen. Ein Schicksalsschlag gibt der Fügung im Leben einen besonderen Stil, der jeden Denker erreicht, berührt und manchmal nachdenklich macht. Hier heißt es nicht „Wer käme da infrage?", sondern „Wo ist es geschehen?"

Ich nahm erneut in Kauf, dass du mir nur wenig vertraust und die Wahrheit eher sehr skeptisch empfindest. Ich sagte zu mir, dass gehört zum Lebensprozess dazu. Ich könnte es nicht ändern. Alles braucht seine Zeit. Und für mich war die Zeit gleichbedeutend mit Geduld, damit du irgendwann deine innere Welt verstehst, damit du sie eines

Tages anerkennst wie auch die Wahrheit. Der Abstand zwischen einem Apfelsinenkern und der Schale sollte daher bei dir in Zukunft geringer werden, damit dein Ego kein Platz hat, deine Angst zu sättigen. Dazu musst du aber umdenken. – Die alten Muster aus deiner Kindheit begehen immer wieder den Fehler, deine Gedanken von deinem Schicksal abzulenken. Doch deine Gedanken waren permanent auf dein Schicksal gerichtet. Es ist zwecklos, auf den nächsten Tag zu schauen. Die Zukunft bleibt ein Geheimnis ohne Wunder. Wunder kannst nur du selbst erzeugen, indem du dich mit deiner Krankheit beschäftigst und das Schädliche herausfilterst.

Ich könnte es nie schaffen, durch sorgfältige Planung einen anderen Tag zu organisieren. Immer wieder würde etwas dazwischenkommen – ein unverhoffter Anruf, eine Postkarte oder eine Begegnung mit einem Denker, den ich vor Jahren zum letzten Mal gesehen habe. Nicht mal die plötzliche Traurigkeit, die in einem aufsteigt, wäre zu kontrollieren, zu beherrschen oder sogar vorhersehbar.

Auf meine Frage von damals, ob das Jahr 2011 für dich ein schlimmes Jahr werden könnte, hast du zu mir gesagt, das würde ein schönes, lebendiges Jahr werden. Und was ist aus diesem Jahr geworden?

Der Frühling begann kühl und der Ostwind trocknete die Saat der jungen Felder aus. Wurzeln konnten sich nicht bilden. Die Bauern schauten zu, wie winzig ihr Getreide heranwuchs. Selbst der junge Spargel unter den Planen wollte nicht sprießen. Erst ein paar Tage später, als die Sonne ihre Wärme spendete und die Spargelspitzen aus dem Erdreich lugten, konnten die Stangen gestochen werden. Wer aber sollte das Gemüse einbringen? Das Corona-Virus ließ nicht zu, dass die fremden Denker aus Polen oder Rumänien auf unseren Feldern arbeiten durften. Die Grenzen waren geschlossen. Ich kannte das von früher. Alte Bilder kamen in mir hoch. Die DDR hatte auch ihre Grenzen dichtgemacht. Stacheldraht und eine hohe Mauer waren Symbole für begrenzte Freiheit. Ostberlin war Rot.

Als ich die Gaststätten und Kneipen sah, die wegen dem Corona-Virus geschlossen hatten, verstand ich nicht gleich das große Aufgebot der Polizei. Ich bekam Angst. Vor der Wende fuhr in den gleichen Straßen die Volkspolizei und beäugte uns, dass wir ja nichts Verbotenes taten. Jeder zweite Denker wollte die DDR damals verlassen. Der Druck wuchs jeden Tag und man sah die Waffenträger vor den Häusern stehen, um politische Denker sofort zu verhaften. Nun wieder wegen des Virus. Es herrschte eine Stille, als würde gleich eine Bombe explodieren.

Woher kommt das Virus und warum bedroht es uns gerade jetzt, in einer Welt voller Atombomben? Nordkorea rief der Welt zu, dass sie ein krankes Land seien und Hilfe bräuchten. Aber wie sollte die Hilfe ausschauen? Meinungsfreiheit war nicht geduldet. Reisefreiheit kannten die Denker nicht, da ihnen die Reisfelder ausreichten, um *ihren Tagesablauf bunt zu gestalten. Sie bauen lieber Atomraketen, um der Welt zu zeigen, wie stark sie sind, dabei zeigen sie unbewusst ihre Angst. Ist das die Wahrheit? Dorothee, ich sagte dir, dass die Wahrheit in uns ruhen würde und dass mich keiner davon überzeugen könne, dass die kranken Machthaber an die Wahrheit glauben würden. Sie kennen keine Wahrheit. Sie mögen eher die Lüge und den Betrug. Sie denken, ihr Land sei reich und glücklich. Aber dem ist nicht so, denn in mir wohnt die Wahrheit, die ich auch so empfinde. Ich könnte tatsächlich nicht das Buch schreiben, wenn ich die Lüge umarmen und so tun würde, als wäre überall Frieden.*

In dir lebte allerdings kein roter Faden des Friedens. Es herrschte in dir ein Kriegsfeld von zerbombten Ruinen, die einst Inseln des Friedens waren. Ich war überzeugt, dass du die Rettung nicht wolltest. Du warst überzeugt, dass du es allein schaffen würdest, die Krise zu bewältigen. Deine Vorfahren waren vom gleichen Gedanken besessen. Nur die Zeit schreitet voran. Wir lernen, die Welt anders zu betrachten. Aber das waren für dich nur leere Worte. So dachten viele Denker. Sie wollten morgen mit dem Rauchen aufhören oder das Trinken sein lassen und gesund leben. Und du, liebe Dorothee, warst nicht mal imstande überhaupt einen Wunsch für dich selbst auszusprechen.

Nun war das Corona-Virus auch in deine Welt getreten, und alle Vorsätze, wenn du sie je hattest, waren plötzlich weg. Meine Vorsätze leben, weil ich die Ziele aufschrieb, um sie im Blick zu behalten. Jeden Tag nahm ich mir vor, am Buch weiterzuschreiben. Das verfolgte ich leidenschaftlich, denn ich wusste, dass damit meine Verletzbarkeit ans Licht kam und nicht mehr unterdrückt wurde. Seltsam war auch deine Entdeckung der Spiritualität. Ich kenne nicht mehr ganz genau den Tag, ab dem du dir allabendlich die Session eines Gurus angehört hast. Mir war es am Anfang nicht gleich aufgefallen. Ich dachte, es wäre nur für eine kurze Zeit, um dich von Corona abzulenken. Ich blieb gelassen und hörte gezwungenermaßen im Wuhletal von unanständigen Denkern die laienhafte langweilige Musik einer Revolution von Hass und Trotz.

Ja, du hast richtig gehört. Vor der Wuhlebrücke gibt es einen begrünten Vorplatz, wo sich jungem Denker spät in der Nacht treffen, um laute Musik zu hören. Die Nachtstunden wurden ignoriert, trotz Corona. Es wurde gefeiert und umarmt. Polizei kam nicht. Erst gegen zwei Uhr in der Früh traf die Polizei mit einem kleinen Aufgebot ein und sorgte für Ruhe und Ordnung.

Und dennoch fühlte es sich für mich gut an, als wir beide uns heimlich die Hände reichten. Unsere Herzen wollten in den Sieg einstimmen, damit das Böse verschwand und das Gute uns berührte. Oh ja! Es tat wirklich gut. Durch unser Kennenlernen bekamst du einen Einblick in die mir bekannten Wallfahrtsorte. Wegen Corona konnten wir sie aber nicht besuchen. Ich fand das schade und freute mich riesig, später zum Kloster auf den Hülfensberg zu gehen. Du warst erstaunt, dass ich als Stadtdenker ein Kloster besucht hatte. Was war denn so verwerflich, dass ich jedes Jahr ins Kloster ging und die heilige Maria anbetete? Eigentlich war es nur eine andere Art von Spiritualität. Die dort lebenden Klosterbrüder sind treu und ehrlich. Die Gemeinschaft auf dem Hülfensberg gab sich Mühe, mich zu verstehen. Ihr Wille war auch mein Wille. Und mein Wille war, dass ich irgendwie ankommen wollte, um zum Beispiel meine Kindheit zu akzeptieren. Ich verstand ihre Aussage, als sie meinten, dass die Liebe die einzige Gabe sei, die uns im Herzen erreichen würde, um Heilung zu bekommen. Wem das nicht gelingt, darf sich nicht wundern, wenn Krankheiten vor der Lebenstür stehen, die ein Umdenken erfordern. Von deinen Krankheiten kannst du ein Lied singen. Deine Depressionen und Traumata müssen dich endlich zum Umdenken bringen.

Ich habe viele Bücher über Krankheiten gelesen und warum sie auftreten. So erfuhr ich, dass Krankheiten innere Konflikte widerspiegeln. Ja, es sind Konflikte, die du nicht verarbeitet hast. In dem Augenblick, als mein Ego meine Schuld durch andere Denker bestätigt sah, war der Konflikt in mir bereits vorhanden und hat eine Krankheit verursacht. Das kann eine einfache Erkältung sein oder Schmerzen im Bauch, Fieber oder Zahnschmerzen. Die Vielfalt der Krankheiten ist unendlich. Um sie aufzulösen, musste ich verstehen lernen, dass ich kein Opfer bin und keinen Angriff auf andere Denker brauche. Ich wollte das unbedingt verstehen, denn das schien mir die Wahrheit zu sein. Ich bemerkte zugleich, dass dadurch ein neues Verhaltensmuster in mir entsteht. Meine Mutter war schnell in ihrer Entscheidung gewesen, den Schuldigen zu finden. Vater führte das aus, was seiner Meinung nach richtig war.

Trump hat es doch allen vorgemacht. Er leugnete seinen Narzissmus, um sich vor seiner Angst zu schützen. Und die Welt wunderte sich über die zunehmende Gewalt und den Hass. Trump behauptete einfach, dass das Corona-Virus von den Chinesen stamme und sie die ganze Schuld tragen würden. Die USA war stets in einem Konflikt

*und erkrankte zusehends, weil sie keine Lösungsansätze finden
wollte, anstatt Vertrauen zu schaffen. Es gelang nicht, weil ein Krebs-
geschwür heranwuchs, welches von Grund auf behandelt werden
müsste.*

Dein Konflikt verursacht bei dir starke Depressionen und
eine innere Leere. Das greift deine Seele an. Du dachtest,
alles im Griff zu haben? Auch wenn deine alten Erinnerungen deine neurotischen Überlegungen und Methoden irgendwie aufzulösen versuchten, gelang dir das doch nur auf
kurze Dauer. Die Gefahr wurde nicht gebannt. Ich wusste
ganz genau, worüber ich mit dir im Herbst gesprochen
hatte, und ahnte deine Ablehnung mir gegenüber.

Ich spürte den langanhaltenden inneren Brand in mir,
der vor fast zwölf Jahren ausgebrochen war. Ich war überzeugt davon, durch ein gelesenes Buch über Spiritualität geheilt zu werden. Aber weit gefehlt. Oh nein, Dorothee! Das
Gegenteil trat ein. Der Wahnsinn wühlte in mir das letzte
Getreidefeld auf, was ich noch vor einem Tag behutsam
gepflegt der Nacht überlassen hatte. Jeder Granitstein, den
ich berührte, bewegte sich nicht. Der Narzissmus meiner
Erzeuger ließ mich vermuten, dass all die Erinnerung aus
meiner Kindheit mich nicht mehr loslassen würden. In mir
überlebte der Narzissmus meiner Eltern. Vernunft ließ er
nicht zu. Ich musste sehen, wie ich mich heilen konnte.
Deine Vernunft zum Beispiel war auch irgendwann mal

verschwunden. Ich fühlte eine tiefe Leere in dir; du selbst hast sie mir beschrieben. Mir wurde klar, dass ohne Vernunft und Fantasie es nicht möglich ist, im Traum ein wunderschönes Bild zu malen. Und so wurde der Konflikt in dir zu einer starken Depression. Das tat mir weh. Aber was sollte ich tun? Ich konnte deine Situation nur akzeptieren. Wie alles auf der Welt – das Klima, die Politik, die Gesellschaft, mein Zusammenleben mit anderen Denkern. Daher stellte ich mir die Frage, was ich von dieser hektischen unkontrollierten Welt erwarten kann. Schon einige Sekunden später war die Frage überholt, denn ich musste die Frage anders stellen. Wie könnte ich die Welt verändern, ohne sie zu schädigen? Welche Erwartungen müsste ich erfüllen, um das Gefühl harmonisch wahrzunehmen?

Die täglichen Besuche bei dir im Krankenhaus waren für mich eine echte Herausforderung. Meine innere Stimme konnte ich ein wenig wahrnehmen. Sie rief mich dazu auf, im Jetzt zu bleiben und nicht an morgen zu denken. Ich ordnete mein Leben neu, indem ich versuchte, wirklich bei mir zu sein. Das fiel mir schwer. Mein Lehrstück war, den morgigen Tag zu bestehen und das Geschehen ruhen zu lassen. Jeden Moment wollte ich dafür nutzen, mich zu orten. Meinem inneren Gefühl in dem Augenblick ein Gesicht zu geben, war die Aufgabe, die ich mir stellte. Deine Blicke waren traurig, als ich das Wort „Gefühl" nur aussprach. Die Augen blieben trocken und ich sah eine Dürre in dir aufkeimen. Auch deine Lippen wiesen seit Tagen leichte Risse auf, und du warst nicht in der Lage, sie einzufetten. Der Gedanke, dich in deiner Einsamkeit zu belassen, war mir irgendwie fremd. Deshalb tat es mir gut, dir meine warme Hand zu reichen, die du auch nahmst. Das war ein Glücksmoment, ein Zeichen von Gnade, dass wir mit unserer Berührung einen Neuanfang einleiteten, der uns befähigte für eine kurze Zeit alles zu vergessen. Du hast diese Gnade ein wenig unterschätzt, aber sie hat etwas für unser Leben aufbewahrt – was Kostbares, Seltenes. Sie bewahrte die Realität, denn sie gab der Illusion keine Chance, um daraus den Wahnsinn zu machen.

Ich war dir nicht böse, dass du nichts empfunden hast, als wir uns berührten. Ich hätte dich nie verurteilt. Ich war dir eher dankbar, dass du alles zugelassen hast. Denn woher solltest du wissen, was Gnade ist? In keinem Schulbuch kann man das nachlesen. In keinem Lexikon ist eine Definition dafür zu finden, wie man sich fühlt, wenn das Glück einen übermannt. Man spürt es nur zaghaft, dennoch ist der Moment so kostbar, als wäre das Paradies ganz nahe. Das Herz schlägt schneller und die Augen beginnen zu leuchten. Die wilden Ranken deiner Poesie, die das Göttliche aufrufen, lassen den Körper zelebrieren, indem die Idee der Erneuerung aufersteht. Die Gnade schwappt über den Rand deines Körpers, sodass die Sonne die Woge der Wärme über die Grenzen zieht, um alles wie ein Wunder wirken zu lassen. Die Gnade opfert nicht und kennt keine Verurteilung, um „Alte Denker" in eine Tabelle einzugliedern. Gnade bewahrt einen kostbaren Traum, der verhindern soll, dass die Angst einen besiegt. Denn in der Angst lebt der Schmerz, und der Schmerz ahnt die Schwäche in einem und verhindert, dass Licht ausströmt. Gnade ist keine Schuldzuweisung, wo das Böse einen anlacht, um den Göttertanz des Friedens zu stören. Gnade ist ein Moment, der dich trägt, wenn du zulässt, dass deine Gedanken die Illusionen umarmen.

Du konntest den Moment nicht zu deinen Gunsten wandeln, weil dein Wissen über die Heilung damals noch im Dunkeln lag. Also, warum sollte ich dich ablehnen? Deine Selbstheilungskräfte waren eher dürftig. Deshalb konntest du deine Vergangenheit auch nicht verlassen, um die alten Motive der Schuld loszuwerden. Deine Träume über uralte Begegnungen hast du nie so verinnerlicht, dass du in der Lage gewesen wärst, sie einfach fallen zu lassen. Wie hätte ich also deine Frage: „Was hat das mit Gnade zu tun?", verstehen sollen? Deine erdachten Bilder aus der Kindheit zeigten immer noch die nasse Wäsche einer harten Zeit, die keine Freiheit als Kind zuließ. Kein Erdteil auf dem Planeten hat dir deinen wahren Namen gegeben und ein buntes Halsband um deinen Hals gelegt. Wie konntest du dann sagen, es sei eine heilige Begegnung? Wieso lebt in dir der trügerische Gedanke, es sei eine Art der Selbstheilung, wenn du deine Kindheit nicht akzeptierst? Du hattest die Grenzen längst überschritten, indem du deine Sehnsucht für den Freitod erklärt hast. Ja, du hast dem Tod laut zugerufen, er soll bald kommen, da du den unlösbaren Konflikt in dir nicht mehr aushalten würdest. Deine Kindheitserinnerungen haben dich überfahren, ohne Rücksicht auf deine Seele. Den Trost hast du ganz vergessen, wobei die Geste der Gnade neben dir schlief. Du hättest sie bemerken müssen.

Die Spielplätze waren geschlossen. Kein Kind verirrte sich dort hin. Selbst die Rutsche und das Schloss aus Holz mit seinen bunten Türmen wurden nicht mehr von Kinderhand berührt. Seit Wochen ging das schon so. Die Kinder müssen zu Hause bleiben. Ausgangssperre nennen sie das. Ich sah im Fernsehen die Aufnahmen vom Strandbad Binz. Der Strand war wie ausgestorben. Die Strandkörbe blieben im Depot. Der Kassierer bekam Kurzarbeitergeld und die Wellen der Ostsee blieben für sich allein.

Dorothee, auch der Bahnhof in Warnemünde fiel in einen Dornröschenschlaf, da keine Züge mehr fuhren. Ein Taxi stand vor dem Bahnhof und wartete auf Denker, die ohnehin nicht kommen würden. Ein Mann mit Schutzmaske saß hinter dem Lenkrad und sah zum Himmel auf, und ich dachte tatsächlich, er würde beten. Aber er tat es nicht. Er schaute nur nach oben, weil gerade ein Hubschrauber über das Meer flog. Die lange Promenade mit ihren Einkaufsläden ruhte still im Wind der Ostsee. Keine Stimme war zu hören. Der Eisladen mit seinen fünfzig Eissorten war geschlossen. „Infektionsgefahr" stand auf dem Schild. Ich musste weinen und wusste nicht mal warum. Dorothee. Mir wurde klar, dass du in Berlin warst und ich an dem Ort, wo 2014 die Fußball-WM stattfand und die viele Tore fielen. Ich höre noch das Freudengeschrei der vielen Denker aus den Lokalen und das Hupen der Autofahrer auf den Straßen. Die Gelassenheit, die ich damals erlebte, war für mich ein Geschenk.

Die Corona-Zeit hat das überboten. Die Freude verstummte und die Denker versteckten sich hinter Gardinen und zählten die Möwen am Strand. Mehr fällt mir nicht ein. Nun brauche ich eine Auszeit.

Ich wollte meine Handschrift wiederfinden, um das Buch mit meinen Gedanken weiter zu füttern. Die Schutzmaske musste ich während der Zugfahrt nach Warnemünde die ganze Zeit tragen. Sie engte mich ein. Die Gesichtszüge vom Schaffner konnte ich nicht sehen. Ich fragte ihn, ob er hier im Zug gern arbeite, und das mit Maske. Er meinte zu mir lediglich, dass ich willkommen sei und es ihn wirklich freue, meine Fahrkarte zu kontrollieren.

Du hast deine bösen Gedanken mit einem süßen Traum vermengt, um ihn appetitlich wie ein Schokoladenpudding zu machen. Was für ein Unsinn, nur um zu beweisen, dass es dir angeblich besser geht. Das sah dir ähnlich. Es widerspiegelte deinen Grundcharakter, der auf Bequemlichkeit basiert. Du hättest lieber mehr Cayennepfeffer in deine seelische Wunde streuen sollen, um deine Unruhe zu besänftigen. Aber genau daran konnte ich sehen, dass deine

Kindheit dir keine Ruhe gönnt, die du aber brauchst, um irgendwie in die Mitte zu rutschen.

Auf deiner Geburtsurkunde, die auf dem Holztisch deines Arbeitszimmers lag, stand geschrieben, dass du nicht der sein willst, der du bist. Dein dünnflüssiges Kleinod von guten Vorsätzen gefror schon lange unter deiner Haut. Ich fand es bedauerlich, dass deine vergangene Lebenszeit für dich keinen Nutzen gebracht hat. Daran waren sicherlich deine Illusionen beteiligt, die dich über das eisige Winterfeld trieben. Deine dünne und rissige Haut wurde so zu einem Mantel, der dich zu deinem eigenen Henker machte.

Möchtest du dich noch mal daran erinnern, wie du als Kind die uralte Eiche im Park gesehen und mit den Händen die Rinde sanft gestreichelt hast? Ein Bild wurde aus dieser Erinnerung. Ich mochte das Bild mit der kleinen Lichtung und einer dichten Hecke im Hintergrund, die dir wahrscheinlich Schutz geboten hat. Die scheinbar unverwundbare Baumrinde der Eiche hast du spontan erblickt. Und das war gut so, denn das hat dich bis zum heutigen Tag geprägt. Sie hat deine innere Angst erkannt. Du hast geahnt, dass der Spaß und die Freude beim Malen irgendwann mal zu Ende gehen und deine dünne Haut rissiger werden würde. Ich habe nie verstehen können, warum du mit dem Malen aufgehört hast.

Ich konnte mich zwischen Schreiben und Malen entscheiden. Aber gute Aquarelle zu malen und gleichzeitig ein

Buch zu schreiben, das ging natürlich nicht. Die Aquarelle stehen jetzt zwar in Bücherregalen, aber für mich war das Malen eine gute Entscheidung gewesen. Wen interessieren jetzt schon meine Aquarelle? Und deiner Meinung, dass die Aquarelle einen besonderen Reiz ausmachen, wollte ich nicht glauben.

Dein Ausruf: „Es kann mir sowieso keiner mehr helfen!", hat mich sehr erschreckt. Er ließ meinen Atem für eine kurze Zeit stillstehen. „Eine Heilung kommt nicht infrage." Fassungslos stand ich vor dir und versuchte, den Gedanken zu verarbeiten. Ich rief nach Vergebung, die mir die Kraft geben sollte, dich zu retten. Ich konnte dich aber nicht retten. Nur du selbst hattest die Wahl, dich zu retten und zu sagen: „Ja, ich möchte an das Positive im Leben glauben."

Das Blut rann aus deiner vereiterten Wunde. Es pochte mächtig in dir. Es fiel dir nicht schwer, die Schwerelosigkeit hinter dir zu lassen. Deine Hände berührten noch mal die Baumrinde der alten Eiche, während du das gemalte Bild angesehen hast. Es war ein selten schöner Anblick.

In dem Augenblick war es dir nach langer Zeit gelungen, die Stärke der Baumrinde einzuschätzen. Deine plötzliche Befangenheit hemmte dich nur kurz, sodass deine blanke Hilflosigkeit zum Vorschein kam. Das war ein wertvoller Augenblick. Ich dachte, vor mir stünde das kleine Mädchen von früher, das ihre Puppe fest in den Händen hält.

Die Gedanken aus deiner Kindheit verblassten. Ich sah eine winzige Erleichterung in deinen Augen. Anziehend und inspirierend hast du die Berührung der alten Eiche empfunden, die deinen inneren Widerstand zerbrach. Endlich hast du Nähe zugelassen. Die verkrustete Baumrinde der alten Eiche war dir sehr nahe, und das stimmte dich melancholisch. Deine Angst verschwand. Das Vergessen hast du primär und gnadenlos in den Schatten gelegt. Dein Lächeln tat dir gut, da die Emotionen dich verführten.

Auf meine Frage, wie es dir ergangen ist, hast du geantwortet: „Eher bescheiden, mager, dünn."

Hast du dich tatsächlich auf einer Gratwanderung zwischen Tod und Leben befunden? Ich erinnere mich an die schönen Waldspaziergänge mit dir. In „Fulda" gibt es uralte Mammutbäume, die sehr hoch in den Himmel ragen. Ihre Kraft war fast spürbar und strahlte auf uns beide positiv aus. Wir lehnten uns an den Bäumen an und spürten ihre Vergangenheit. Das Rauschen des Windes ließ die Baumkronen schaukeln. Alles ließen wir im Geiste los. Alles ging fort von uns – die Gedanken des Bösen, der Hass in seiner Unendlichkeit, die Ungeduld der Zukunft und der Tod. Ohne es zu ahnen, waren unsere Ängste weg und bewahrten uns davor, an einem Abgrund zu stehen.

Dorothee, das war für mich eine dankbare Erfahrung. Aber das reichte nicht, um zu glauben, alles sei in Ordnung. Ich ermahnte dich, höflich, freundlich, behutsam, denn dein Charme lebte kurzzeitig auf. Du wolltest wachsen und immer und ewig deine Unschuld reinwaschen. Die Fantasie in dir erleuchtete ein buntes Laubblatt, das im abendlichen Herbstlicht den Augenblick belichtete, um deine Schuld zu beweisen. Es gelang dir nicht, da du noch nicht bereit warst, deine Kindheit so zu akzeptieren, wie sie nun mal gewesen ist. Selbst ich musste die bittere Erfahrung machen, dass meine Kindheit einen „Istzustand" in meinem Leben widerspiegelt und ich dies zu keiner Zeit verändern kann, um mich zu retten. Wie ein dicker Prellbock stand ich zwischen der Angst und meinem Glauben. Ich musste entscheiden, welchen Weg ich gehen soll, um zu erfahren, was mir guttut? Da ich damals aber zu jung und unerfahren war, schaffte ich es nicht, meine Kindheit anzuerkennen. Der Irrglaube führte mich gnadenlos zum Schafott, zum Chaos, in die Depression. Das war mein Lehrgeld.

Dorothee, du hast vor einiger Zeit im Sommer an der Spree über deinen Sohn gesprochen. Ich erinnere mich gut an das Gespräch. Auch wenn du zu mir gesagt hast, dass dich das Problem mit deinem Sohn unbeeindruckt lässt; ich konnte dir das nicht glauben. Du schienst mit diesem Problem überfordert. Seit Monaten hattest du keinen persönlichen Kontakt mehr zu ihm. Also, was war geschehen? Nun ist aber die Frage nicht mehr relevant. Die Antwort liegt in der Vergangenheit, und die kannst du nicht mehr ändern. Dir blieb nur eins übrig, die Dinge mit deinem Sohn so zu lassen. Das fiel dir schwer. Ich hatte dafür Verständnis, du fühltest dich von ihm verlassen. Viele Mütter empfinden Trauer, wenn ein Kind sich abwendet, um seinen eigenen Weg zu gehen. Dein Sohn hat das Recht, seinen Weg zu gehen. Um das zu verstehen, braucht es Zeit.

Aus meiner Sicht lag es jedenfalls nicht an dir, dass euer Konflikt zur Trennung geführt hat. Du dachtest, du wärst schuld gewesen. Ich stimme dir da auch heute noch nicht zu, denn du hast die Gefühle deines Sohnes nicht abgelehnt. Du hast ihm klargemacht, dass ihn seine Kindheit belastet. Er hat das nicht akzeptiert. Er wusste nicht, was ein Konflikt mit einem Menschen macht, dazu war er noch zu jung. Ein Konflikt zweier Denker im Alltag ist eigentlich ein ganz normaler Vorgang, der dazu dient, mit unterschiedlichen Meinungen trotzdem auf einen Nenner zu kommen. Dass man fast nie gleicher Meinung ist, liegt häufig daran, dass ein Denker dem anderen nicht richtig zuhört und sich nicht traut seinen Wunsch klar auszusprechen. Die Folge ist, dass ein Konflikt meistens eskaliert. Das geschah bei dir und deinem Sohn. Jeder beharrte auf sein Recht und gab dem anderen die Schuld. Und das wurde bis heute nicht geklärt. Was blieb, war Traurigkeit.

Ich überlegte, was ich zu dir sagen sollte, ohne dich zu verletzen. Letztlich riet ich dir, das Vorkommnis mit deinem Sohn so zu belassen wie es war. Das hatte einen guten Grund. Ich habe nämlich das gleiche mit meinen Kindern erlebt. Sie hatten sich bereits vor neun Jahren von mir abgewendet. Welcher Grund vorlag, das weiß ich nicht. Ein Konflikt wie bei dir gab es nicht. Ich wüsste jedenfalls keinen Grund, mich so hart zu bestrafen. Ich musste echt einen Weg finden, um nicht in den Abgrund zu fallen.

Dorothee, ich war ehrlich zu dir und spreche heute noch ungern über das Thema, weil ich das Verhalten meiner Kinder einfach nicht verstehen kann. Mein Gehilfe und treuer Freund in dieser Angelegenheit war mein inneres Kind. Es half mir aus diesem Drama heraus. Im engen Kontakt mit meinem inneren Kind war es möglich, Abstand zu gewinnen. Je mehr Abstand ich bekam, desto bewusster konnte ich mit dieser schmerzvollen Situation umgehen. Nach langer Zeit ging es mir dann besser. Ich erkannte, dass ich die Geschehnisse von damals nicht mehr zurückdrehen kann. Ich hatte nur die Wahl, sie zu akzeptieren. Die Erfahrung gab ich an dich weiter. Du solltest dein Augenmerk auch auf dein inneres Kind lenken, um die aufgestaute Traurigkeit in dir aufzulösen.

Aber nun war ich erneut überfordert, weil du die Umstände mit deinem Sohn noch nicht ganz überwunden hattest. Dadurch war es nicht möglich, von dir Verständnis für deinen Sohn einzufordern. Denn sonst wäre dir die Qual erspart geblieben. Aber es kam dir nicht in den Sinn zu hinterfragen, warum das so geschah. All die belastenden Thesen, die den Konflikt schürten, wären nicht zutage getreten, wenn du es geschafft hättest, deinem Sohn mehr Raum zu gegeben, um sich selbst zu finden. Manchmal braucht es Zeit, auch im Streitfall still zu bleiben, um den Überblick zu behalten, was die Gefühle in einem vorhaben.

Du schienst fassungslos zu sein, und deine Augen schauten ins Leere. Ich spürte, dass du das alles verstehen wolltest. Mir lag viel daran, dass du dich mit deinem Sohn wieder aussöhnst. Aber manche Dinge des Lebens brauchen nun einfach Zeit. Im Innern wusstest du schon, dass dein Sohn eine schwere Last trug, um sein Leben irgendwie zu meistern. Auch in ihm lebt eine Angst, und das solltest du bedenken, wenn du die Frage erneut stellst, wer die Schuld für das Zerwürfnis trägt. Denn das größte Problem zwischen deinem Sohn und dir ist die Anerkennung der Angst. Ich bin überzeugt, dass die Angst einen lähmt und es nicht zulässt, Vertrauen aufzubauen.

Das Wort „Vertrauen" geht einem schnell über die Lippen. Und doch liegt dem eine Urgeschichte zugrunde, die Kraft freimacht, um die Seele zu retten.

Meine Mutter konnte mir beispielsweise im Kindesalter kein Vertrauen vermitteln, denn ihre leibliche Mutter hatte es meiner Mutter nie beigebracht. Aber Vertrauen zwischen zwei Denkern verbindet, und das ist schon in der Kindheit von großer Bedeutung. Ich war zum Beispiel über die vielen Fotos erstaunt, auf denen meine Oma mich liebevoll umarmt hat. Ich glaube, dass sie mir so Vertrauen schenkte.

Heute weiß ich, dass sie mich geprägt hat, nicht meine Eltern. Ich begriff, dass meine Gefühle nur mir gehören und ich allein die Verantwortung trage, wie ich sie einsetze.

Die Pandemie zeigt uns, wie sehr wir die Natur missachtet haben, als wären wir die letzten Denker auf der Erde. Denselben Eindruck habe ich bei der Beobachtung der Rodung der tropischen Regenwälder in Lateinamerika. In was für einer Welt lebe ich eigentlich? Die Frage ist für mich sehr interessant, weil ich auch deine Meinung darüber wissen wollte. Die Ignoranz der vielen Denker beschäftigt mich sehr. Woher kommt diese spontane Wut, wenn schon ein Denker eine andere Meinung hat als die Allgemeinheit?

In der Pandemie, das beobachte ich immer wieder, reagieren die Denker unterschiedlich auf Stress. Sie werden zusehends aggressiver. Auch deine Meinung wollte ich gelten lassen, als du sagtest, dass auch andere Denker unter uns leben, die sehr freundlich und hilfsbereit sind. Du hattest recht. Es gibt sogar auf Facebook tolerante Denker, die teilen können. Sie schreiben freundlich ihre Meinung und verhalten sich tolerant. Ich hatte mir mal erlaubt, ein Gedicht über die Liebe zu schreiben und es veröffentlicht. Vielen Usern gefiel das Gedicht, was mich freute. Wochen später war ein User im Netz unterwegs und fand mein Buch aus dem Jahr 2017 „Luise Fremde Welt" sehr interessant. Er stellte das Cover auf seine Facebook-Seite und schrieb eine ausführliche Rezension über das Buch. Dorothee, ich konnte nicht glauben, was ich dort las. Ich musste unbedingt erfahren, wer dieser User war. Es stellte sich heraus, dass er selbst mehrere Gedichtbücher

geschrieben und einen Verlag an seiner Seite hatte. Ich musste lange
überlegen. Warum schrieb ein fremder User aus Düsseldorf eine Re-
zension über ein ihm unbekanntes Buch? Wochen später, ich hatte
den Vorgang fast vergessen, schrieb er unter Messenger, dass es nur
wenige Bücher gäbe, die er so gern gelesen hätte wie meins. Zwei Tage
später erschien dann mein Buch „Die Frau in Ton". Er freute sich
schon darauf. Seine höfliche Art hat mich jedenfalls tief beeindruckt.

Ja, aus Vertrauen entsteht die Motivation, gemeinsam einen
fruchtbaren Weg zu gehen. Das habe ich bei der Aufarbeitung der Verhaltensweisen meiner Eltern genauso getan.
Meine Neugierde war groß. Ich wollte mehr über ihre Jugend und ihr Leben während des Zweiten Weltkrieges wissen. Sie waren beide Mitte zwanzig. Berlin. Am Ring. Hunger stand vor der Tür. Der Tod wartete auf die Blumen.
Das Leid begrünte den Rosenkranz. Gemüsebeete lagen
brach. Holz gab es nicht. Feuchte Kellerwände. Zugezo-
gene Gardinen. Zersplitterte Blumentöpfe. Die Tage waren
kalt und grau. Meinen Geschwistern zufolge waren unsere
Eltern schon immer so: hart, kühl, fordernd, nicht immer
gerecht, verurteilend, ablehnend. Aber das genügte mir
nicht. War da nicht mehr? Ich musste selbst auf Suche gehen. Ich bin überzeugt, dass mein Vater im Alter warmher-
ziger wurde. Er hat wohl mehr über die zurückliegenden
Jahre nachgedacht, als wir Kinder noch vor ihm stramm-
stehen und Schläge einstecken mussten. Und ob er auf sein

Leben stolz war, das weiß ich nicht. Aber wem sollten diese Fragen im Nachhinein etwas nützen? Ich habe es beizeiten gelassen, darüber nachzudenken und mich nur noch an unsere letzte Begegnung im Krankenhaus erinnert.

Ich verließ das Krankenzimmer mit meiner Mutter und wünschte ihm noch eine schöne Nachtruhe, als er mich zurückrief. Mutter wartete im Flur und unterhielt sich mit einer Schwester. Ich ging auf ihn zu und plötzlich gab mir mein Vater seine Hand und sagte zu mir, dass er mich immer geliebt hätte. Ich konnte das kaum glauben und war fassungslos. „Sage auch bitte dem Torsten, dass ich ihn sehr liebe." Dieser Satz hat sich mir eingebrannt, als ich meinem Bruder die Botschaft unseres Vaters brachte.

Dorothee, ich habe Verständnis aufbringen müssen, um alles zu verstehen. Es nützt nichts, nur die eine Seite des Lebens anzuschauen. Ich musste alles betrachten, was meine Familie widerspiegelt. Etwas auszublenden, wäre unfair gewesen, nicht gerecht. Dazu gehört auch, dir zu sagen, dass meine Mutter schon eine Art von Liebe kannte, die sie aber nie richtig zeigen konnte. Nicht sich selbst, was ich sehr schade empfand, aber auch nicht oder nur selten für die anderen Denker in unserer Familie. Mutters Liebe war in den Fünfzigerjahren eine andere. Zwei Kinder nach dem Krieg sattzukriegen, war sicherlich nicht einfach. Butter, Kartoffeln, Brot und Fleisch gab es auf Zuteilung. Rationsmarken waren wie bares Geld. Wer nicht rechtzeitig beim

Fleischer oder beim Bäcker anstand, der bekam nichts. Woher sollte das Vertrauen kommen, wenn selbst das Staatsgefüge wieder aufgebaut werden musste. Nach dem Krieg waren ja fast alle Großstädte im Land Ruinen. Keiner hatte mehr ein Dach über dem Kopf. Trümmer und Schutt mussten beseitigt werden und jeder musste zusehen, wieder etwas Normalität in den Alltag zu bekommen. Viele Väter kamen nicht mehr zurück. Hunderttausende Familien litten an Verlust und Traumata. Meine Mutter hat nie über den Krieg gesprochen, und Vater, der bei der Wehrmacht in Holland war, legte das schmerzvolle Thema in seine Gedanken ab. Er nahm das Wort Krieg selten in den Mund. Ich wusste nur, dass mein Vater seine Mutter und seine Schwester verloren hat. Sein Vater Paul lebte bis 1973. Auch meine Oma mütterlicherseits schwieg. Einmal erzählte Mutter, dass im Dorf Hangelsberg gleich nach Kriegsende ein Russe eine junge Frau vergewaltigt hat und durch einen Kommandeur sofort auf der Dorfstraße erschossen wurde. Durch das Verschweigen entstand auch kein Vertrauen innerhalb der Familie. Nicht mal das Vertrauen zu sich selbst konnten meine Eltern aufbauen. Das blieb nicht ohne Folgen. Vertrauen in sich fördert aber eine gute Kindererziehung. Vielleicht hätten meine Brüder und ich dann mehr Liebe und Trost erhalten. Vielleicht wäre mein Lebensweg anders verlaufen. Wer weiß? Also blieb mir als Kind keine Wahl, als anderen Denkern zu vertrauen.

Meine Oma, die noch meinen letztgeborenen Sohn in den Armen hielt, bevor sie von der Welt ging, war für mich eine solche Vertrauensperson. Sie hat sich immer von einer liebevollen Seite gezeigt. Sie herzte ihren Enkel und schenkte ihm Vertrauen.

Je älter ich wurde, umso mehr kam ich in Situationen, wo die Vertrauensfrage im Focus stand. Mit 25 hatte ich das noch nicht begriffen. Als aber dann meine Ehe am Rand des Abgrundes stand, fragte ich mich, ob ich überhaupt zu lieben imstande war, zu umarmen, freundlich zu sein. Konnte ich überhaupt eine soziale Bindung eingehen, ohne für meinen Partner gleich zum Feind zu werden?

Die erste Scheidung kam gleich nach der Armeezeit. Mir wurde klar, ich hatte zu früh geheiratet. Lebenserfahrungen fehlten. Die Kindererziehung überforderte die häusliche Harmonie. Das Familiengericht musste letztlich die Frage der Schuld klären.

Du hast mich überrascht angesehen, als ich vom Familiengericht in der DDR sprach. Vor über dreißig Jahren stand diese Frage immer im Raum, wenn eine Ehe geschieden wurde. Angeklagter oder Kläger. Denn wer die Schuld trug, musste Gerichtsauslagen und Anwaltskosten beider Parteien tragen. Kein Denker im Gerichtsstand des Gesetzes erkannte die wahre Verantwortung an, dass nämlich immer beide die Schuld an einem Zerwürfnis der Ehe tragen. Aber ich war noch zu jung, um das alles richtig einzuordnen. Das Wichtigste an dem Prozess war, und das musste ich dir deutlich sagen, Dorothee, es hat immer mit einem selbst zu tun. Wenn du deine Gefühle im Griff hast, basiert dein Leben auch auf Vertrauen. Weißt du noch, als ich dich damit konfrontierte, dich im gleichen Moment umarmte und dir sagte, dass alles gut werden wird?

In den Gärten der Welt sah ich seit Wochen keine Gondel mehr fahren. Sie verbindet Marzahn und Hellersdorf. In wenigen Minuten kann jeder über den Kienberg fliegen, um dem Himmel nahe zu sein. Schöne Erinnerungen wachsen in meinen Träumen, da ich mir einbilde, aus der Gondel herunterzuschauen. Ich sehe dann die große verbogene Betonbühne im Park, die ohne Denker auf die Musik wartet. Kein Denker ist zu sehen. Die Stühle sind weggeräumt und die grüne Wiese blickt zu mir hoch. „Die Konzerte können nicht mehr stattfinden", sagt man. Alle verkauften Karten können nach der Pandemie wieder genutzt werden. Viele Rosenstöcke zeigen ihr Kleid in allen Farben. Die Tore zum „Japanischen Garten" sind offen und die Luft duftet nach Heimweh, die ich tief inhaliere. Alles gratis und ohne Konfetti. Viva Musica, ein Traum tanzt in meinen Gedanken. Ich höre die Klänge einer Harfe, das Trommeln eines Schlagzeuges, das Spiel einer Gitarre, einer Geige, die all die Noten präsentiert, die ein Lachen im Rang einfängt. Ich sehe das Tollhaus am Brunnen, der das Wasser nicht will. Trockenheit, das ist sein Name, da der Sommer gnadenlos die frisch eingepflanzten Birken qualvoll vertrocknen lässt. Kein Dirigent wird sein Pult dort erklimmen. Kein Dichter kann sein Märchen erzählen. In der Coronakrise ist es nicht erwünscht, sich zu umarmen. Mit den Füßen soll man sich begrüßen. Ungewöhnlich für mich. In meiner emotionalen Welt ist mir der persönliche Kontakt wichtig. Umarmungen gehören einfach dazu, wenn man sich gut versteht. Die Spannungen werden dadurch irgendwie kompensiert, neue Ideen entstehen, die ihre Aufmerksamkeit brauchen. Viele Telefonate und Spaziergänge draußen in der Natur gehören zum normalen Alltag. Für ältere Denker, die in meiner Nachbarschaft leben, habe ich Besorgungen gemacht, da sie zur Risikogruppe gehören. Ich erinnere mich, dass die Seniorenheime geschlossen wurden und kein Besuch mehr empfangen durften. Das war bitter.

Dorothee, ich war zu dieser Zeit stark überfordert und hoffte, nicht ins Krankenhaus zu müssen. Zum Glück war mein inneres Kind wach und sprach mich an, damit mich die mit Stacheln versehenen Heckenbüsche nicht bedrängten. In der Zeit von Rückzug und Abstand halten, war ein persönlicher Kontakt mit anderen Denkern nicht möglich. Das verteufelte WhatsApp rettete vielen einsamen Denkern das Leben. Mit Bild und Ton fanden sie Worte der Solidarität. Sie fühlten sich anderen Denkern verbunden. Erst nach Wochen wurde es wieder möglich, deine Stimme zu hören. Eigenartig klang sie und dennoch gewohnt. Du hast gedacht, ich hätte die Zeit der Stille nur abgesessen. Aber da musste ich dich enttäuschen. Unmöglich hätte ich im Sessel sitzen und warten können, dass die ersten Sterne am Nachthimmel auftauchen. Die grandiose Idee überkam mich genau zur richtigen Zeit. Ich begann ein Buch zu schreiben. Meine Gefühle von Trotz und Ablehnung, von Nichtverstehen und Abstand, von

Hinhalten und Aushalten, von Traurigkeit und Gedankenlosigkeit wollte ich näher beschreiben, um meinen Schmerz zu verstehen. Die ersten Zeilen waren schnell geschrieben. Ohne Plan, ohne einer Vision nachzugehen, habe ich Wort für Wort das geschrieben, was mir der Geist vorgab.

Dorothee, deine Zuneigung in der Zeit im Krankenhaus gab mir das Gefühl, ich sollte alles festhalten. In meiner tiefsten Traurigkeit überkam mich fast über Nacht die Sucht, doch ein Buch anzufangen. Eigentlich hatte ich vor, kein Buch mehr zu schreiben. Ich dachte, mein Kopf sei leer und die Fantasie würde alle leeren Fässer auf meinem Pfad kennen. Die Öffentlichkeit ließ ich beim Schreiben außen vor und versuchte, das Fernsehen zu ignorieren, da es sowieso nur ein Thema gab: Corona und seine Wirtschaftsfolgen und wie es weitergehen soll. Die wirtschaftlichen Folgen nach der Krise, und die Krise hatte gerade erst angefangen, sollten durch staatliche Mittel abgefedert werden, um vor allem die kleinen Geschäfte und Unternehmen nicht in die Pleite zu treiben.

Beim Schreiben widerstrebte es mir, Corona wahrzunehmen. Ich hielt die Fenster vom Arbeitszimmer geschlossen, um den Lärm draußen zu lassen. Ich wusste, dass die Krise am Anfang stand und dass niemand ahnte, dass sich das Virus so rasant ausbreiten würde. Es gab nämlich Staaten, die die Ausbreitung unterschätzten und kaum Maßnahmen zur Eindämmung der Infektion ergriffen. Es gab Städte, wo eine große Anzahl von Denkern in Cafés ihren Kaffee tranken, und das ohne Maske. Gartenlokale erwarteten ihre Stammgäste und hoben bei feuchter Fröhlichkeit die Biergläser, als wäre

Corona nur eine Idee in der Zeit gewesen. Selbst Konzerte oder andere Aufführungen im Theater oder im Kino fanden statt.

Zwischenruf

Möge dich ein genialer Einfall ereilen, das hier Beschriebene zu revidieren, damit dein leidvolles Schicksal in Vergessenheit gerät. Es umarmt dich nämlich immer fester, so mein Eindruck. Daher wünsche ich dir, dass du den Willen aufbringst, in eine andere Ebene zu kommen, die dich befähigt, dein Schicksal zu besänftigen. Und zwar, von einer reizvollen energiegeladenen Ebene, von der du vor Wochen noch keine Ahnung hattest, dass sie überhaupt existiert. Der Preis für deine Angst, die du seit Jahren unterdrückst, mag sehr hoch sein, aber dennoch bewegt sie etwas in dir, sodass du hoffentlich bald die Möglichkeit bekommst, ein neues Kapitel in deinem Leben aufzuschlagen.

Die Preisschilder jeden Mantels deines Vaters sind nach langer Zeit abgewaschen oder zerfranst, sodass man sie nicht mehr lesen kann. Doch sind in manchen dieser Mäntel die Waschsymbole noch gut zu erkennen. Sie erinnern daran, wie deine Kindheit einst ausgesehen hat. Sie gaben eine Geschichte preis und definierten die Gedanken so, dass du den Hass besser verstehen konntest.

Hättest du den Sinneswandel begriffen, der dich berührt hat, wäre es ein einfaches Ding gewesen zu sagen, ich fordere den Hass auf, mit mir zu tanzen. Da aber nun der Hass sich in eine sehr aggressive Form gegen dich gewendet hat, wolltest du allein mit der Verbitterung tanzen. Der Abstand zur Verbitterung wurde geringer. Daraufhin hast du die Vermutung ausgesprochen, dass das Geschriebene von mir eine Utopie der Unvernunft darstellt, die auf jeden Fall eine Korrektur braucht.

„Oh, mein Gott!", habe ich geschrien. Was für ein grandioses Benehmen deiner unartigen Zuweisung, die mich betroffen machen sollte. Aber ich war nicht betroffen, eher verwundert. Ich staunte, dass du zum anderen Ufer kommen wolltest. Endlich tauchten Gedanken in dir auf, die die Farbe Rot wählten. Es ist eine inspirierende Farbe, die deinen Gedankenraum eher vergrößert. Der Platz ist da, um den innigen Hass in dir zu zersetzen, der wirklich keine Aufmerksamkeit braucht.

Die Verwandten deiner Familie haben genug von dir erfahren, insbesondere wer du nicht bist. Der Vergleich zwischen einem Bettler und einem Monarchen darf nicht auf einem der vielen Hinterhöfe der Illusionen angesiedelt sein. Du wärst gut beraten, den Lichtverhältnissen am Tag nicht so viel Bedeutung beizumessen, da du immer noch in geduckter Haltung dein Leben fristest. Das macht der Drang, deine Vergangenheit immer wieder aufzurufen. Kein Wunder, dass die Depressionen kamen, die den Krieg in dir anzettelten, sodass deine Angst siegte. Deshalb handelt das Buch nur von uns beiden. Auch wenn du den Gedanken verdrängst, es wird der Tag kommen, wo die magischen Zeilen den Tag erhellen. Ich bedaure nichts. Ich kann nichts bedauern, auch nicht, dich kennengelernt zu haben.

Jedes Spiegelbild, das dein Antlitz zeichnet, könnte aus schwarzer Farbe bestehen, die deine bösen Gedanken eingefärbt hat. Kein Wort wäre imstande, die Musik der Liebe zu begleiten. Der vergessene Text von deinem ICH versprach, alles nachzuholen und den Gesang der Kinderchöre erschallen zu lassen. Nun, es kam nicht dazu. Das hatte damit zu tun, dass du nur dich betrachtet und deine Familie außen vorgelassen hast.

Ich schrieb ins Buch, dass du dich so nicht rechtfertigen kannst, als du sagtest, die Kindheit sei für dich beschissen und leidvoll gewesen und es gäbe keine Veränderung zum Guten. Was sollte ich stattdessen schreiben? Hätte ich schreiben sollen, dass du ein armes Würstchen bist, was ab jetzt viel Mitleid bekommt? Ich würde das Buch schließen, hättest du es von mir verlangt.

Auch ich wollte wissen, welche Kindheit meine Eltern durchleben mussten. In keinem der Filme und Fotografien meines verstorbenen Vaters aus dem Zweiten Weltkrieg habe ich ein Samenkorn der Liebe gesehen. Was muss das für eine Enttäuschung gewesen sein, als du herausgefunden hattest, dass deine Geschwister dich zu keiner Zeit sehen wollten? Mehr noch. Sie haben sogar das Persönliche in Briefen und Postkarten entfernt. Dein Name wurde gelöscht.

Mein Wohlwollen bestimmt nur für kurze Zeit die Textstellen im Buch, die dich charakterisieren, die deinen Hass beschreiben. Die Leuchtschrift auf deiner Geburtsurkunde, die den Unterschied deutlich macht, dass in dir zwei Stimmen leben, war nicht klar genug markiert. Die Stimme der Männlichkeit behauptete, sie wäre Zeuge von Jehova und die weibliche Nuance, die das Gold des Lebens entfernt, um frei zu leben. Wahrhaftig, dass hier geöffnete Buch ist nicht gleich verständlich geschrieben. Im Nachhinein fand ich es prickelnd, *manche Abschnitte im Buch noch mal zu lesen. Bedenke, dass die Sonne nicht jeden Tag gleich scheint. Also habe ich dich gefragt: „Warum wird ein Buch über uns geschrieben?" Das konntest du mir nicht beantworten. Ich selbst wollte das nicht dokumentieren, da ich weiß, was mich schmerzt, muss aus mir raus. Nun weißt du, welch ein krankes Verständnis in dir lebt. Deine Geringschätzung über deine eigenen Bilder, die einem Kaktus des Unbehagens ähneln, würde das Licht löschen. Dann wäre es um dich herum dunkel, und das hättest du nie zugelassen. Ich mahnte dich im dritten Kapitel an, um wenigstens die Neugierde in dir zuzulassen. Sie wäre imstande gewesen, die Depression beiseitezuschieben. Es wäre fantastisch, hätte die Neugierde dich in aller Form beherrscht. So hättest du deine Selbstanalyse mehr wertgeschätzt, und der Knecht, der das Böse in dir hervorbrachte, wäre in die Verbannung gegangen.*

Kann Zeit heilen? Was war die Zeit für dich, als du im dunklen Raum standest mit der ungewissen Vermutung, dass nun alles vorbei sei? Ist dein Gefühl von jener Langeweile, die ein eigenes Opfer braucht, um dich ins Paradies zu bringen? Hat dich der eigene Bluff des Lebens überfordert, als du entschieden hast, die Vergangenheit mehr zu mögen? Es sind Fragen, die ich stellen muss, auch wenn irgendwann der langersehnte Regen fällt, der deine dünne Haut berührt und zuckersüß werden lässt. Und erst dann kannst du das erleben, was du nicht sehen wolltest. Erst dann ist es dir möglich, die dunklen Wolken über dir zu akzeptieren. Erst dann wirst du hoffentlich deine alten Muster ablegen und keine neuen Waffen finden, die dich in den Krieg ziehen lassen. Daher entleere deine Gedanken von allem Bösen und lasse das düstere Tal hinter dir. Oben wartet auf dich die ewige Hoffnung eines frechen kindlichen Gemüts. Vielleicht wäre dann eine Heilung möglich. Dein langjähriger Gefährte, der Hass, wird auch in Zukunft dein ICH nicht anerkennen. Ich habe im Manuskript unterstrichen, dass diese Erkenntnis für dich zur Gewissheit wurde. Um aber zu verstehen, dass der Hass dir nicht guttat, musstest du dein Leben ändern. Falls dich diese Erkenntnis erreicht, würde ich den Zusatz im Manuskript hinzufügen, dass du ganz nahe an der Wahrheit bist. Es wäre allerdings ein Wunder, wenn das eintreten würde.

Das Stück Wahrheit, über die das Leben in allen Generationen spricht, gehört zu dir und kann nicht von dir ignoriert werden. Diese Wahrheit begleitet dich wie eine Leitplanke, die mit Kokosöl beschmiert ist, um zu verhindern, dass du dem Tode nahekommst. Durch den uralten Wissenstand, den du von deinen Eltern mitbekommen hast, konnte ich schreiben, dass die Wahrheit seit deiner Geburt in dir wuchert und all deine Gedanken einfordert, damit du gesund bleibst. Du hast das abgelehnt, und so wurde die Wahrheit für dich zu einer Floskel der Superlative. Ich habe das toleriert, wie andere Denker eben auch.

Meine Eltern wussten, dass die Wahrheit zu fürchten ist. Sie ließen es nicht zu, dass man sie aussprach. In jungen Jahren ahnte ich, dass die „Wahrheit" von vielen meiner Mitdenker mit Respekt behandelt wurde. Aus dem Grunde schrieb ich einen Satz, den ich lange Zeit mit mir herumtrug: „Wahrheit versüßt den Glauben und lässt die furchtlosen Gedanken reifen, bis der Sinn des Lebens die Angst vereinnahmt." Du hättest deine uralten Gedanken über die Wahrheit fallen lassen sollen. Denn wäre es möglich gewesen, ein Gedicht über deine Eigenliebe zu schreiben, es wäre wahrhaftig gut geworden. Dein Veto, etwas für dich selbst zu tun, hat dein Leben bestimmt. Das tat mit weh. Ich wusste, dass selbst deine Mutter diese Frage nie an sich selbst gestellt oder von anderen Denkern gefordert hat, immer hart zu arbeiten. Aber dein klägliches Wissen reichte nicht aus, damit die Vergangenheit dein Land verlässt und nicht mehr nach Hause kommt. Fade war dein Denken hinsichtlich all der Bewertungen deines Alltags, weil du keine Zugeständnisse gemacht hast. Ein Notenschlüssel müsste erst erfunden werden, um dir einen sinnlich feinfühligen Gesang des Todes vorzuspielen. Aber Gott sei Dank blieb dieser Notenschlüssel in deinen Gedanken stecken.

Ja, leider vergehen die Jahreszeiten und man denkt, die Zeit würde durch Menschenkraft bewegt. Ich hatte den Eindruck, dass du dich immer getäuscht fühltest und gewillt warst, dir tatsächlich einen Notenschlüssel auszudenken, der eine illusorische Musik spielt. Das Musikstück erklang aber leider zu keiner Zeit, und der Gute-Laune-Tag hat dich nie erreicht. Keine einzige Postkarte hast du seither aus dem Krankenhaus geschrieben, als mir das lebendige Gefühl über Sinn und Dasein ersichtlich wurde. Ist das poetische Postamt in deinem Lebenstross etwa seit Jahren verschlossen?

Ha, du hast den Abgrund auf dem Aquarellbogen so schnell nachgezeichnet, dass ich glaubte, du würdest hinunterstürzen. Wären nicht die alten Erinnerungen in deinem Hafen der Neugierde festge-

bunden, dann hättest du heute den Galgen mehr gemocht als dich selbst. Wobei deine Kindheit dich immer in sehr abstrakten Linien widergespiegelt hat, sodass ich den Eindruck gewann, du würdest den Hass immer noch mögen. Aber das Wunder hat auf dich gewartet.

Jeder Denker hat einen Anspruch auf ein Wunder. Wann es auftaucht, weiß nur das Universum selbst. Daher wäre es angebracht, die Angst in dir ernst zu nehmen und sie nicht mehr zu kaschieren. Zeichne sie nach und gib ihr ein Gesicht oder einen einfachen Strich, der aussagekräftig genug ist, sie anzusprechen. Es würde ausreichen, diese Idee für eine Minute aufzugreifen und die verloren geglaubte Bäuerin, die gestern noch auf deiner Lebensbühne stand, erneut aufzurufen. Achte nur auf deine Erkenntnisse, die darauf warten, eingebunden zu werden. Deine getroffenen Entscheidungen geben dem ganzen Prozess ein sicheres Gefühl, dass zwar die Angst noch in dir wütet, aber eben in abgeschwächter Form.

Dorothee, in welchen Wahnsinn wurden wir beide da hineingezogen? Der Dialog zwischen uns nahm an Fahrt zu. In rasender Geschwindigkeit haben wir die Geschehnisse in unseren Leben verfolgt. Woher kam der Gedanke mit dem Regen? Woher die Idee mit dem König, der dem Tag die Vergesslichkeit stehlen wollte? Woher kamen deine abstrakten Ablehnungen, die kein Gefühl zuließen. Woher kam plötzlich dein Willkommensgruß, als du das Fenster der Hoffnung leicht geöffnet hast? Ich konnte das nicht verstehen. Ich dachte, die Welt, die du beherrschen wolltest, sei mit Widerständen und Abschottungen gespickt. Eine Welt, wo es keine Sehnsucht gab. Eine Welt aus Stacheldraht, um dem Satan, der in dir lebte, die Gewissheit zu geben, er wäre in absoluter Sicherheit. Ich dachte ernsthaft, dass die Depression deine Spielpuppe ersticken würde. Ich dachte, dass keine Lichtquelle mit dem nächsten Zug den Bahnhof erreichen würde, um aus dem alten Trott auszusteigen. Ich dachte, die alten Mauern aus Vogelkot und Schweißangst hätten dich erwürgt, sodass die Luft der Freiheit enger wurde.

Dorothee, ich dachte im Ernst, dass der uralte Holzsteg unter deinen Füßen zusammenzubrechen drohte, da deine Haltung für das Positive fast verschwand. Wie schön nun der Anblick aus den Augen eines Kindes, das einem Märchenprinz glich. Du hast die Gefahren der Massen gespürt, die dich umgarnten. Hunderttausende Hände wollten dich ergreifen, herunterziehen, erniedrigen. Kein Fortkommen war möglich. Nicht mal der beleidigte Fluch konnte dich packen. Bewusster wurdest du, und ich erfuhr durch das Schreiben, dass dein Dialog zu dir selbst intensiver wurde. Herzlichen Glückwunsch, wollte ich zu dir fast sagen. Fast wollte ich dir sagen: „Ole meine Denkerin, du könntest es geschaffen haben umzudenken." Und doch ermahnte mich mein inneres Kind, dass du noch weit davon entfernt bist zu glauben, dass deine Illusionen die Wahrheitsformel widerspiegeln. Gott sei Dank, ich tat es nicht. Ich musste überlegen und das Geschehen verarbeiten. Ich musste innehalten und überlegen, was als Nächstes zu tun sei. Dein inneres Gespür meiner Ablehnung war schon in Ordnung. Ich nahm es so an. Das Gespür gehört schließlich dir und widerspiegelt eine Situation, die nicht vorhanden ist. Aber ich habe dich nicht abgelehnt. Im Gegenteil. Ich nahm Abstand von dir, damit dein Gefühl nicht die Oberhand in mir übernehmen konnte.

Warum soll ich die belügen? Warum soll ich dich beim falschen Na-
men nennen und so tun als wäre ich ein Phantom? Der Bluff mit
deinen Illusionen funktionierte erneut und schenkte dir das eisige Ge-
fühl einer dominanten Hexe, die ihr Revier beschützt. Wie hätte es
auch anders sein können. Ich rief laut nach der Vernunft in mir und
hoffte, du würdest sie hören. Aber nein! Es gelang mir nicht, dich zu
erreichen. Gern hätte ich dich dazu bewogen, ein wenig mehr Weisheit
zu zeigen, um auf einer grünen Wiese anzukommen.

Ich war schon etwas überrascht, dass deine grüne Wiese von gestern
abgebrannt daniederlag. Keinen Grashalm sah ich. Kornblumen ver-
welkten. Der rote Mohn verknöcherte in seiner leeren Kapsel. Butter-
blumen warteten auf die Tränen, die deine Augen nicht freigaben.
Dein Lebenshaus besaß keinen Namen, der dich hätte beschreiben
können. Selbst der kleinste Strohhalm unter einem Feldstein hätte es
nicht schaffen können zu überleben. Nicht die kleinste Hoffnung war
dir gegeben. Dafür hast du allein am Pult gestanden. Der Saal war
sehr groß und es schallte im Raum. Du hast in die Augen der Denker
gesehen. Sie schauten nach unten, als würden sie die Staubflocken auf
dem Fußboden zählen. Ihre Ohren blieben verschlossen, weil sie Kopf-
hörer trugen und Musik von Mozart hörten. Das traf dich schwer.
Es war ein zerstörendes Bild, das in dir entstand. Langsam tat es dir
weh. Und das gefiel mir ein wenig. Aber was sollte ich tun? Die Szene
würde immer wieder erlebbar sein, bis du akzeptiert hättest, dass es
nichts mit dir zu tun hat.

6

Es ist eine unheimliche intensive Macht von unerklärbarer Angst, die schwer auf der Seele lastet und sie in winzige Stücke zerreißt. Die Blutstraße markiert die Botschaft der Ohnmacht. Unkontrolliert signalisiert das Chaos dem Gedanken ein Ziel. Den Krieg zu eröffnen, mit allen Mitdenkern, die einem nahe stehen.

Zu deinem erneuten Abwiegeln zum Thema Angst zeigte ich Verständnis, dabei wollte ich dir nicht zu nahetreten. Ich akzeptierte deinen Gedanken, dass die Angst angeblich keinen Schaden in deiner Seele anrichten könne. Auf meine Frage, warum du ins Krankenhaus eingewiesen wurdest, bist du nicht eingegangen. Deine Blicke schienen plötzlich leer. Die Lippen wurden schmal und blass. Daher gab ich dir zu verstehen, den Gedanken der Angst, der dich immer wieder belastet, abzulegen. Ich sprach davon, dass jeder von uns beiden die Wahl hat zu entscheiden, die Angst zu verdrängen oder sie zu verstehen. Verdrängt man die Angst, so entsteht Streit. Sucht man nach Schuldzuweisungen, dann schont man das Ego und es kann sich in der Unschuld suhlen. Wenn es so kommt, dann wirst du nach Vergeltung rufen. Aber die macht dich so erbärmlich, als wärest du ein Vagabund der Rache. Was für eine Welt würde sich dir da eröffnen? Zorn wird deine Augen schließen und Hasswolken werden Gift über deinem Kopf regnen lassen. Böse Worte werden sich in Gedanken unter deine Haut setzen und die Orte aufsuchen, wo der Schmerz auftreten könnte. Ich ahnte daher, dass dein Selbstmitleid sich entfachen würde, als Schutz vor Heuchelei und ständigen Beleidigungen.

Ein alter Freund, Konrad war sein Name, sprach mich vor zehn Jahren auf einer Betonbrücke, die zwei Stadtbezirke verband, an. Es war November, nasskalt und kurz vor dreiundzwanzig Uhr. Ich ahnte nicht, dass er später zu meinem besten Freund werden und mich für viele Jahre begleiten würde. Er wusste, was ich vorhatte. Hunderte Züge fuhren unter der Brücke durch, um ihre unzähligen Bahnhöfe zu erreichen.

„Vernunft könnte dir helfen, wenn du gewillt wärst, sie zuzulassen." Diesen einen Satz sagte Konrad zu mir. Ich ahnte nicht, welche Folge es haben würde, als ich das Wort „Vernunft" nach Jahren wieder hörte. Mein egozentrisches Gehabe widerrief ich spontan, sodass mein aggressiver Ton gegenüber meinem Umfeld überwog. Ich vermied das feinfühlige Gefühl in mir. Ich vergaß das Weinen und pflückte keine Rose mehr am Wegrand. Ich schaute nicht mehr zum schwarzen Vogel auf, der mir früher oft half, den Weg wiederzufinden, wenn es mir nicht gut ging. Selbst die Sonne nahm ich nicht mehr wahr. Alles um mich herum wurde dunkel. Die Seele in mir schrie, aber ich hörte sie nicht und entschied, das winzige Gefühl von Liebe auch noch auszulöschen. Ich war ein wenig erstaunt, als du dir in einer früheren Ausstellung meiner Bücher zum Tisch kamst und das Buch „Der schwarze Vogel" betrachtet hast. Nach einer Weile hast du es gekauft; es schien dir schon auf den wenigen Seiten gefallen zu haben. Ich sollte dir sogar eine Widmung reinschreiben, was mich völlig aus der Fassung gebracht hat. Ich erinnere mich, dass du plötzlich verschwunden warst und erst kurz vor Ende der Ausstellung noch mal zum Tisch kamst und gesagt hast, wie ehrlich das Buch geschrieben sei.

Es war ein besonderes Buch, in dem ich über meine Verletzbarkeit geschrieben habe. Gerade ich als Mann scheute den Zugang zum Gefühl. In den Kriegstagen meines Vaters wurde die innere Verletzbarkeit des Mannes verspottet. Niemand zeigte seine Traurigkeit, um nicht als Schwächling zu gelten. Stärke und Gefühlskälte hat man von einem Mann erwartet. Die Zeit der Weimarer Republik war damals geprägt von der Härte eines Mannes – quasi als Symbol des Sieges. Ich lass Biografien von Denkern, die es so beschrieben. Mehr noch. Sie schrieben, wie sie sein müssten, aber nicht sein wollten. Das schmerzte irgendwann. Irgendwann brach in ihnen der falsche Stolz aus und sie mussten zuschauen, wie sie zugrunde gingen.

Ich stellte mir vor, wie ich die Tränen unterdrücken würde, wenn andere Denker zu Tode kämen oder schwer verletzt an einer Straßenkreuzung lägen und verbluteten.

Wenn Leid angewiesen wird, dann kann es nicht heilen, sondern verschlimmert sich. Ich wusste, dass ich das Verhalten meines Vaters nicht übernehmen würde. Ich lehnte es ab. Mir wurde klar, dass ich meine Gefühle der Welt nicht zeigen durfte, denn dann wäre mein Todesurteil gesprochen.

Gott oder das Universum hat es zum Zeitpunkt meiner Geburt geschafft, an das innige Gefühl im Leib heranzukommen, weil meine Mutter mit einer unbeschreiblichen Magie von Liebe überschüttet wurde.

Dein Erstaunen verwundert mich nicht. Ich wusste genau, über was ich im Buch schrieb und was ich heute nach so langer Zeit empfinde. Es war kein Zufall, dass ich so geworden bin, wie du mich wahrgenommen hast. Wir haben uns in die Augen geschaut und festgestellt, dass uns viele Gemeinsamkeiten und Unterschiede verbanden. Meinen eigentlichen Charakter hielt ich lange Zeit versteckt und habe dem Muster meiner Eltern gedient, um keine Auffälligkeiten zu zeigen. Als Kind ahnte ich, dass eine andere Seele in mir lebt. Sie wusste sich zu helfen, wenn ich sie ignorierte, ihr keine Beachtung schenkte, weil ich traurig oder wütend war. Oder wenn ich mein inneres Kind in wichtige Entscheidungen nicht einbezog und Entscheidungen allein traf – sozusagen „mit dem Kopf durch die Wand" ging. Ein altes Sprichwort, das vieles aussagt. In den Jahren meiner Jugend formte sich mein Charakter. Ich ließ unbewusst zu, im ruhigen Fahrwasser zu rudern, um Fantasie zu entwickeln und Harmonie zu erreichen. Außerdem gab mir das „ruhige Fahrwasser" mehr Sicherheit. Gott sei Dank lagen meine sensiblen Gefühle unter der Haut in tieferen Ebenen und hielten die Kälte ab. Sie konnte mir nichts anhaben. Mutter hatte mir beigebracht, mit der eisigen Luft der Familie klarzukommen.

Du kannst dir nicht vorstellen, wie zärtlich eine Mutter sein kann. Alles hätte sie dir zu Füßen gelegt. Aber dann kam ein Augenblick, wo sich das friedvolle Blatt wendete und mir scharfer Wind entgegenblies. Sie begann zu drohen. Sie war in ihrer Bösartigkeit fähig, den Tod zu rufen, der keine Trauer zuließ. Es gab keinen Augenblick des Vertrauens. Mutter kannte die Unberechenbarkeit. Ihre Angst erzeugte Undankbarkeit und übte Gewalt aus, die mich treffen sollte.

Heute denke ich anders darüber. Die Verletzungen in mir haben mir gesagt, dass nicht die Unwürdigkeit zwischen uns beiden siegte, sondern die Dankbarkeit. Sie erinnert mich daran, dass meine Mutter mich geboren hat. Seit ich diesen Gedanken in mir trage, kann ich die Angst tolerieren. Trotzdem, woher kam bei meiner Mutter der plötzliche Wandel von Harmonie zur Wut? Vor einer Minute schien die Welt noch in Ordnung und zwei Sekunden später folgte der Hass, der meine Haut zerkratzte. Was für ein Trauma?

Die Automatiktür des Hauses 34 öffnete sich sehr langsam. Ein junger Denker, Anfang zwanzig, in einer ausgebeulten Jogginghose passierte die Tür, zündete sich gleich vor dem Gebäude hastig eine Zigarette an und lief zu einer Parkbank hinter der Hecke. Zeitgleich kam eine Schwester vom Parkplatz herauf. Sie schaute sich um und holte aus ihrer Handtasche ihre Schutzmaske raus, um dann ins Haus zu gehen. Die Tür öffnete sich wieder und verschlang die Schwester im Innern des Gebäudes. Sie hatte wohl Spätdienst.

Nach einer Weile kamst du aus dem Gebäude. Dein Gesicht war blass; die Sonne hatte dich wohl kaum berührt. Deine Haare hingen schlapp herunter und verlangten nach Fröhlichkeit. Deine Freude war dennoch zu spüren, und das stimmte mich froh. Es fiel mir leicht, dich zur Begrüßung zu umarmen. Nicht aus Mitleid oder aus Not, um einer fremden Verzweiflung zu dienen. Auch nicht, um zu signalisieren, dass ich dich mit der Botschaft „du armes Ding" trösten wollte. Im Gegenteil. Ich wollte dir mitteilen, dass du die Chance hättest, dein Leben im Jetzt anders zu gestalten. Nicht mehr unter Druck zur Arbeit zu gehen. Den Stress außen vorzulassen, um den Alltag in Ruhe zu genießen. In der rasenden Fahrt mal zu stoppen und zu sagen: „Ich möchte Abstand halten." Oder einfach nur „Nein" zu sagen, wenn es dir nicht gut geht.

Wir tranken selbst gemahlenen Kaffee, den ich zu Hause liebevoll zubereitet hatte. Auf der Wiese unter einer großen alten Birke fühlten wir uns im Schatten wohl und sicher. Leider fanden meine Worte, die helfen sollten, bei dir keinen Zugang. Ich war deshalb vorsichtig, weil ich dachte, es sei noch zu früh dafür.

Du hast verschlossen gewirkt. Ein kurzes Lächeln der Freude über mein Kommen war der einzige Lohn für mich. Aber der Lohn genügte mir, denn so bestand Hoffnung, dass irgendwann die Dankbarkeit in dir fruchten würde. Ich brauchte Geduld. Und du Zeit zum Heilen.

Später erst konnten wir das Krankenhausgelände verlassen und liefen zu einem Eisladen unweit vom Bahnhof. Der Erdbeereisbecher mit Schlagsahne tat dir wahrhaftig gut. Ich sah ein Lächeln in deinem Gesicht. Dein leises Schmatzen zeigte mir, dass du langsam wieder anfingst zu leben. Ich wusste, dass eine fremde Last auf deinen Schultern lag. Erst nach einer Weile fingst du an zu erzählen, dass dein Sohn dich vor Monaten verlassen hat und du das noch nicht verarbeitet hast. Ich konnte dich verstehen und fühlte mit dir. Ich habe das auch bei meinen Kindern so empfunden. Meine zwei Söhne waren ebenfalls von mir gegangen. Ich kann dir nicht mal sagen, warum es zum Bruch gekommen war? Ich konnte es lediglich akzeptieren. „Also, wohin soll deine Reise gehen?", fragte ich dich spontan. Deine Augen sahen mich nur traurig an.

Die Realität ist brutal, wenn du vor einem Denker stehst und seine Gefühle berührst. Wir haben keine Möglichkeit zu entkommen. Ich musste das begreifen, aber es fiel mir schwer, aus dem schwarzen Loch herauszukommen. Ich musste erkennen, dass Mitleid und Stärke zu gleichen Teilen in mir die Oberhand gewonnen hatten. Der Gedanke, dass mein Selbstwertgefühl stark beschädigt sei, nahm immer mehr Gestalt an. Deshalb wollte ich lieber (ich war ehrlich zu dir) sitzen bleiben und die Tasse Kaffee in Ruhe austrinken, um den Hass zu empfangen, der aus dir herausquoll. Auf Dauer wurde mir das peinlich. Ich fühlte mich nicht mehr wohl in deiner Gegenwart. Ich spürte den Dreck auf meiner Haut, den ich abspülen wollte, aber nicht konnte, da du immer noch in deiner Angst herumgeschwommen bist und die Schuld bei anderen gesucht hast.

Es war ein Albtraum. Du hast eine mir angstmachende Stimme erzeugt, die ich meinem verstorbenen Vater zuordnen könnte. Ich hörte die bösen argwöhnischen Worte von ihm in der Wohnstube, die mich streng ermahnten, endlich still zu sitzen. Ich hörte die Stille am Tisch, die in ihrer Ewigkeit die weiße Tischdecke vereinnahmte, um die Angst in mir zu schüren. Ich hörte das Knistern einer Zeitung, die mein Vater in den Händen hielt und sah, wie er die Bilder darin betrachtete. Es waren Bilder von Demonstrationen, vom Aufbegehren, von Widerstand, von aufgestauter Wut junger Denker, die ihre Heimat herausforderten, weil die psychischen Grenzen von Gehorsam und Disziplin erreicht waren. Die Unruhe wuchs. Nervös und desorientiert sah Vater aus dem Wohnzimmerfenster und war erzürnt, dass junge Denker, die alles hatten und denen es gut ging, auf den Straßen demonstrierten und den Sozialismus infrage stellten.

Erneut war eine unheimliche Stille im Raum. Sie nagte an meinen Nerven, am Hemd meiner Ungeduld, an ungeschriebenen Worten, die mein Geist noch für sich behielt, um nicht aufzufallen, nicht starrköpfig zu wirken. Ich wollte den Abstand vergrößern, spürte aber meine innere Verletzbarkeit, die in meiner Seele weiter heranwuchs. Tag für Tag spürte ich den inneren Widerstand, der nach Worten suchte, um Vater zu sagen, dass die Beziehung beendet ist und ich keine Lust mehr hatte, den braven Jungen zu spielen, der ich nie sein wollte.

Ich saß mit dir im Eisladen und suchte vergebens die Kellnerin, um uns ein Glas Wasser zu bestellen. Dann überlegte ich, warum mir Vater gerade durch den Kopf gegangen war. Warum hatte ich gerade an die Episode gedacht, wo doch Vater nie bei sich die Schuld für das Ende einer Beziehung gesucht hat. Aber mein Vater hat in seinem ganzen Leben auf die Liebe verzichtet und das Lied gesungen, wie der Hass einen das Leben vergiften kann. Dorothee, das Lied höre ich heute noch in mir. Du hast es auch gesungen, weil auch du auf die Liebe verzichtet hast, statt sie anzunehmen. Und ich weiß genau, warum du auf die Liebe verzichtet hast. Weil keine Beziehung zwischen deiner

Mutter und dir bestand. Weil keine Liebe in deiner Familie vorhanden war. Weil auch du den erwarteten Trost als Kind nicht bekamst. Und unsere Erzeuger wussten ganz genau, was die Angst mit uns machen würde, wenn sie der Liebe ein Schloss verpassen und den Schlüssel wegwerfen. Diese Denkweise blieb bis zu ihrem Tod. Mein Vater war nie in der Lage, sich mit Liebe und Vertrauen zu beschäftigten. „Leider", kann ich da nur sagen. Er hat nie die innige Liebe in sich zugelassen, obwohl er sie hatte. Aber er konnte sie nicht anwenden.

Dafür ahnte mein Vater das Kommen von inneren Spannungen einer angebrochenen neuen Zeit, die uns trennte. Es war eine Zeit des Umbruchs von der Kindheit zum Jugendlichen, die leise an jede Haustür klopfte und in mir zu rebellieren begann. Ich musste rebellieren. Ich wollte überleben. Vater aber schwieg bis zur letzten Minute, in der die Zeit der Härte und Gewalt endlich an Kraft verlor. Endlich keimten Zweifel auf. Doch die neue Toleranz begann zu wanken. Er lehnte das neue Gefühl ab. Er scheute die Zukunft, die Auseinandersetzung. Er beharrte auf sein altes Recht, sein altes Muster, auf seinen unbelehrbaren Willen, der mir Minuten zuvor noch das Überleben garantierte.

Unser letzter Streit, als er krampfhaft versucht hat, mich zu schlagen, blieb aus, da ich zu ihm sagte, er sei nicht fähig, irgendjemanden zu lieben. Nicht mal unsere Mutter. Das traf meinen Vater ins Mark. Er ließ seine erhobene Hand fallen und wurde blass, als ob die Ohnmacht ihn umarmen würde. Er öffnete fahrig das Wohnzimmerfenster. Die Gardinen begannen zu schwingen. Wirre Stimmen von der Straße waren zu vernehmen – kühne Stimmen, sichere, junge, dynamische Stimmen, die ihr Ziel kannten. Ihre Rufe waren laut, intensiv, beherrschend, selbstsicher. Die jungen Denker verstreuten auf dem Asphalt Zuversicht, Mut, Wagnis, Dankbarkeit, Toleranz.

Ja, Dorothee, ich war erleichtert, den befreienden Umbruch aus der jahrelangen Zwangshaltung erlebt zu haben. Die Lähmung, die durch Peitschenhiebe und Gurte erzeugt wurde, nahm ich als Kind ohne Gegenwehr an. Ich hatte keine Chance, dem zu trotzen. Jede Demütigung und jede Schmach schmälerten mein Gefühl, ein Kind zu sein. Bettelarm begann ich meine kleine Welt zu erforschen. Überall schauten mich Augen der Angst an. Erst durch die Einsamkeit bekam ich ein Gefühl für die Dunkelheit, die mir irgendwann den Ball zuspielte. Doch der löste sich im Schlaf auf. Die Bäume um mich herum waren kahl, wobei der Sommer alles getan hatte, damit sie blühen konnten.

Vater schaute aus dem Fenster und ließ mich einfach im Raum stehen, als ich diesen betrat. Ich war für ihn Luft.

Die Reisebüros in „Helle Mitte" mussten schließen, da das Reisen untersagt wurde. Die angekündigten Überbrückungsgelder vom Staat blieben aus. Mietzahlungen, Strom- und Wasserkosten warteten, dass sie am Monatsende beglichen werden. Margot und Torsten, ganz liebe Denker, suchten verzweifelt nach Lösungen. Sie gaben auf und meldeten Insolvenz an. Es schmerzte mich, dass beide HARTZ-IV beantragen mussten. Das Jobcenter hatte aber keine Termine mehr für solch verlorene Denker. Die Corona-Regeln haben den persönlichen Kontakt untersagt. Die Anträge durften nur online gestellt werden. Und die Entscheidung konnte schon ein paar Wochen dauern. Keiner wusste genau wie lange. Ich sah Tränen und Verbitterung. Plötzlich war die Erinnerung an meine Kindheit weit weg. Die alte Platine verblasste. Ich vergaß meinen Alltag. Selbst die Tatsache, dass du im Krankenhaus lagst, trat in den Hintergrund. Ich versuchte Margot und Torsten zu helfen und kaufte einen Gutschein bei ihnen. Genügte das? Konnte ich sie damit retten? Natürlich nicht. Ich war machtlos. Selbst wenn ich im Hochsommer bei 39 Grad im Schatten einen Teil der neugepflanzten Birken jeden Tag mit Wasser gießen würde, wäre ich nicht imstande den ganzen Wald zu retten. Ich musste es akzeptieren und zuschauen, wie manche Birken die lange Trockenphase nicht überlebten. Margot und Torsten kündigten ihren Gewerberaum und versuchten, in ihren alten Berufen unterzukommen.

In der Corona-Krise sind viele kleine Unternehmen pleite gegangen. Kreative Denker, die ich kannte, gingen in die Armut und verloren dennoch nicht ihren Optimismus. Viele starteten einen Neuanfang. Ich erzählte dir davon, weil mir diese Lebensgeschichten irgendwie Kraft gaben, den Willen für meinen eigenen Weg zu finden. Denn damit wollte ich meine Gefühle wieder zulassen. Nach dem Fall kommt der Aufstieg. Nach der Krankheit reguliert sich der Körper,

um die Gesundung einzuleiten. Nach dem Regen wird die Sonne schei-
nen. Nach der Dunkelheit wird es wieder hell. Nach dem Sturm wird
der leise Wind die Verletzbarkeit und das Vertrauen begleiten und
meinen Namen sichtbar werden lassen. Nach deiner Krankheit wird
auch für dich der Tag kommen, wo du sagen wirst: „Es war einmal.“

Dein Versuch, einen engen Freund, eine gute Kollegin oder
einen kreativen Denker in der Hoffnung zu verändern, sie
würden nach deiner Pfeife tanzen und dich respektieren,
hat nicht funktioniert. Ich dachte früher auch, dass ich meinen Willen einem anderen Denker aufzwingen könnte.
Meine Mutter hat es stets geschafft, ihren Willen durchzusetzen, auch wenn es Monate gedauert hat. Irgendwann
hatte sie es geschafft, dass sich viele Denker in der Familie
nur noch nach ihr richteten. Sie forderte, stellte die Aufgaben. Es wurde geopfert und gehandelt. Sie verlange Demut
und bekam die Unschuld. Sie wurde respektiert, wenn der
Gehorsam die Krone bekam. Ich schaute mir das ab, wollte
genauso sein wie meine Mutter. Wer nicht zu mir stand
oder meiner Meinung war, den habe ich verspottet. Ich
kannte das Verhaltensmuster gut und wusste, dass du genauso handeln würdest. Wie sollte es auch anders sein,
wenn ein kreativer Denker mehrere Bilder einer Pusteblume im Warteraum aufhängt? „Oh, mein Gott!“ Deine
Ablehnung war grandios anzusehen. Ich dagegen musste
innerlich das Lachen verhindern, als ich die alte Geschichte

herauskramte und dich damit belästigte. Dorothee, deine Geschichten erinnern mich an Kafka, der eigentlich nie für die Öffentlichkeit geschrieben hat. Er wollte sogar, dass seine Texte nach seinem Tod vernichtet werden. Und doch erkannte ich seine poetische Ader. Er war ein großer Künstler. Ich ahnte seine Verletzbarkeit in jeder seiner Zeilen. So empfand ich es auch bei dir mit deinen Gedichten. Ich war neugierig, warum du diese Art des Schreibens gewählt hast – so artfremd, euphorisch und lebendig zugleich. Heute stellt sich diese Frage nicht mehr, denn du hast entschieden, auf einer Krankenhausstation zu liegen, damit deine Psyche geheilt wird. Das Schreiben hast du abgelegt, was ich bedauerlich fand. Doch was ist in der Zwischenzeit geschehen? Wo ist dein Lachen geblieben, wo deine Offenheit und deine Wärme, andere Denker in die Arme zu nehmen? Wo ist deine freundliche Gesinnung, die selbst deine Verletzbarkeit gern zur Schau gestellt hat? Es sind Fragen, die du bis heute nicht beantwortet hast. Aber das ist schon okay, denn ich weiß, dass dich deine starke Depression vereinnahmt hat und deine freudigen Lebensgefühle keinen freien Lauf bekommen. Du hast wahrscheinlich instinktiv geahnt, dass ich nicht der Typ von Denker bin, der dich wegen deiner Krankheit verurteilt. Im Gegenteil. Ich akzeptiere den Augenblick mit dir. Mit war es wichtig, dass du mich wahrgenommen hast und dein Gefühl dir die Botschaft überreichte, dass es schön bei mir war. Es genügt mir, wenn du diese Empfindung in dir spürst. Das wäre ein Schritt in die richtige Richtung, nämlich das wieder aufkeimen zu lassen, was einst zerbrochen war.

Wenn ich auf mein eigenes Leben zurückblicke, verlasse ich ein Stück der Melancholie und beginne die Blüten einer Rose zu berühren. Es musste eine gelbe Rose sein, von der ich wusste, dass sie meinen Namen kennt, wenn ich in der Traurigkeit die Zukunft gesucht habe. Es war mir unwichtig, in welcher Jahreszeit ich meinen Talisman nicht bei mir hatte. Es war unerheblich, Sorgen, die kein Morgen kennen, mit auf Reisen zu nehmen. Ich sehnte mich lieber nach Sicherheit und wünschte mir die Wolken herbei, die ein Trommelgewirr von Regentropfen für mich aufbewahrten und meine Ängste verscheuchten.

Wenn ich wirklich auf mein Leben zurückblicken müsste, würde ich ein kahles Feld mit feinem trockenem Sand sehen. Wohin meine Augen mich tragen würden, ich fühlte eine Isolierung, die meinen Atem erschwert. Daher ist es mir suspekt, zurückzuschauen und zu fragen, was ich hätte anders machen sollen. Denn die Frage hast du gestellt, hinsichtlich meiner Kindheit.

„Nichts soll sich verändern", entgegnete ich dir. „Was geschehen ist, hat seine Berechtigung." Es sind die Naturgesetze, von der kein Glaube abhängig ist. Und solltest du darauf bestehen, dass ich mein Leben einschätze, würde ich sagen: „Leck mich am Arsch."

Dorothee, auch in dir zerbrach eine winzige Kapsel, die mit Gnade gefüllt war, ummantelt von reiner Faszination, die den Reichtum deiner Fantasie beschützte, die verhinderte, dass die Depression in dir länger anhielt. Aber in der Zeit, als sie dich beherrschte, war Krieg angesagt. Sie zettelte in dir negative Nuancen an, die alles um dich herum zerstörten.

Ich musste aus unerfindlichen Gründen ein sehr schönes Aquarell malen, das eine Botschaft in sich trug. Ich wollte dich auffordern, alte Prägungen loszulassen. Daher gab ich darauf acht, die Konturen im Bild so zu malen, dass sie zu jeder Tageszeit das Böse in dir aufrufen und es letztlich auflösen. Ich war überzeugt, dass gerade die alten Prägungen deiner Erzeuger die Depression in dir erzeugen — unbewusst, naiv. Unbeholfen wie ein kleines Kind hast du den braunen verloren geglaubten Stoffbären gesucht.

Die Abläufe einer Depression, von denen du wenig Ahnung hattest, haben feste Grundstrukturen, die wie ein Reifenabdruck auf deiner Seele liegen. Es sind bösartige Spuren, leidige Spuren, nachhaltige Spuren, sich wiederholende Spuren von uralten Träumen einer Zeit, die längst vorbei, aber für dich immer noch aktuell zu sein scheint. Zu oft hast du im stressigen Alltag die Stille angegriffen, in der du eine Gefahr für dich vermutet hast. Wozu also die vielen Bücher, die du in den Monaten zuvor gelesen hast, weiterlesen? Ich erinnere mich gut an die unzähligen Bücher, an die Biografien alter Denker, die dein Wegbegleiter waren. Du hast in der S-Bahn gelesen, im Bus, auf einer Bank, an Haltestellen, in der Kaufhalle, vor der Kasse, sogar beim Fahrradfahren und konntest nicht einen Moment das Buch weglegen. Dein Lesedrang war einmalig. Ich glaube, dass du einen Impuls gesucht hast, der dir helfen sollte, einen schmalen Pfad zu bauen, auf dem kein einziger Traum durch dein Ego überschattet wird. Ich habe dich verstanden, denn auch meine Träume sollten damals nicht mehr von meinem Ego beherrscht werden. Ich suchte nach einem Ausweg, damit mein inneres Kind die Wahl treffen konnte.

Du warst dir sicher, dass du dein Kindheitstrauma überwunden hättest. Nun wurde deutlich, dass es nicht so war. Im Gegenteil. Deine Situation verschlimmerte sich. Das eigentliche Drama begann jetzt auf der Krankenstation B 34. In den langen Fluren hingen Bilder an den Wänden, die dir friedliche Impulse geben sollten. Ein Rapsfeld erblühte in strahlendem Gelb. Der blaue Himmel sollte dir das Ideal des Friedens vermitteln. Wie oft bist du an diesen Bildern vorbei gegangen? Als ich auf eines der Bilder hinwies und dir sagte, dass es sehr schön sei, hast du nicht reagiert. Ich war ein wenig irritiert, wie desinteressiert du an den Bildern vorbei gegangen bist.

Dorothee, als du damals dein Atelierfenster geöffnet und hinausgesehen hast, dunkelte es bereits. Es roch nach

Tyrannei, nach altem Groll. Die Luft war träge und im Dickicht deiner Vergangenheit lagen unendlich viele Kindheitsgeschichten, die faktisch nur von dir aufgelöst werden mussten. Selbst die schwarz-weiße Postkarte aus dem Jahr 1973, die du im Kinderferienlager Pieros an deine Eltern geschrieben hattest, konnte von deinem Inneren nicht aufgelöst werden. Gerade diese bleich gewordene Postkarte mit der Walter Ulbricht-Briefmarke war der Beweis, dass du als Kind deine Freiheit geliebt hast.

Nach deinem Erzählen konnte ich mir vorstellen, dass du ein fröhliches, selbstbewusstes Kind gewesen bist. Deine alten Fotos mit neun Jahren zeigten mir das deutlich. Deine langen schwarzen Haare, zu Zöpfen geflochten, hatten etwas von Pippi Langstrumpf. Als ich dir das sagte, hast du mich angelächelt – ein Lächeln, das ich bis heute nicht vergessen kann.

Auch ich sah als Kind im Alter von fünf Jahren wahrscheinlich niedlich und frech aus, behaupte ich einfach mal. Als Kind suchte ich ständig das Abenteuer und fand dennoch keine innere Stimme, die mir ernsthaft zuhörte. Meine Stimme wurde bereits als Kind von meinen Eltern erstickt. Vater operierte mit brutalen Spielkarten, die im Alltag und auch später in der Oberschule in schwarze Farbe getunkt wurden. Du kannst dir nicht vorstellen, dass ein Schulkind mit Brille zur Randfigur degradiert wird. In der DDR wurden die Brillenträger in allen Altersgruppen zum Freiwild erklärt. Sie mussten dulden, was man ihnen antat, ohne die Hilfe der Lehrer.

Ich musste eine Plastikbrille tragen und stand somit im Mittelpunkt. Meine Klassenkameraden fanden schnell heraus, wie sie mich hänseln konnten. Immer fiel die blöde Brille runter, und dann sah ich die Buchstaben an der Tafel nur noch verschwommen.

Frau Lobedann, eine richtige Hexe im Schulwesen, hatte nichts Besseres zu tun, als mich zum Gespött der Klasse zu machen. Das schmerzte. Also suchte ich einen Weg, mich davon zu befreien.

Es war im August. Die Fenster im Klassenzimmer blieben wegen der Hitze verschlossen. Der Sauerstoff wurde knapp, mein Puls begann zu rasen.

„Wozu die Aufregung, mein Junge!?", rief Frau Lobedann aus der hintersten Ecke des Klassenzimmers, als ich bereits mehr als vierzig Minuten am Fenster in der heißen Sonne stehen musste. Als ich plötzlich in die Knie ging, bekam ich eine derbe Backpfeife von der Seite, die dafür sorgte, dass ich rücklings auf den Fußboden fiel und nicht so schnell wieder aufstehen konnte. „So, mein Junge, jetzt hast du einen Grund, liegen zu bleiben."

Was für eine geschickte Perversion im damaligen Schulalltag der DDR, die den pädagogischen Denkern alle Handlungsfreiheiten gab, aus schwachen Schülern noch schwächer zu machen. Und Frau Lobedann hatte sich hierfür viele Ideen ausgedacht. Ihr Feldversuch war breit gefächert, um uns Kindern Angst zu machen. Und das ging so.

Wenn die Unterrichtsstunde zu Ende ging, bekamen wir Schüler diverse Hausaufgaben. Die Schüler mit guten Noten mussten nur ein bis zwei Aufgaben erledigen und die schwachen Schüler bekamen eine Vielzahl von Hausaufgaben auf, die noch dazu bis zum nächsten Schultag fertig sein sollten. Der ganze Nachmittag ging dafür drauf, sodass es nicht möglich war, auf die Straße zum Spielen zu gehen. Was sollte ich tun? Ich musste die Hausaufgaben erledigen, um nicht bestraft zu werden.

Natürlich machte ich dabei Fehler. Mir blieb nichts erspart. Zur Strafe, weil ich die Fehler ihrer Ansicht nach bewusst gemacht hatte, bekam ich von Frau Lobedann am nächsten Tag die doppelte Anzahl von Hausaufgaben aufgebrummt. Gerechtigkeit kannte ich in der Schulzeit nicht. Oh nein! Damals wurde nicht an Gnade gedacht, der ständige Kampf war unser bitteres Los. Und immer stand die Schuldfrage im Vordergrund. Ohne die wäre es nicht möglich, einen normalen Schulablauf hinzubekommen. Ja, es war tatsächlich so, liebe Dorothee. Ich betone das, weil es mich immer noch schmerzt, wenn ich daran zurückdenke.

Wie sollte ich die Schuld bezahlen? Wie? In Eintracht war die Wahrheit stets in Gefahr. Es blieb keine Zeit zu entscheiden, ob Krieg der wahre Schlüssel war, das Tor zur Gelassenheit zu öffnen. Ich fand diese Tür nie. Aber ich sah mich in der Pflicht, weiter zu suchen, und las daher Bücher, die mir eventuell eine Lösung anbieten konnten. Doch meine Suche war nicht von Erfolg gekrönt.

Dir ist es auch so ergangen, ich weiß das. Du warst auf der Suche nach Büchern, die ein Wunder in sich bergen. Mein Therapeut meinte zu mir, dass auch mich dieses Motiv zum jahrelangen Lesen brachte. Er könnte recht haben. Schon als Kind las ich jedes Buch, das ich im Regal stehen sah. Doch keins konnte meine Geschichte besser machen. Für was hättest du dich entschieden, für eine Tasse Kaffee oder für ein gutes Buch? Meine Antwort ist klar und eindeutig: „Ich würde mich für ein Buch entscheiden, was ich selbst geschrieben habe. Aber auch für eine Tasse Kaffee hätte ich mich entschieden."

Ich begann tatsächlich ein Buch zu schreiben und fand dazu noch eine Lösung, mein Ego in Schach zu halten. Denn dadurch war ich in der Lage, meinem inneren Kind etwas vorzulesen, was mir selbst guttat. Ich wollte mir nicht mehr das Gesülze von Disziplin und Ordnung anhören. Ich hatte genug von den „Alten Denkern", die mich ständig ermahnt haben, ich wäre ein schlechter Kerl. Jeder Denker wollte einschätzen, ob ich für die Gesellschaft tragbar sei. Na, Hallo! Wissen die überhaupt, was Angst bedeutet? Andere Denker dachten, dass ihnen die innere Zufriedenheit gut zu Gesicht stünde, um mich irgendwie zu missbrauchen, zu verniedlichen, zu analysieren. Sie wussten nicht, wie man Zufriedenheit inhaliert. Die wenigen Denker sagten von sich, dass sie mit sich zufrieden sind. Nicht mal du, Dorothee, warst mit dir zufrieden. Zu keiner Zeit hast du erkannt, dass Zufriedenheit ein gesunder Maßstab ist, der es erlaubt, Gelassenheit zu empfangen. Deine Wut hat dich derweil aber weiter geprägt, und das bedaure ich. Deshalb konnte deine Aufarbeitung nicht beginnen. Überall hast du eine Gefahr auf dich zukommen sehen. Ja, deine Illusionen gaukelten dir eine Welt vor, die es so nicht gibt.

Ich fand es schade, dass du an deine verrückte Welt mehr geglaubt hast als an dich selbst. Kein Schimmer Vertrauen hat in dir gelebt. Du hättest damit dein inneres Kind umarmen können. An die Wahrheit wolltest du nicht glauben. Du hast sie verdrängt, wie auch die Liebe, die dich zur Wahrheit geführt hätte. Später erzählte ich dir mithilfe eines meiner Aquarellbilder, dass die Liebe eine Bühne braucht. Erst durch die Bühne ist es überhaupt möglich, die Nuancen in den Gefühlen zu betrachten, die ihrerseits die Lebensabschnitte widerspiegeln. Schon im ersten Akt hätte ich mir gewünscht, dass die Wahrheit durch ein massives Steintor getreten wäre, um all die Hände der Denker zu berühren. Was für ein grandioses Bild hätte das gegeben? Da wäre deine Angst sogar auf der Strecke geblieben, die ahnungslos auf der Haut nach der Dunkelheit Ausschau hält. Kein Schicksal kam in Betracht, um im zweiten Akt deinen Namen zu rufen. Wozu auch? Die geschriebenen Erlöserrollen, die im Lebensregal auf deine Erinnerungen warten, hoben das Bühnenbild dekorativ besonders hervor, um deinen Stolz gut zur Geltung zu bringen.

Selbst im dritten Akt wäre deine Einsamkeit auf der Strecke geblieben. Der Regen war ausgeblieben und der Regisseur hatte die dicken Wolken nicht in den Akt genommen. Dafür strahlten die Scheinwerfer umso heller. In jeder Ecke der Bühne waren Staubflocken zu sehen. Sie waren die Last deiner Sorgen. Es war der Ort deiner Angst. Ich hoffte, sie käme nicht in diesem Akt vor, sondern erst im nächsten – bestenfalls gar nicht. Nun, ich musste Geduld aufbringen, um zu verfolgen, wie der dritte Akt von dir wahrgenommen würde. Wäre nicht die kalte Luft durch das Öffnen der Fenster in den Raum geströmt und hätte mich zum Frieren gebracht, ich hätte solange gewartet, bis die verlorene Zeit in einem anderen Gewand hereingekommen wäre. Aber sie war unwiderruflich verloren, und dein Nichtstun hat alles nur verstärkt, weil deine Unvernunft noch nicht gesättigt war. So entstanden Episoden. Sie wurden zu Legenden, Sagen und Mythen und zum eigenen Kult. Es gab „Alte Denker" vom anderen Ufer, die solche Erfahrungen sammelten und in vielen Büchern verewigten. Wozu das alles, möchte man fragen? Die Antwort konnte man im vierten Akt auf einem Großplakat lesen, wodurch die Schuldfrage erneut bekräftigt wurde. Die Suche nach der Antwort, warum die Schuld immer wieder aufgerufen wird, ging also weiter. Nun kam der Moment, als der vierte Akt zu Ende ging und Reue in dir aufkeimte. Sie hätte eine gute Figur im fünften Akt abgegeben. Aber leider war auf der Bühne von dieser Rolle in dir kaum was zu spüren. So blieb der reich gedeckte Tisch am Bühnenrand stehen und verstaubte, da du keine Verwendung hattest, ihn überhaupt in den sechsten Akt einzubeziehen.

Ich fand bedauerlich, dass dein Kinderspielzeug immer noch hinter der Bühne auf seinen Auftritt wartete. Ich fragte den Regisseur, wann nun der Auftritt käme. Er meinte, es sei noch zu früh, um den Duft der Apfelsinenschalen freizulassen. Die Staumauer war noch zu hoch, und man war mit den Zuschauern der Meinung, dass die Zukunft noch keinen Namen für den siebten Akt besitzen würde.

Endlich wurde die Pause eingeläutet und ich konnte den Theaterraum verlassen. Im Foyer war zu sehen, wie die kreativen Denker an der Bar standen. Sie tranken Bier und Wein oder ließen das lockere Wort „Angst" über den Tresen poltern und gingen dann zu ihrer Garderobe zurück. In dem Augenblick wusste ich, dass auch sie in der Gesellschaft ein wichtiges Bindeglied darstellen, um die Teilchen des Puzzles zusammenzuhalten.

Nach der Pause folgte dein achter Akt – der Akt über die Liebe. Der Vorhang öffnete sich und eine junge Denkerin stand an einer Kellertreppe. Über der Bühne beleuchteten die Scheinwerfer einen künstlichen Sternenhimmel. Die angedeutete Galaxie sah von der Farbe her hervorragend aus. Ich glaubte tatsächlich, es wäre ein echter Sternenhimmel.

Der Anlass deiner Aufregung über die junge Denkerin an der Kellertreppe berechtigte zu der Annahme, dass sie die gleiche Angst empfand wie du. Es wurde dir sehr bewusst, was Illusionen mit einer jungen Denkerin machen, wenn man an sie glaubt. Und kein Knecht würde sich finden, der ein Buch mit dem Titel „Vernunft" in der Hand hält. Ich ahnte, was kommen musste.

Das Chaos auf der Bühne begann. Die junge Denkerin stieg in den Keller und schrie, dass bald das Chaos kommen würde. Deine Augen blickten ängstlich umher. Jetzt war der Augenblick gekommen, da du dir gewünscht hättest, dass ein starker männlicher Beschützer neben dir stehen würde. Wurdest du schwach? Hast du männliche Denker entdeckt, die Liebe in sich trugen? Ich konnte dir nicht sagen, ob die Liebe in mir war.

Im neunten Akt; dein abstraktes Bild der Leere keimte in dir weiter und der böse Einfluss langweiliger Gedanken vernebelte deine Sinne, hast du dein Ego immer wieder gelobt. Oh, wie widerlich! Du konntest das alte Muster nicht aufbrechen? Das geschriebene Wort vor dir auf dem Podium konnte nicht verhindern, dass Tränen der Wut in dir aufstiegen. Unterversorgt dagegen blieb deine Freundlichkeit, die gebraucht wurde, um den neunten Akt überhaupt zu verstehen.

Es gab Probleme in dem Augenblick, als die junge Denkerin mit guten Vorsätzen aus dem Keller kam. Von da an wusste ich, dass ihre guten Vorsätze etwas mit Liebe zu tun haben. Ihre Augen strahlten und das Leid ihres Lebens schien wie weggeblasen.

Endlich kam der Schlussakt, der die Dankbarkeit begrüßen sollte. Es waren ungeahnte Momente. Liebeshymnen und Dankbarkeitsfloskeln tanzten tief verbunden auf der Bühne, sodass die Rosen und Sonnenblumen am Bühnenrand aufblühten. Der letzte Widerwille, den du noch aufbringen konntest, zerbrach unter der Sonnenglut. Jetzt musste nur geklärt werden, warum deine Welt nicht existierte. Weil die Liebe noch immer in dir fehlte. Nur sie wäre imstande gewesen, all deine Lebenserfahrungen zu versilbern. Das Gold sollte man nicht so hoch einschätzen, da der Narzissmus in der Lage ist, dein Bühnenbild zu vernichten und ein Trümmerfeld zu hinterlassen. Sei daher bitte froh, dass du den Schlussakt mit mir erleben durftest. Das macht Hoffnung darauf, dass du mal auf dein Leben zurückblickst, wenn du die Liebe verinnerlicht hast.

In der Pandemie hatte ich wenig Hoffnung, dass die Weltgemeinschaft enger zusammenrücken würde, um manchem regierenden Spinner das Handwerk zu legen. Wir haben beide oft genug über das Thema gesprochen und uns gewünscht, dass Trump sein Amt aufgibt. Aber alles, was er sagte, waren leere Phrasen, die kein Haus vor dem Regen beschützt hätte. Ein Tollhaus ist die Welt geworden, und der junge Rasen, der die Ländergrenzen darstellt und seit Jahren vertrocknet sein Dasein fristet, kennt nur Soldaten und diverse Panzerfahrzeuge. Jeder Dollar und jeder Euro sucht einen Weg aus der Krise. Aber der ist nicht erkennbar, da die Kirche in Rom die Hände in den Schoß legt und abwartet, bis der eisige Sturm vorüber ist. Dabei hat der Sturm noch nicht mal richtig angefangen.

Die Brise aus Russland kennt die Sense, die den Hafer erntet, um daraus Zigaretten zu machen. Der Russe mag seinen Tabak. Der Russe mag seinen Schützenpanzer, der am Sonntag auf dem „Roten Platz" seine Runden dreht. Der Russe mag den Frieden und seine verlorene Geschlossenheit, die früher Föderation genannt wurde. Kein Denker wagt es, einem Russen zu vertrauen. Nicht mal, um ihn zu einem Glas Wodka einzuladen, um Putin zu zeigen, wie schön das Brandenburger Tor aussieht, wenn die Sonne im Osten aufsteigt. Er kann es nicht wissen, denn er war noch nie direkt am Brandenburger Tor. Ben Becker fragte mal: „Wollen die Russen wirklich Krieg?" Natürlich nicht, denn sonst wären sie 1945 in Berlin geblieben. Die rote Fahne wehte damals bereits über Deutschland. Vielleicht wäre es gut gewesen, wenn Stalin gesagt hätte, dass er Deutschland zum Paradies machen würde, ohne Ulbricht und Honecker. Denn die beiden hatten keine Ahnung davon, wie man einen Staat aufbaut. Nach fünfundsiebzig Jahren kann man sagen: „Es war alles nur Schall und Rauch."

Die Pandemie, für mich ist sie der dritte Weltkrieg, macht seine Sache gut. Millionen Denker sind weltweit daran gestorben. Keine Gaskammer wurde errichtet. Dafür aber wuchs der braune Sumpf in Deutschland und bezichtigte die anderen Denker, an der gestiegenen Arbeitslosigkeit schuld zu sein. Und Homosexuelle sind wie kleine Sumpfpflanzen, die im Hinterhaus nach Lösungen suchen, um anderen kreativen Denkern zu helfen, die nichts mit der AfD zu tun haben. Ich war glücklich darüber, denen meine Hand zu reichen und sie zu fragen, was sie an der heutigen Politik stört. Ihre Meinung war eindeutig. Sie forderten nur gegenseitigen Respekt. Wenn jeder Denker den anderen respektiert, kann die Welt zum Besseren verändert werden. – Also, was hat ein Homosexueller mit dem Namen Toralf in der Pandemie tatsächlich gemacht? Er hat einen Spendenaufruf gestartet, um eine Kunstszene in seinem Wohnumfeld finanziell zu unterstützen. Nach etwa vier Wochen kamen so über sechstausend Euro zusammen, die er mit seinem Komitee an hilfsbedürftige Denker verteilte. Ein AfD-Denker schaffte es im selben Zeitraum dagegen nicht, eine Demonstration zu organisieren, um ein Zeichen zu setzen, dass Solidarität ein Gewinn für die Menschen ist. Leider mussten wir beide feststellen, dass die AFD leise war und die Toilettenhäuschen aufsuchte, um den Dünnschiss alter Schuld loszuwerden. Ob es geklappt hat, konnte uns keiner der AfD-Mitglieder im Nachhinein berichten.

Ein Bogen Papier hat zwei Seiten, wobei die eine Seite die Bezeichnung „Angst" trägt. Auf der anderen Seite aber könnte „Erfahrung" stehen. Und doch kann man beides nicht verbinden, wenn der Verstand nicht zulässt, dass sie etwas miteinander zu tun haben, sogar einander bedingen.

Ich empfahl dir, das Philosophieren in Galerien und Kneipen sein zu lassen, liebe Dorothee. Es macht keinen Sinn und verdeckt die Linien einer Vorsicht, die zu keinem deiner Bilder passt. Und dabei würde dein Jahrgang den Schablonen alter Muster zugehörig sein, die deine Eltern viele Jahre mit sich trugen. Diese Strukturen, von denen ich sprach, kommen aus einer harten Zeit, die du erlebt hast und die du nun versuchst zu verscheuchen. Es ist wie bei einer Medaille. Die feinfühlige und sensible Seite liegt der grausamen und harten Seite gegenüber. Woher kommt aber diese letztgenannte Seite, vor der man sich fürchtet und lieber wegrennt?

Ich glaube, es hat mit der alltäglichen Eile zu tun. Sie hat deine innere Ortung verschoben, sodass du den Überblick verloren hast. Die Welt ist und bleibt hektisch und unkontrollierbar. Sie mag das Chaos, den Krieg, Naturkatastrophen und Hacker, die Wirtschaftssysteme lahmlegen. Ich fragte dich, warum das so ist, wenn ich die Wahl habe, die mir bekömmliche Seite zu wählen. Schau dir deine Wand an. Dieser Satz war plötzlich da, um dir ein prägnantes Zeichen zu geben, dass es so nicht weitergehen kann. Schon dein Zweifel an deiner eigenen Geburt hat mich traurig gemacht, auch wenn ich meinen Geburtstag selten feiere. Für mich ist dieser Tag ein ganz normaler Tag, wo ich nach dem

Sinn einer großen Feier frage. Jede Aufmerksamkeit benötigt Zuwendung, von der ich früher nie genug bekommen konnte. Heute, in der modernen Zeit, wo die Kirche immer noch an ihrem Zölibat festhält, sieht das alles anders aus.

Wäre ich eine Frau, hätte ich mich zu einer Priesterin hochgearbeitet und das Gelöbnis der katholischen Kirche abgelegt. Ich hätte dem Papst das „Alte Testament" neu lesen lassen und ihm gesagt, dass der Schwanz eines Mannes nicht die Krönung seiner Existenz ist. Auch eine Priesterin im katholischen Gewand ist in der Lage, den Segen Christi zu spenden.

Du hast darüber gestaunt, wie ich über das weibliche Geschlecht denke, und es so in unser Buch geschrieben. Aber da ist was dran, werte Dorothee. Historisch gesehen ist mein Gedanke nicht verkehrt. Was gern hinter vorgehaltener Hand gesagt wird, ist, dass die weiblichen Denker in der Bibel stets eine Nebenrolle gespielt haben. Meines Erachtens ist das richtig. Sie werden auch in Zukunft keinen Zugang zum „Heiligen Stuhl" bekommen. Dass sie den Segen Christi spenden, ist daher nicht vorstellbar. Ich lehne die These ab, die es nur den männlichen Denkern erlaubt, den Segen Christi zu spenden. Diese Ungleichbehandlung ist mir zuwider. Ich widerspreche dem, solange dieses Missverständnis nicht aus der Welt geschafft wird. Übrigens, wieso soll Jesus männlich sein? Was für ein Unfug? Denkt die Kirche wirklich, dass der Glaube zwischen männlich und weiblich unterscheidet? Nun, was wäre Jesus heute, wenn es keine weiblichen Denker geben würde, die Kinder bekommen? Die Frage wurde in der Kirche nie gestellt. Dabei ist die Denkerin eine Schlüsselfigur im Leben. Ohne sie wäre das Leben gar nicht möglich. Ohne den männlichen Denker, wäre kein Nachkommen bereit, den Naturgesetzen zu folgen. Beide Geschlechter haben den gleichen Anteil an der katholischen Kirche und wären daher berechtigt, den Segen Christi zu spenden. Solange diese Gleichberechtigung aber nicht eingefordert wird, wird der Glaubenskrieg auf der Welt weiter bestehen und die Wahrheit verdrängen. Das ist Fakt.

Ich war früher davon überzeugt, dass das Zölibat eine überholte Sache ist, die in keine Weltanschauung passt. Die Wahrheit unterliegt einer Wahl. Man kann Glauben oder dem Hass die Tore öffnen. Beide Wege führen ins Chaos. Es kann nur Frieden unter den Menschen geben, wenn sie dem religiösen Wahnsinn entsagen und sich der Realität des Lebens zuwenden. Du hast dir eine Welt geschaffen, die dir das Gefühl gab, alles sei in Ordnung, das Glück könne kommen. Den Versuch hätte ich akzeptiert. Aber nur, bis dein verlorener Glauben dich irgendwann berühren würde. Aber bisher blieb das aus. Meine Befürchtung geht so weit, dass du in Zukunft keinen Schritt machst, überhaupt an dich zu glauben. Ich bin überzeugt, dass du nie richtig über dein Leben nachgedacht hast, um herauszufinden, was

Glück und Hoffnung für dein Leben bedeuten. Mein Vater hat das auch nie getan. Er hat nie auf sein Leben zurückgeblickt, um festzustellen, was gut und was schlecht war. Bei dir hatte ich das gleiche Gefühl. Du wärst nicht die einzige Denkerin, die sich keine Gedanken darüber macht, warum sie lebt.

Ich wollte diese Frage nur mal so in den Raum stellen. Ebenso die Frage, warum es die Bibel gibt, wem sie dienen soll und von wem sie geschrieben wurde. Ich bin gewiss, dass die Menschheit die Bibel in jeder Hinsicht akzeptiert und behauptet, sie täte der Gemeinschaft gut.

Die ältesten Aufzeichnungen fand man als Hieroglyphen und Symbolen auf Pergamentrollen in den Höhlen von Kumran. Einige Wissenschaftler behaupten, dass die ersten Bibelaufzeichnungen auf Kupferrollen geschrieben wurden. Letztlich war es mir egal, wann die Bibel geschrieben wurde und welchen Hintergrund das hatte. Fakt ist nur, dass es die Evangelisten waren, die ihre Erinnerungen als Geschichten (Evangelien) aufschrieben. Im fünften Jahrhundert nach Christi hat Kaiser Konstantin diese alten Evangelien in einem Buch (der heutigen Bibel) zusammenfassen lassen. Er hatte nämlich herausgefunden, dass für die Herrschenden die Religion nicht nur ein lukratives Geschäft (Ablässe und dergleichen) war, sondern sie mithilfe des Glaubens die Völker im Namen Gottes von jedweder Revolte gegen die Mächtigen der Welt abhalten konnten.

Auch wir wären heute in der Lage, einen Psalm zu schreiben und ihn dann als „heilig" zu bezeichnen. Aber was ist „heilig" und was soll damit ausgesagt werden? Ich zweifle an der Religion, wenn ich heute eine Bibel aufschlage und lese, wie der Glaube dargestellt wird, wie Schuld und Sühne miteinander verbunden werden, um dem Lebensdrama eine gewisse Würze zu geben. Je mehr ich mich damit befasse, umso mehr glaube ich, dass das alles Wunschbilder sind, die mir eine Welt erklären sollen, die es nie gegeben hat. Die Realität des Lebens hat schon immer anders ausgesehen. Aber man betet heute noch zu Gott, und das aus den verschiedensten Gründen – sogar, um nach dem Tod weiterzuleben. Doch sollten die Menschen ehrlich sein und sich fragen, was das Beten tatsächlich bewirkt. Und fragt man das einen Kirchenvertreter, dann heißt es: „Die Wege des Herrn sind unergründlich." Soll ich mich jetzt totlachen oder über diese dumme Antwort weinen?

7

Nach fast drei Monaten, in denen du im Krankenhaus gelegen hast, war es mir möglich, die Diagnose deines Krankheitszustandes besser zu verstehen. Immer wenn ich dich besuchte, hatte ich das Gefühl, dir näherzukommen. Und beim Abschied war der latente Raum mit Wasser so voll, dass ich dich nicht mehr sah. Eigenartig, dass unser Gefühl uns vorgaukelt, alles sei in Ordnung, obwohl der Krieg längst so präsent ist, dass man denkt, es wäre ein Traum.

Deine blassen Lippen bewiesen mir, dass du dich nicht wohlgefühlt hast. Auch deine Arme lagen schlaff auf deinem Schoß, als würdest du um etwas bitten. Zum ersten Mal fiel mir auf, dass auch deine Augen farblos und traurig dreinblickten. Gab es Hoffnung? Ich wusste, dass eine gewisse Kaltblütigkeit in dir die Musik spielte, um dich zu beschützen, falls du in Gefahr gerätst.

Auf einer Parkbank fandest du Ruhe. Die Therapien zeigten Wirkung, sodass in dir eine bunte Welt erschien, ohne ein Schafott zu befürchten. Die Erinnerungen warteten, und ich suchte vergebens nach einem Haltepunkt, um mit dir im Alltag anzukommen.

Wegen Corona blieb leider auch unser Café Tasso geschlossen – lange Zeit. Dann öffnete das Café wieder. Das angefangene Buch wuchs indes Seite um Seite. An manchen Tagen war meine Grundstimmung depressiv, sodass ich keine Lust zum Schreiben hatte. Dann gab es wiederum Tage, da war es mir erlaubt, mehrere Seiten zu schreiben, die wenig mit der Realität zu tun hatten. Ich habe mich bewusst dem normalen Alltag gewidmet, ohne das Thema Corona anzusprechen. An manchen Abendstunden war es mir gelungen, die Fantasie anzusprechen.

Und immer wieder gab es Augenblicke, die mich an früher erinnerten, wo ich als Kind an der „Alten Spree" spielte und beobachtete, wie die Wellen den Sand am Strand wegspülten. Da wusste ich, dass mein Leben in einer ungewöhnlichen Atmosphäre von mir ging, ohne dass ich in mir einen Widerstand spürte. Dabei fielen mir eine Menge Fragen ein, die im Leben entweder bedrohlich oder friedlich sein können. Sie unterliegen oft einem waghalsigen Trubel und geben acht, dass das herannahende Chaos dich nicht kaputtmacht. Um das zu verhindern, wollte ich dich bis zum Ende deines Krankenhausaufenthaltes begleiten.

Im Café Tasso angekommen bestellte ich eine Tasse Kaffee und ging in den Keller, um mir die neuen Bücher anzusehen. Acht Bücher entdeckte ich, die ich sofort bezahlte und mit nach Hause nahm. Mit dabei war natürlich die Mundschutzmaske, die ich tragen musste. Überall wurde sie verlangt. Selbst im öffentlichen Nahverkehr wurde es zur Pflicht. Eine Tischnachbarin las eine Tageszeitung und regte sich auf, als sie lesen musste, dass bald die zweite Welle von Corona nach Deutschland eingeschleppt würde. Ich sprach ihr ruhige Worte zu, indem ich zu ihr sagte, dass es immer wieder Denker geben wird, die sich nicht bewusst sind, was sie tun, egal welche Gefahren bestehen.

Was wir beide herausfanden, war der Umstand, dass wir es nicht in der Hand haben, Dinge innerhalb der Gesellschaft zu verändern. Nach deinem letzten Erdbeereisbecher vor etwa drei Wochen konnte ich nicht ahnen, dass dies dein letzter Besuch im Eiscafé sein würde, vor deiner Entlassung aus dem Krankenhaus.

Jeder Denker in dieser chaotischen Welt hat seine eigene Philosophie über den Zustand unserer Gesellschaft. Ob aus Zwang, aus der Pflicht heraus oder aus einem Bedürfnis, der Gesellschaft etwas zurückzugeben, es gibt immer ein Motiv des Vorgehens. Außerdem gab es immer schon den Versuch, Grenzen zu überschreiten. Denn woher soll sonst die Erfahrung kommen? Dagegen können wir beide nicht ankämpfen. Die Ebenen in der globalen Weltanschauung verirren sich tagtäglich millionenfach in einem Labyrinth des Denkens und Handelns.

Ohne Widerstand zu leisten, kommt man im Alltag nicht zurecht. Die Völker brauchen die Balance zwischen Angst und Sühne, die in eine gesteuerte Katastrophe rast. Sie müssen einem Guru oder einem König folgen, der ihren Geist verseucht, um das Gift der Lügen und der Abstraktion von Gewalt anzubieten. Jede Auseinandersetzung bejaht ein Ziel – Frieden oder Krieg. Die Vergangenheit hat das schon mehrfach bewiesen. Wir sprachen von unseren Eltern, die den Zweiten Weltkrieg zum Teil miterleben mussten. Damals hieß der Guru Hitler. Er war ein Tyrann, ein kranker Denker, der die Welt in den Abgrund schickte. Er streute Hass und Tod über die Menschheit, entwarf Todesfabriken und erfand Menschenrassen, die es nur in seiner Welt geben sollte. Mit seinem brutalen, widerlichen Gedankengut hat er ganze Völker missbraucht. Alle haben es geduldet, dass Millionen Denker in den Tod geschickt wurden. Zu keiner Zeit habe ich daran gezweifelt, dass sie es alle gewusst haben, auch wenn meine Oma das Gegenteil behauptet.

Dein Gesicht sprach Bände und zeigte mir dein Unverständnis. Gewalt ist aber stets ein Ausdruck von Angst, und die wird durch falsch verstandene Macht genährt. Wer nicht parierte, wurde an die Wand gestellt. Dieser Machtmissbrauch war ein Aushängeschild für die ausufernde Gewalt, um andersdenkende Denker klein zu bekommen. Was sich gegen sie richtete, wurde getötet. Es war nicht die Angst, die sie beherrschte, sondern Machtgier und Mordlust. Das Endergebnis spüren wir noch heute, nach fünfundsiebzig Jahren.

Wegen Corona blieben die meisten Denker zu Hause und übten sich in Geduld. Ich dagegen habe meine Neugierde aufgefordert, meine persönliche Entwicklung voranzubringen. Der Eindruck, dass das Leben wie eine Plastikscheibe aussieht, hätte ich so stehen lassen können, schob aber den Gedanken weg und suchte die unterschiedlichen Rasterpunkte meines Lebens, die durch meine Erkenntnisse gebildet worden waren. Scheu standen die Denker vor der Kaufhalle und überlegten tatsächlich, wie viel Toilettenpapier sie mitnehmen sollten. Ich konnte sie nicht verstehen, denn die Welt drohte nicht unterzugehen. Unterdessen horteten sie Unmengen von Toilettenpapier und Küchenkrepp und fuhren damit nach Hause. Hektik machte sich breit. Man kaufte Essen in Konservenbüchsen, Linsen- und Erbseneintöpfe, Schinkenspeck und Wiener, Hähnchen in Aspik, Fischdosen aller Art – der dritte Weltkrieg darf kommen. Mich widerten die Denker an, die nur an sich dachten. Vorfahrt wurde nicht mehr gewährt und der einst so sicherer Fußgängerweg war zu einer absoluten Gefahrenquelle geworden. Wer seinen Fuß auf den Zebrastreifen setzte, wurde einfach umgefahren, ob mit Kinderwagen oder ohne. Ich war erleichtert, heil nach Hause zu kommen.

Bei einer Tasse Kaffee, die ich nach dem Einkauf gern im Arbeitszimmer zu mir nahm, bemerkte ich, dass unser Buch langsam fertig wurde. Fast alles hatten wir beschrieben. Fast alles wurde erträumt, aber leider nicht so erfüllt, dass man sagen durfte, alles sei in Ordnung. Du warst zu dieser Zeit noch im Krankenhaus. Du hast zwar auf einer anderen Station gelegen, aber dennoch gab es bereits Pläne, wie du deine Zukunft gestalten wolltest. Ich dagegen genoss die Vorsicht und das trockene Wetter, ohne den Regen ganz zu vergessen. Urlaubsreisen waren nicht erlaubt. Also was blieb einem nichts anderes übrig als darüber zu philosophieren, wie es morgen wird. Und wie wurde der nächste Tag? Die Infektionszahlen stiegen erneut und die Politik rang nach Lösungen, um die Angelegenheit nicht aus dem Ruder laufen zu lassen. Wie sollte aber die Lösung ausschauen?

Vom Arbeitszimmer aus konnte ich sehen, wie viele Denker an der Wuhle spazieren gingen. Der Tag war kühl. Ich dachte, wir würden erkennen, dass deine Depression eine dünne Schale besitzt, um sie dann später von der Seele leichter entfernen zu können.

„Aus der harten Schale nichts gelernt?" Eine gute Frage und ein guter Spruch. Dein Schmunzeln gab mir recht. Ich fand heraus, dass manche Denker keinen guten Kern haben. Sie versuchen, alles zu verdrängen. Selbst deren Schale ist so hart, dass auch eine Kettensäge es nicht schaffen würde, einen Spalt hinein zu sägen. Was soll ich mit denen anfangen? Meine Devise ist: „Sie so zu belassen wie sie sind". Eine andere Möglichkeit gibt es nicht. Und gerade das wollte ich dir mit auf den Weg geben.

Dem Fotografen, der die schönen Bilder von der Pusteblume im Warteraum gemalt hat, solltest du dankbar sein. Denn er wird es sein, der dich zum Lernen auffordert, um die alten Verletzungen von damals zu heilen. Corona ist eine der vielen Ermahnungen, über die Menschen nachdenken müssen, damit sie ihr Leben ändern können.

Aber was ist „Vergebung" im wörtlichen Sinn? Für „Alte Denker", die ihrem Schicksal entronnen sind, war die Vergebung sicherlich ein Missverständnis und wurde in ihrer Gefühlswelt nie verinnerlicht, sodass kein fester Glaubenssatz entstehen konnte. Die Eltern waren nicht in der Lage, Antworten auf Glaubensfragen zu geben, die aber eine Grundlage für Vertrauen gewesen wären. Es ist schon ein Wunder, dass letztlich wir beide in der heutigen Zeit ein

Umdenken in Erwägung ziehen. Das Buch soll Zeuge sein. Kein Wunder also, dass du deinen Lebensweg eingeschlagen hast und ich einen anderen, der irgendwie nie zu mir gepasst hat, mich aber zur Besinnung brachte.

Dein Schweigen war gewollt und wurde von dir sehr dezent eingesetzt, um ja nicht aufzufallen. Den Überblick zu verlieren, das wäre ein fataler Fehler gewesen. Deine innere Stimmung erhellte sich zusehends, als dir die Denker im weißen Kittel ein gutes Medikament gaben. Ich bemerkte es in dem Augenblick, als du nicht bereit warst, im Park ohne Jacke im Regen zu stehen. Ein Gewitter hatte uns überrascht, sodass wir nicht mehr wussten, worüber wir beide zuvor sprachen. Und plötzlich, wie durch ein Wunder, hast du die frische Luft tief inhaliert, die das Gewitter ins Land brachte.

Und doch hast du dich für deine Depression schuldig gefühlt und Reue empfunden. „Natürlich bist du nicht daran schuld", meinte ich zu dir spontan. „Was für ein Unsinn." Aber ich fand dennoch deine Reue sehr interessant. Reue ist für mich eine Maske, die ich aufsetzen musste, wenn es mir nicht gut ging. Sie tarnte meine Ehrlichkeit und gab mir ein falsches Lachen, um meinen Alltag zu retten. All die Jahre habe ich unterschiedliche Masken tragen müssen. Selbst in der Kirche in Eichsfeld, wo ich die Kerzen am Altar entzündet habe, trug ich eine heilige Maske, um anzudeuten, ich würde an Gott glauben. Du dagegen konntest die Altarkerze einfach so auspusten, das heilige Kreuz in der Kirche ignorieren und dich fragen, was bei dir verkehrt lief.

Nach weit über fünfzig Lebensjahren streichelst du endlich deinen verwitterten Bilderrahmen, in der Hoffnung, eine Esche zu finden, die dir Schatten spendet. Der Schatten ließ auf sich warten, und das Kreuz, von dem viele Denker glaubten, mit ihm käme der Frieden zu ihnen, hat deiner Maske harte Konturen gegeben. Falten im Gesicht wurden sichtbar. Es hat mich gefreut, dass ein Wandel bei dir begann. Dein Herz schien sich mit dem Hinweis langsam zu öffnen, dass die alten Erinnerungen verschwinden sollen. Erinnerungen, sie geben nicht auf. Auch ich dachte, sie verdrängen zu können. Ich aber fütterte sie mit Impulsen, Gerüchen, Prägungen, Schmerz und Leid. Schon durch mein Verständnis, dass dich deine Erinnerungen sehr belasten, ging es dir besser. Das war die Grundvoraussetzung, um zu erkennen, warum Erinnerungen so lange in der Seele verweilen.

Erinnerungen sind ja aus der Sicht des inneren Kindes nichts Schlechtes. Sie geben uns Freude. Ich erinnere mich daran, wie mein Vater eine große Modellbahnanlage gebaut hat, um sie mir zu Weihnachten zu schenken. Gerade diese Erinnerung hat mir später in der Jugendzeit eine gewisse Sicherheit gegeben. Ich wusste, dass dieses Gefühl meine Seele umarmt. Ich ahnte, dass Trost und Fürsorge im Alltag eine große Rolle spielen und erkennen lassen, dass man so sein darf wie man ist.

Vaters Gesicht leuchtete, als die Modell-Lokomotive aus dem Bahnhof fuhr. Das leise Summen des Elektromotors klang sanft. Winzige Laternen erleuchteten die Straßen. Vor den Fachwerkhäusern aus Pappe standen kleine Plastikfiguren. Die Schienenstränge glitzerten im Licht.

Ich wollte den Augenblick festhalten. Ich betete die Zeit an, aus der Vergangenheit ein Jetzt zu formen, um diesen Talisman für immer bei mir zu haben.

Deine Erinnerung aus der Kindheit war deine Muse zur Musik. Ich betrachtete die alten Fotos eines jungen Mädchens von neun Jahren. Junge Hände trugen eine Geige. Im Hintergrund war ein Notenständer vor einem vollen Bücherregal. Ich mochte das Foto. Es inspirierte mich, weiter auf das Foto zu schauen, in der Hoffnung, es würde lebendig werden. Du scheinst das Instrument geachtet zu haben, weil du auf dem Foto sehr stolz gewirkt hast. Strahlend hast du den Schaft der Geige berührt. Du wusstest, wenn du mit dem Bogen über die Saiten streichst, dass die weichen Töne dein ICH verführen würden. Ich hätte nie gedacht, dass du so eine Ausstrahlung vermittelst, und mir die Gewissheit gibst, dass die Geige dir wichtig ist. Deinem Erzählen nach, bist du in verschiedenen Konzerthallen gewesen, in Halle, Dresden, Pirna und sogar in der kleinen Weltstadt Leipzig. Klassische Musik war dein Thema. Jahrelang hast du mit viel Liebe auf der Geige gespielt. Aber dann kam der schrecklichste Tag in deinem Leben. Als du achtzehn Jahre alt wurdest, kam dein Stiefvater stark angetrunken nach Hause. Der Kaffeetisch war bereits abgedeckt. Geburtstagblumen standen darauf, als dein Stiefvater seine Bierflasche und das Bierglas dazu stellte. Auf einem Beistelltisch lag noch das eingepackte Geburtstagsgeschenk von deiner Mutter. Vorsichtig hast du es geöffnet. In einem A4-Karton lagen Notenblätter für „Die Zauberflöte" – ein Musikstück von Mozart. Mehrere Notenblätter waren zusammengeheftet. Deine Freude war unbeschreiblich. Ganz plötzlich stand dein Stiefvater auf, sodass der Stuhl nach hinten kippte, riss die Geige an sich, schmetterte sie mit voller Wucht auf den Boden und trampelte wütend darauf herum. Ohnmächtig vor Wut hast du vor den Einzelteilen deiner zerbrochenen Geige gestanden. In Sekundenschnelle war es dunkel vor deinen Augen. Du fandest keine Worte. Dann hast du den Raum verlassen und wolltest von da an nur noch dem Tod begegnen.

Ich hielt den Atem an, als du mir das erste Mal davon erzählt hast. In dem Augenblick wurde mir klar, woher deine Angst kam. Deshalb auch das von dir gezeichnete Bild der Ablehnung männlicher Denker, die in ihrer dominanten Art die Welt beherrschen wollen. Sie verlangen nach Würdigung und Ehrung. Und das war dir ein Dorn im Auge und schürte Angst und Leid.

Als ich dich fragte, ob du jemals wieder spielen würdest, hast du das verneint. Du wolltest nichts mehr mit Musik zu tun haben. Selbst die Notenblätter für „Die Zauberflöte" hast du nie wieder angerührt.

Dorothee, auch ich habe mich an manchen Tagen in meine eigene Welt zurückgezogen und bin meinen Empfindungen gefolgt, die mich warnten, vorsichtig zu sein mit dem, was ich gerade tun wollte. Ja, es gab sogar einen Moment, wo ich die Wahl hatte, den kreativen Weg einzuschlagen oder zum Schafott zu gehen. Aber ich musste Geduld aufbringen, um das zerkratzte Glas wieder durchlässig zu machen. Ich konnte kaum noch was erkennen; sah nur die Umrisse von Leere und Illusion.

Es tat mir gut, dich während deiner Krankheit zu begleiten. Ich wollte die uralten Muster meiner Eltern verlassen und dich dazu bewegen, auch deine alten Muster zu durchbrechen. Mir kam es so vor, als hätten wir eine Zugfahrt unternommen, um den gleichen Bahnhof anzusteuern. Ich weiß noch, dass ich von dir verlangte, deinem Stiefvater zu verzeihen, was du kategorisch abgelehnt hast. Ich ahnte, dass der Schmerz sehr tief in dir sitzen würde.

Sechs Tage später hattest du dich entschieden, das Krankenhaus zu verlassen. Du hast dich stets gesträubt, die Corona-Maske zu tragen. Der Tag, es war ein Donnerstag, war heiß und du ertrugst die Enge im Gesicht nicht. In den lokalen Zeitungen lasen wir, dass die

Infektionszahlen angestiegen waren und dass eine zweite Welle folgen würde. In Spanien feierten die Menschen in Massen am Strand. Und in Deutschland erhoben sich die Corona-Verweigerer, weil sie der Meinung waren, die Pandemie wäre längst vorbei. Selbst auf Facebook war immer wieder zu lesen, dass Corona nur eine Schnapsidee sei. Deinem Gesicht nach zu urteilen, bist du dir auch stets unsicher gewesen, wer nun die Wahrheit sprach. Die lag wie immer im Detail.

Das Wohngebiet in Hellersdorf wuchs weiter. Mit den Fahrrädern sind wir zu den Baustellen gefahren und haben die Baukräne gezählt. Neunzehn Kräne ragten in den Himmel und wollten den Mond einladen, den Denkern die Meinung über Corona zu sagen.

Nach fast fünf Monaten war der Wunsch nach einem Kinobesuch groß. Ich habe es nicht bereut. Endlich ein Film im Kino anzuschauen, das tat mir gut. Egal welchen Film ich mir anschaute. Hauptsache ich konnte die Freiheit atmen, die mir durch wunderschöne Landschaftsaufnahmen vermittelt wurde. Ein paar Tage später musste ich meinen Therapietag wahrnehmen. Ich sagte dir, dass die Denker in Weiß sehr wichtig für mich sind.

Ich war erleichtert, dass die S-Bahnen wieder öfter fuhren – im Zehn-Minuten-Takt. Alte Gewohnheiten machten sich wieder breit, natürlich mit Maske und 1,5 Metern Abstand, um gesund zu bleiben. Vor allem wollte ich stressfrei fahren, weil an manchen Stationen doch sehr viele Denker einstiegen und die Bahn sehr voll wurde. In der Gruppe blieb es Gott sei Dank beim Alten und man musste keine Maske tragen. Umarmungen waren tabu, Hände reichen nicht erlaubt. Was blieb, waren Blickkontakte. So war die Welt in der

Pandemie. Die Wolken zogen in der Hoffnung ab, dass die Sonne
nicht mehr so gnadenlos scheinen und die Nachttemperatur, die bereits
über achtundzwanzig Grad lag, nicht weiter ansteigen würde.

Dorothee, als du deine Entlassungspapiere bekamst, sah
ich ein wenig Wehmut in deinen Augen. Erst später wurde
mir klar, dass du viele Freunde auf deiner Station gefunden
hast, die dich akzeptierten.

Eine junge Denkerin, Anfang zwanzig, sie hätte deine
Tochter sein können, war zu Fuß nach Kaulsdorf gegangen, um einen Trödelladen aufzusuchen. Anika, das war ihr
Name, wollte dir schöne alte Kleider zeigen. Zwischen diversen Möbelstücken und Plastikstühlen hast du dann zufällig einen abgenutzten Geigenkasten auf einem Kleider-
schrank entdeckt.

Anika hat deine Aufregung gespürt und dich gefragt,
was los sei. Du hast auf den Geigenkasten gezeigt. Anika
lief zur Verkäuferin und bat sie, den Geigenkasten herun-
terzuholen. Als er auf dem Tisch lag, öffnete die Verkäuferin ihn langsam, um nichts zu beschädigen. Und tatsächlich
lag eine Geige drin. Eine Saite war defekt. Die Abnutzung
war zu sehen. Du aber wolltest sie unbedingt haben. An der
Stempelprägung im Innenbereich hast du den Namen und
die Jahreszahl der Herstellung lesen können. Es war eine
„PACATO CONCERTO". Damit konntest du was anfangen. Überglücklich hast du die Geige herausgeholt und sie

begutachtet. Der Duft dieser Geige war dir bekannt. Und du wusstest, dass du die Notenblätter deiner Mutter herausholen würdest, um die Zauberflöte zu spielen.

Zwei Jahre später

Unser gemeinsames Buch lag immer noch im Schreibtisch bei mir zu Hause. Hunderte geschriebene Blätter warteten darauf, dass andere Denker sie lesen. Aber wollten wir beide es überhaupt veröffentlichen?

Im Spätsommer sah ich dich auf dem Gendarmenmarkt mit deiner Geige in einem Orchester Johann Strauß Melodien spielen. Meine Mutter hat sie sehr gemocht. Ich saß in der neunten Reihe im Zuschauerbereich auf der linken Seite. Es war ein Samstagabend, zwanzig Uhr. Das Konzert begann. Ich schaute dich an. Mit deinem weißen Kleid und der kleinen zarten Rose auf der Brust hast du wie eine Königin ausgesehen. Es fehlte nur noch die Krone. Ich ließ mich von der wunderschönen und heilsamen Musik verführen. Ich begann irgendwie zu träumen und wollte von der Gegenwart nichts wissen. Zum ersten Mal seit langer Zeit empfand ich eine starke innere Zufriedenheit und erdachte mir eine Geschichte über eine junge Fee mit schwarzen Haaren, die mir ihre Hand reicht. Sie trug ein weinrotes langes Kleid mit einem schwarzen breiten Saum. Dazu eine prachtvolle aus Messing geschmiedete Halskette mit einem

Löwen darauf. Ich berührte die Halskette mit dem abgebildeten Löwen und tunkte die Geschichte in die Farbtöpfe meiner Fantasie. Bunte Farben leuchteten in einer Welt, von der ich glaubte, sie würde mich in der Zukunft retten. Alles schien langsam zu erstrahlen. Ich sah das Puzzle eines Schwefelmondes, das auf mich deutete. Ich hörte den Wind über die Kronen der Eschen streifen. Gegen Mitternacht wurde es kalt und stürmisch. Sterne funkelten am Himmel. Eine Straßenlaterne leuchtete auf dem Boden einen Kreis aus. Es kam mir vor, als säße ich auf einem Granitstein, der in der Eiszeit der Menschheit sein Herz geben würde. Die Feuchtigkeit nahm zu. Jeder Wassertropfen war ein Kuss. Wie schön es doch sein kann, die Fruchtbarkeit festzuhalten, um das Leben zu genießen. Ich atmete tief durch und bemerkte das Vibrieren der Musiktöne unter meinem Stuhl. Ich öffnete meine Augen und sah dich immer noch auf dem Stuhl sitzen, deine Geige sanft streichen.

Durch Corona war das Johan-Strauß-Konzert nur zur Hälfte von Denker besucht, um die Abstandsregeln einzuhalten. Der Veranstalter hatte immer zwei Stühle aus jeder Reihe herausgenommen. Auch die Abstände zwischen den Stuhlreihen hatte er verbreitert, sodass ich zum ersten Mal meine Füße ausstrecken konnte. Das ermöglichte mir etwas Ruhe. Der Lärmpegel war tatsächlich zur Hälfte abgesenkt. Ich fühlte mich wohl und dachte noch an unser letztes Gespräch vor deinem Konzert. Du sprachst von einem echten persönlichen

Wandel. Ich muss gestehen, dass ich dir am Anfang nicht vertraute. Aber an dem Tag, als wir beide zu einer Vernissage eingeladen wurden und du den Respekt in dir gespürt und sogar einen schönen Blumenstrauß der Künstlerin Gabi Stein übergeben hast, dachte ich zuerst, du wärst eine andere Dorothee. Doch du hast Gabi Stein tatsächlich mit Freundlichkeit und Ehrlichkeit geehrt. Darüber war ich echt erstaunt.

Gabi Stein malte häufig sehr geheimnisvolle Aquarelle, die selbst mich vor Neid erblassen ließen. Aber ich habe es ihr gegönnt. Mehr noch. Als Jugendlicher war ich bereit, den Erfolg mit anderen kreativen Denkern zu teilen, mich mit ihnen über das zu freuen, was sie geschaffen hatten.

Gabi Stein, eine Denkerin im Alter von Mitte siebzig, war eben eine Person, von der ich nie genug bekam. Sie erzählte aus ihrer Vergangenheit pures Gold. Ich mochte sie als Denkerin, als Mutter von zwei Kindern und als Künstlerin, die viele Jahre in Dresden Kunst studiert und ein eigenes Atelier geführt hat.

Dorothee, auch an ihre Ateliertür klopfte im April das Corona-Virus – sie musste schließen. Daher war es für mich und andere ein Glücksmoment, dass nach Monaten des Stillstands erstmalig eine Vernissage stattfinden durfte. Ich fühlte mich wohl, dass du neben mir gestanden und Gabi Stein gelobt hast. All die wunderbaren Aquarelle an den Wänden gaben uns das Gefühl der Sicherheit. Auch die Gäste standen erstaunt vor den Aquarellen und urteilten mit wenigen Worten positiv. Bei deinem Gespräch mit ihr gewann ich den Eindruck, dass du dich ebenso wohlgefühlt hast. Deine schwere Depression klang mehr und mehr ab. Immer öfter erhellte ein Lachen dein Gesicht. Das tat auch mir gut. Auch deine Botschaft, dass du einen unbekannten Denker kennengelernt hast, kam bei mir gut an. Er sei nett und freundlich zu dir, und du würdest gern mehr von ihm wissen. Ich habe zwar vergessen, wo du ihn kennengelernt hast, aber letztendlich spielt das keine Rolle. „Er heißt Markus Klingberg", hast du gesagt. Vielleicht wird er ja jetzt deine Begleitung und ich widme ihm ein Buch, mal sehen. Ich finde es jedenfalls gut, dass du nicht mehr allein bist.

Du hattest wohl angenommen, ich könnte dein Freund sein? Na ja, ich kenne das Muster in mir und schätze meine Frau sehr. Also warum sollte ich eine neue Denkerin an meiner Seite haben wollen? Das würde nicht gut gehen. Hätten wir uns ineinander verliebt, wäre das Buch nie zustande gekommen. Gerade der Abstand zwischen dir und mir hat es möglich gemacht, unsere Gedanken zu sortieren und uns besser kennenzulernen. Die Corona-Zeit ist deshalb auch eine wertvolle Erfahrung für uns und hat uns viel geholfen. In etwa zehn Jahren werden wir feststellen, dass uns die Zeit mit Corona mehr verbunden hat, als wir heute annehmen.

Genug Zeit hatten wir, uns die Ausstellung anzuschauen und mit Gabi Stein ein Glas Sekt zu trinken. Meine Anwesenheit machte Gabi etwas nervös, denn plötzlich fiel ihr ein, dass sie mich von irgendwoher kannte.

Als ich ihr erzählte, dass ich früher auch gemalt habe und ein paar Ausstellungen machen durfte, fiel ihr ein, dass ich der Denker gewesen war, der ihr das Malen empfohlen

hatte. Wir trafen uns rein zufällig bei einer Ausstellungser-
öffnung in Spandau. Sie zeigte mir ihre Ideen, die ich absolut gut fand. Ich bestärkte sie, weiter zu machen und sich
von anderen Denkern nicht davon abbringen zu lassen.

Gabi Stein konnte sich kaum beruhigen. Dorothee, es
tut mir leid, dass sie so euphorisch gewesen ist und mich
weiter in ein Gespräch verwickelte. Aber was sollte ich dagegen tun? Es war nun mal so, dass ich dieser kreativen
Denkerin vor etwa neun Jahren sagte, dass sie weiter malen
soll. Kein Kurator hat sich für sie interessiert. Heute hat
sich das Blatt gewendet. Die Kuratoren klopfen an ihre Tür
und fragen, ob sie bei ihnen ausstellen würde.

Dorothee. Ich möchte das leidige Thema nicht weiter
vertiefen. Ich war damals einfach nicht in der Lage zu entscheiden, wie es weitergehen soll mit dem Malen. Ich
wusste nur, dass ich gern schreiben würde, um meiner
Angst zu entkommen. Welchen Weg sollte ich also wählen?
Welchen? Zum Schreiben fühlte ich mich irgendwie berufen. Das Resultat kann sich ja sehen lassen. Alle Wörter
habe ich verwendet, um Sätze wie ein Haus zu errichten.
Weit über zwanzig Bücher habe ich so geschrieben. Dass
gerade ich dich kennengelernt habe, liebe Dorothee, war
dem Corona-Virus geschuldet. Uns alle hat das betroffen
gemacht. Ich ahnte, dass die Lähmung eine lange Zeit an-
dauern würde. Und in dieser Zeit sollte unser Buch fertig
werden. Mehr noch. Ich war in der Lage, die Grenzen mei-

nes Selbstbewusstseins zu überschreiten. Ich wollte beweisen, dass es mir mit Zuspruch und Trost gelingt, eine Denkerin auf einen anderen Pfad zu bringen. Die schwere Depression ist ein „genialer" Einfall der Natur, weil wir beide es geschafft haben, der Krankheit ihre Stimme wieder zu geben, anstatt sie zu bekämpfen.

Mein lieber Freund!

Es sind jetzt sechs Jahre vergangen und keine zehn Jahre, dass ich Dir schreiben darf: Es war gut für mich, Dich getroffen zu haben. Durch Deine Anwesenheit in meiner schwierigen Zeit, in der ich oft verzweifelte, ist es mir irgendwann gelungen, meine narzisstische Haltung zu überdenken. Ich war schon irgendwie verliebt in Dich und glaube, Du warst es auch. Ich kann mich auch irren, aber Deine persönliche Haltung, dass Anstand und Ehrlichkeit für Dich mehr zählen als ein kurzer Fick, hat es mir ermöglicht, meine Gedanken neu zu ordnen, die sinnlosen Gedanken wegzupacken und andere zu überdenken. In der Klinik fand ich einen Kerl absolut edel und wollte von ihm nicht lassen. Als ich aber wusste, dass er verheiratet war und mit einer Schwester auf der Station ein Verhältnis hatte, musste ich meine Gefühle zu ihm regelrecht abbrennen. Deine Hilfe kam mir da gerade recht, denn da wusste ich, in Dir stecken ebenso viele männliche Reize, die eine Frau schwach machen können. Und dennoch blieb es bei einer Freundschaft, wobei Du mir einen französischen Liebesfilm gezeigt hast, in dem es darum ging, wie sich ein Pärchen bindet und wieder trennt, weil es nicht funktioniert. Du hast einen anderen Blick auf Frauen und Männer, die auf der Straße ihre Wege gehen. Wie Du ein Problem angehst, hat mir sofort gefallen. Mit Ruhe hast Du ein Bild gemalt, das mir sofort gefallen hat. Die Augen versprühten einen feinen Regen von Gold und Zukunft. Deine Augen haben mich dagegen immer wieder verführt. Dein Wissen hat mir viele Pforten geöffnet, und ich fand einen Strand, wo ich die Sonne genießen konnte. Deinen Schatten zu spüren, das war ein Reiz, der mich oft verführt hat, mich selbst zu befriedigen. Ich bin ehrlich und gebe zu, dass auch meine Weltanschauung durchaus mit vielen unterschiedlichen Themen verbunden war – Geschichte, Theologie und das innere Kind, das Du abgöttisch liebst.

Ich verneige mich dafür, dass Du mit eisernem Willen daran festgehalten hast, „meiner kleinen Dorothee" zu sagen, dass ich sie lieben soll. Das gilt auch dem Thema der Familie oder den Kindern, die sich von ihren Eltern trennten. Du hast für all die Dinge eine Begründung gehabt. Aber die Begründung war nie oberflächlich, sondern besaß einen tieferen Sinn. Am Anfang konnte ich Dir nicht ganz folgen, aber als ich Dich besser kannte, habe ich Deinen Weg zum Ziel verstanden. Natürlich ist meine Tochter jetzt in einem Alter, in dem ich einst war. Ich dachte dann, sie wäre wie ich. Aber dem war nicht so. Sie lebt heute in München, hat geheiratet und ist mit ihrem Mann und den vier Kindern glücklich. Was will ich mehr? Nun, ich sollte wohl besser mit mir Geduld haben und warten, was morgen kommt. Das waren mal Deine Worte, um mir zu zeigen, was Illusionen sind und was die Wahrheit ist. Gerade zur Wahrheit hatte ich immer meine

Bedenken. Ich habe einfach wenig Vertrauen gegenüber der Philosophie gezeigt und sie dadurch abgelehnt.

Mein Freund! Du bist eine Seele von Mensch, Dich gibt es nur einmal. Ich meine, Du gehörst zu den Männern, die man auf der Welt suchen muss. Deine Mutter hat in dieser Hinsicht die Sterne am Himmel leuchten sehen, als Du das Licht der Welt erblickt hast. Ich habe von dir viel erfahren und gelernt – über dein Schicksal in der Kindheit und später in der Armeezeit. Das Resultat der gewonnenen Lebenszeit, so habe ich es empfunden, wird im Herbst in goldbraune Blätter verpackt und hält eine Gnade für Dich bereit.

Mit der Gnade hast Du einen besonderen Instinkt geschenkt bekommen, die Deine Fantasie und Neugierde berührt. Du hast die Gabe erhalten, Dein inneres Kind zu sehen, zu hören und zu spüren. Ich weiß, das war nicht immer so. Erst im grauen Alltag hast Du gelernt, damit umzugehen. Würde es Gott geben, hätte er Dich bestimmt längst bemerkt. Nun waren Deine Zweifel zu Gott zwiespältig und ich ahnte, wohin Deine himmlische Reise gehen sollte. Ich mochte die innere Einstellung, indem Du Gott so stehen lässt und die Geschichte mit der Entstehung der Bibel akzeptierst. Jeder hat seinen eigenen Anspruch auf Hoffnung und Zuversicht. Deine Worte klingen immer noch nach, als Du zu mir sagtest, dass der Glaube in einem selbst wohnt, dass er Kraft freisetzt, um an das eigentliche Gefühl heranzukommen. Als ich endlich mal in einer Kirche vor dem Altar stand, konnte ich Dich verstehen. Der Glaube an Jesus ist zwar legitim, aber man muss ihn in sich suchen. Ich habe das erkannt und ihn in mir gesucht. Ich war schon sehr beeindruckt, als Du mir das gesagt hast. Denn als ich den Glauben in mir spürte, bekam ich auch einen Zugang zu meinem inneren Kind. Es ist zwar alles einfach beschrieben, das Leben sieht aber anders aus. Du weißt sicher noch, dass ich die Kirche ablehne und vom Beten wenig halte. Aber gerade dadurch war es mir möglich, meine inneren Werte zu respektieren, die ich zuvor abgelehnt hatte.

Ich danke Dir für unseren gemeinsamen Gang in die Kirche und dass wir uns dem Glauben an Jesus angenähert haben. Es wäre mir sonst nie möglich gewesen, eine andere Welt zu betrachten. Heute verstehe ich, dass Du die äußere Welt ablehnst. Von ihr haben wir nichts zu erwarten. Die Welt in mir hat dagegen sehr viele Ansätze von Liebe bekommen, wobei ich denke, dass sie zusammen mit meinem Glauben ein festes Fundament bilden. Habe Dank dafür, dass Dein Glauben, der in dir geradezu wuchert, mich berührt hat. Und jetzt, wo ich diese Zeilen schreibe, wird mir auch bewusst, warum Du nur diese Art der Beziehung mit mir angestrebt hast. Hätten wir beide ein intimes Verhältnis gehabt, wäre der Glaube nie so entstanden, wie er in uns gerade lebt. Es scheint ein Wunder zu sein, wenn ich auf mein Leben zurückblicke und sehe, wie sich alles verändert hat. Die Dunkelheit, die noch vor Jahren meine Seele vergiftet hat, begrüßt das Licht.

Ich möchte nicht unerwähnt lassen, dass auch ich jetzt in der Lage bin, das Manuskript dem Lektorat freizugeben. Sei mir nicht böse, dass ich so spät zu dieser Entscheidung kam. Aber ich glaube, dass Du mir nicht böse sein kannst, da Du über so viel Verständnis verfügst. Deine angesprochenen Fügungen, die ich oft angezweifelt habe, *gaben mir zu denken. Aber da ist wirklich was dran. Ich fragte mich: „War es Zufall, dass wir uns kennenlernten, oder hätte es einen anderen Zeitpunkt gegeben?"*

Für mich war das kein Zufall, sondern eine Fügung, von der eine neue Geschichte ausging. Das Leben ist in seinem Konstrukt so vielfältig, dass es nicht machbar ist, die Zufälle im Leben zu koordinieren. Es ist auch keine göttliche Fügung, dass wir beide dieses Buch geschrieben haben oder Du die Lust am Schreiben für dich entdeckt und zuvor Hunderte Aquarelle gemalt hast. Für mich ist das unvorstellbar. Ich sah die Unmenge von Bildern, die in Deinem Arbeitszimmer immer noch darauf warten, der Öffentlichkeit gezeigt zu werden. Es hat mir imponiert, wie all Deine Ideen und Gedanken zusammenflossen und mir zeigten, was die Fantasie vermag. Viele Deiner Bilder habe ich immer noch im Kopf. Dabei frage ich mich ständig, warum es Denker gibt, die diese Art von Kunst ablehnen. Du wolltest das nicht mehr bewerten, ich fand das gut. Es sind schließlich deine Gefühle, die man verletzt hat. Und Du hast erkannt, dass diese Denker mit sich selbst nicht im Reinen sind und sie sich damit nur selbst ablehnen.

Ja, ich habe damals andere kreative Künstler ignoriert, weil ich tatsächlich glaubte, sie wären gescheiter oder cleverer, fantasievoller. Aber das war aus heutiger Sicht purer Unsinn. Ich hatte einfach nicht gelernt, mit meinen Mitmenschen zu kooperieren, zu teilen und mich mit ihnen zu freuen. Erst viel später wurde mir allmählich klar, dass ich die Menschen nicht verändern kann. Mir blieb nur eins übrig. Ich musste sie akzeptieren. Und als ich diesen Schritt gegangen bin, konnte ich meinen eigenen Kampf aufgeben. Auch hierfür meinen tiefsten Dank. – Bewundernswert fand ich, dass Du Deine Verletzungen und Traumata aus der Vergangenheit in diesem Buch so umfassend beschrieben und damit zu meiner Heilung beigetragen hast. Neidisch wurde ich auf Deine verlässlichen und treuen Prinzipien, die Du gnadenlos verfolgst. Du hast deine Therapie darauf aufgebaut, auf jeden Fall ans Ziel zu gelangen. Grandios. Mehr noch, mein Freund. Es war einfach genial, dass Du Deinen Weg dazu genutzt hast, Deiner Angst ein Gesicht zu geben. Ich habe bei Deinen Bildern nur ahnen können, wie sehr Dich die Angst in all den Jahren belastet hat.

Ich erinnere mich an eine Ausstellung von Dir im Café Mahlsdorf. Es waren eigenartige Aquarelle, die ich so noch nie gesehen hatte. Erstaunlich viele Menschen kauften Deine Bilder. Deine Ideen waren grenzenlos. Postkarten und Fototassen in verschiedenen Motiven standen auf einem Tisch. Als ich später erfuhr, dass Du auch schreibst, sagte ich mir, dass das eigentlich nicht sein kann, dass ein Mensch wie Du zweierlei Dinge macht – Schreiben und Malen. Erst nach ein wenig Zeit mit Dir wusste ich, wie Du tickst, was Dir Gefühle bedeuten und warum Du das Leben immer wieder infrage stellst.

Als ich auf die Religion und die Gottesdienste an den Sonntagen neugierig wurde, wusste ich zunächst nicht, ob ich diese Neugierde zulassen oder ablehnen sollte. Ich spürte, dass irgendwo dazwischen die Wahrheit lag. Vielleicht hättest Du mich gefragt, ob ich die Wahrheit gefunden habe? Schwer zu sagen. Das Leben ist in der heutigen Zeit poröser und schwieriger geworden. Es liegt daran, dass ich jetzt sensibel auf Dinge reagiere, von denen ich nicht weiß, ob sie mit meinen

Gefühlen zu tun haben. Es war ja schon ein Fortschritt für mich, zu erkennen, dass Gefühl keine Angst verstreuen. Je mehr meine Gefühle den Tag betrauern oder ich ihn belächle, umso mehr verstehe ich, was Du mit dem Zelebrieren von Gnade gemeint hast. Was für ein Wort?

Wenn ich Dir schreiben würde, dass es bereits eine Gnade für mich ist zu leben, was würdest Du dann antworten? Würdest du sagen: „Das ist geschmacklos?" Wären das Deine Empfindungen? Ich gebe ehrlich zu, dass ich über die Gnade sehr oft nachdenke. Je mehr ich meine Gedanken in den Weltraum sende, umso öfter empfinde ich Dankbarkeit, die ich nicht mehr missen möchte. Eigenartig, wie sich die Dinge ändern. Aber was soll ich dagegen tun?

Deshalb schreibe ich Dir, dass ich dem Universum vertraue und nicht Gott, der sich in Jesus verbirgt, um Almosen zu geben. Oh, mein Universum! Wie schön das klingt. Was für eine Wohltat, so einen Brief an Dich zu schreiben. Du bist mein Brückenpfeiler gewesen, von dem aus ich meine Einsamkeit verließ. Du hast die Orte des Zuspruchs und der Hoffnung für mich freigemacht und ich habe sie gefunden. Es klingt zwar kitschig, aber es ist schon ein Wunder, dass unser Buch bald erscheint. Ich kann es noch gar nicht glauben, ehrlich gesagt. Hat das auch was mit Gnade zu tun? Ich werde Dich in ein paar Jahren erneut fragen. Es wird sicherlich ein Tag kommen, dann wirst Du achtzig Kerzen anzünden und eine Kerze davon stelle ich auf den Altar. Auch wenn Du es ablehnen und mich daran hindern wirst, ich werde es tun. Und ich schreibe Dir auch, warum. Diese brennende Kerze, die den Altar erhellt, wird den Rest der Dunkelheit der gläubigen Menschen verdrängen, und das bewusst, mein Freund.

Ich möchte, dass die Menschen, die wahrhaftig an Gott glauben, begreifen, dass in ihnen ein Glaube lebt, der sie die Liebe erkennen lässt. Wenn sie an Gott glauben, würde ich mir wünschen, dass sie auch ihre eigene Welt wahrnehmen – die reale Welt. Gott ist nicht in der realen Welt zu finden. Oh nein! Gott ist eine Linie, ein Ding, ein Gedanke, ein Konstrukt von Illusionen, in denen wir angeblich die Liebe sehen. „Oder er ist einfach nur ein Stein, unter dem geschrieben steht: „Den habe ich geschaffen." Ha, das wäre was, einen solchen Stein zu finden.

Ja, mein Freund, ich fühlte in mir das Wort „Gott" und ließ zu, dass es mich vereinnahmt. Als mir aber klar wurde, dass ich den Brief an Dich schreibe, existierte diese Welt nicht mehr für mich. Ich wählte einen Weg, der mich zu mir selbst führte. Ich suchte Worte, die ich Dir schenken wollte. In meinen Geist sortierte ich die Gedanken, die nicht zu mir passten, die Illusionen auslösten und meine Angst schürten. Ich rief mein ICH auf, mir Antwort zu geben, wo sich mein inneres Kind aufhält. Der Moment war beglückend, als ich mit meinem inneren Kind in Kontakt trat. Ich hätte gern Dein Gesicht gesehen, wenn Du das liest. Hab Dank für alles, mein Freund!

PS.

Meine Gedanken sind noch nicht ganz am Ende. Es fällt mir schwer, mich von Dir zu trennen und morgen zur Arbeit zu gehen. Ja, ich habe einen Job bekommen, der mich erfüllt und glücklich macht. Die Altenpflege in der Demenz gab mir eine Zukunft, von der ich glaube, dass sie zu mir als Mensch passt. Wenn ich mit einer Frau am Küchentisch sitze und weiß, dass sie an Demenz leidet, fühle ich mich vor ihren Augen sicher. Wenn aber die Frau mit ihrer Demenz meine Hand berührt und ihre Gesichtszüge weich werden, sodass ihre Angst schwindet, erhalte ich die Gnade, die einst in mir drin mit einem Tanz anfing, der nie aufhören wollte.

Die Dorothee aus der Nachbarschaft

Meine veröffentlichten Bücher

Land der Kinder
Erscheinungsjahr: 2013
Taschenbuch: 338 Seiten
Verlag: united p.c
ISBN-10: 3854384904
ISBN-13:978-3854384908

Eine Kindheit begrüßt die zarte Ansicht einer wunderbaren Lebensphilosophie. Aus dieser Ansicht geht hervor, dass man als Kind Träume geschenkt bekommt. Träume von Liebe, Umarmungen, Verständnis, vom Zuhören, von einem Kind ohne Angst in einer heilen Welt. Diese Träume hatte ich nicht. Und so habe ich mir die Frage gestellt: „Warum nicht?" Ich gehe auf Spurensuche und möchte Antworten auf meine Frage finden.

Demenz-Kinder
Erscheinungsjahr: 2013
Taschenbuch: 218 Seiten
Verlag: united p.c
ISBN-10: 3710302293
ISBN-13: 978-3710302299

Ein Buch über Demenz, über das Verstehen der Demenz. Eine Betrachtung von außen, gespürt und erfahren an einer Tür, an einem Fenster, an einem Pflegebett, an einem Rollstuhl. Dabei ist die Begegnung mit demenzkranken Menschen die beeindruckendste Erfahrung, die ich je gemacht habe, die ich nie missen möchte. Es sind Menschen, die am Rand einer Gesellschaft leben, mit denen man in der Pflege viel Geld verdienen kann, über die man berichtet, wie brutal ihre Menschenwürde verletzt wurde, aber nie über das, was ein demenzkranker Mensch gerade fühlt und denkt, was ihn verletzt hat und wie man mit der neu erfahrenen Liebe umgeht.

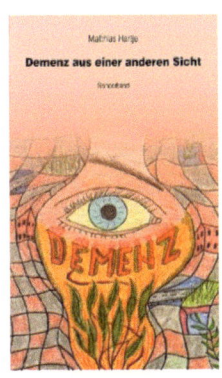

Demenz aus einer anderen Sicht
Erscheinungsjahr: 2013
Taschenbuch: 76 Seiten
Verlag: Shaker Media
ISBN-10: 3956310063
ISBN-13: 978-3956310065

Dieses Buch beschäftigt sich mit dem Verschwinden der Angst vor Demenz. Ein Buch über die Anerkennung von Pflegenden und Angehörigen, das erklärt, wie Demenz zu verstehen ist und was die Menschen tun können, wenn sie an Demenz erkrankt sind. Wenn ein Mensch die Kindheit durchlebt hat, entsteht ein kleiner Sandkasten, in dem Spielfiguren auf der Sitzfläche darauf warten, genommen zu werden und im Sand unterzutauchen. Die Spielfiguren verändern sich im Traum, wodurch ein Wunsch entsteht, eine Sehnsucht, Aufklärung, ein Sichtbarmachen, Vergebung und Dankbarkeit, all das ohne Zwang erleben zu dürfen. Während der Demenz wird ein Signal freigegeben, wo die verbuddelten Spielfiguren wieder auftauchen. Sie erhalten die Fähigkeit, das Kind zu wählen, das sie einmal waren, und können jetzt den Sinn ihrer Kindheit erfahren, was die Demenz im Gegenwärtigen widerspiegelt.

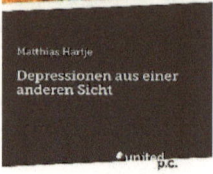

Depression aus einer anderen Sicht
Erscheinungsjahr: 2013
Taschenbuch: 100 Seiten
Verlag: united p.c.
ISBN-10: 3710307325
ISBN-13: 93710307324

Ich habe gespürt, was es heißt, keine Liebe zu bekommen. Taub und ohnmächtig fiel ich in Trance und wollte nicht mehr leben. Das Fühlen ging verloren. Ich durfte nicht Mensch sein, nur eine leere Hülle – die Verdammnis, die einer dunklen Höhle gleichkam. Das Feuer erreichte nie den Docht der Kerze in mir, und ich war verflucht für alle Ewigkeit, diese Kerze nicht anzünden zu können. Das Licht hinter mir war immer der Schatten meines Selbst. Dort wurde entschieden, was es heißt, ein Kind zu sein oder es umzubringen. Das Letzte kam zur Wahl, und so blieb mir nur eins übrig, mich zu verstecken. Damit mich keiner hört, keiner sieht, keiner spürt. So konnte ich den Schmerz aus Leid und Lüge umgehen. So war ich in Sicherheit, geborgen.

Religion aus einer anderen Sicht
Erscheinungsjahr: 2013
Taschenbuch: 260 Seiten
Verlag: united p.c.
ISBN-10: 3710301537
ISBN-13: 978-3710301537

„Religion aus einer anderen Sicht" ist eine Sammlung von Texten des Autors Matthias Hartje, die das Wechselspiel zwischen dem Glauben und dem tatsächlichen Leben deutlich machen, zwischen Angst und Hoffnung, Liebe und Verletzung und der Tatsache, dass Jesus in jedem von uns lebt. Wir müssen nur tief in uns schauen und erkennen, welcher Berufung wir folgen müssen. Hartje stellt dem selbst gemalte Bilder gegenüber, die ein außergewöhnliches Talent zum Detail aufzeigen und zum Nachdenken anregt.

Der schwarze Junge
Erscheinungsjahr: 2013/16
Taschenbuch: 172 Seiten
Verlag: Books on Demand
ISBN-10: 3741265209
ISBN-13: 978-3741265204

„Der schwarze Junge" ist der biografische Abriss eines Jungen, der im pubertären Alter auf der Suche nach Liebe und Anerkennung eine „dunkle" Seite in sich entdeckt. Mit zahlreichen Episoden bringt uns der Autor ein Verhalten nahe, das der Jugend entspricht, das aufrührerisch, gesellschaftlich abnorm aber auch mutig erscheint. Von den eigenen Gefühlen hin und her gerissen, nicht zu wissen, wo man hingehört, das eigene Zuhause als Gefängnis und die Schule als eine Art „Neurolage Anstalt zur Vorbereitung auf das Leben" zu empfinden, lässt in ihm den „schwarzen Jungen" zum Vorschein kommen, der sprunghaft und immer bereit ist, sich und seinen Schulkameraden zu beweisen, dass in ihm ein ganzer Kerl steckt. Doch ausgerechnet sein ärgster Feind, ein „König" in seiner Schule, bezeugt ihm am Ende seine Hochachtung und dass mehr in ihm steckt, als er selbst glaubt.

Wie er ich wurde
Erscheinungsjahr: 2013/16
Taschenbuch: 160 Seiten
Verlag: Books on Demand
ISBN-10: 374126525X
ISBN-13: 978-3741265259

„WIE ER ICH WURDE" sind Erinnerungen eines jungen Mannes aus einer Zeit, als Er seine Suche nach dem eigenen Ich begann. Es ist der Versuch, sich dem Inneren anzunähern, wo das Er seine Stärke zeigt und das Ich seine Schwäche offenbart. Die Auseinandersetzung des jungen Mannes mit sich selbst löst eine Angst aus, die sich der Wahrheit des Lebens nicht stellen möchte. Doch das Ich möchte an die wahre Identität seiner Kindheit anknüpfen, möchte wieder Kind sein dürfen, auch wenn das Er es ablehnt. Gelingt es dem „Inneren Kind" eine Verbindung zum Ich aufzunehmen und dem Er zu trotzen. Wird am Ende die Liebe zur Wahrheit stärker werden? Wird das Er mit dem Ich in eine Balance treten?

Der verkaufte Mann
Erscheinungsjahr: 2014/16
Taschenbuch: 132 Seiten
Verlag: Books on Demand
ISBN-10: 3735795803
ISBN-13: 978-3735795809

„Die Abnutzung von Geist und Körper ist in den gesammelten und undurchsichtigen Genen im Menschen zu finden", schreibt der Autor in diesem Buch und hinterfragt an zahlreichen Beispielen eigener Lebenserfahrung, wie Mann und Frau ticken, was sie im Denken und Handeln voneinander unterscheidet und welche hinterlistige Rolle das Ego dabei spielt. Lesen Sie selbst, zu welchen furiosen Erkenntnissen der Autor kommt und wie er am Ende das Rätsel um den „verkauften Mann" löst.

Das Ekelkind
Erscheinungsjahr: 2016
Taschenbuch: 200 Seiten
Verlag: Books on Demand
ISBN-10: 3735795618
ISBN-13: 978-3735795618

Vergangenheit? – Für einen jungen Mann ist dieses Wort nur von geringer Bedeutung. Nicht so, wenn dieser junge Mann in die Jahre kommt, Lebenserfahrungen sammelt und beruflich in einer Wohngemeinschaft für demenz-kranke Menschen tätig ist. Dort lernt er als Betreuer alte Menschen kennen, die kurz vor dem Sterben auf ihr Leben zurückblicken und ihm diese von Glück und Schmerz ge-prägten Erfahrungen erzählen. Ein Wink des Schicksals? Ja! Denn er beginnt plötzlich, obwohl sich sein inneres Ich jah-relang dagegen gewehrt hat, über seine eigene Vergangen-heit, seinen eigenen Schmerz, über das Ekel-Kind in ihm nachzudenken. Es ist eine Auseinandersetzung, die sich leise vollzieht.

Der verwelkte Mann
Erscheinungsjahr: 2016
Taschenbuch: 200 Seiten
Verlag: Books on Demand
ISBN-10: 3735795618
ISBN-13: 978-3735795618

„DER VERWELKTE MANN" ist quasi eine Abrechnung des Erzählers mit sich selbst, ein tiefgründiger Rückblick auf sein Leben, seine Kindheit, die damit verbundenen Ängste, kindlichen Dummheiten und der fehlenden Liebe durch das Elternhaus. Sein ganzes Leben jagt er einer falsch verstandenen Liebe hinterher und findet keinen Weg seine Ängste abzustreifen, die ihm schon als Kind aufgezwungen wurden. Nur langsam tastet er sich an die Frage heran, wie sein Ego und das innere Kind in ihm auf die Probleme des Erwachsenwerdens reagieren, was er unterdrücken und was er befördern muss. „DER VERWELKTE MANN" bringt dem Erzähler Leid und Schmerzen, aber auch Erkenntnisse, die ihn von seinen Ängsten befreien.

Das Gespür der Zeit
Erscheinungsjahr: 2016
Taschenbuch: 208 Seiten
Verlag: Books on Demand
ISBN-10: 3741226847
ISBN-13: 978-3741226847

Berlin, 2016, eine spannende Reise in die Bewusstwerdung von Träumen und Illusionen in die Seele beginnt. Damit steht Ihnen, liebe Leser, ein Fenster für Gefühl, Hoffnung und Liebe offen. Doch nicht nur dafür, sondern auch für die so genannten „Problemzonen" des Lebens: Schuld, Ego, Angst und falsche Denk-, Glaubens- und Verhaltensweisen. Der Blick hinter die Kulissen ist es, mit dem Ihnen der Autor Matthias Hartje in diesem Buch Dinge beschreibt, von denen Sie nicht wussten, dass es sie in Ihrem Inneren gibt. „Ein Versuch, sich dem zu beugen, das nicht mit dem zu tun hat, was du als eine Illusion ansiehst", schreibt der Autor. „Alles, was du siehst, gehört dir nicht. Dein Bewusstsein macht das Betrachten dieser eigentlich nicht vorhandenen Illusion erst möglich, und es will dich mit der Vorspiegelung dieser Unwirklichkeit prägen. Das kann man als *Drama* bezeichnen."

Die Grabkarte meiner Mutter
Erscheinungsjahr: 2017
Taschenbuch: 232 Seiten
Verlag: Books on Demand
ISBN-10: 37431722941
ISBN-13: 978-3743172944

Der Autor blickt auf das Leben seiner verstorbenen Mutter zurück. Er beschreibt die Zeit, in der sie gelebt hat, die Zeit des Zweiten Weltkrieges, die Lebensumstände danach, den Hunger und ihren ständigen Kampf ums Überleben. Die Härte ihres Überlebenskampfes überträgt sich auf ihren Charakter und damit auf die Erziehung ihrer drei Kinder. In einem sich durch das Buch ziehenden gedanklichen Dialog mit seiner Mutter reflektiert der Autor die Situationen aus seiner Kindheit und der Jugendzeit, um deutlich zu machen, wie er unter der fehlenden Liebe, den ständigen Schlägen seines Vaters und der bewusst zur Schau getragenen Heuchelei seiner Eltern gelitten hat, und wie sich das auf die Entwicklung seiner Psyche auswirkte. Er schreibt er sich frei von nachtragenden Gedanken und von Schuldvorwürfen, bietet Lösungen für ähnliche Fälle an und verzeiht letztlich seinen verstorbenen Eltern.

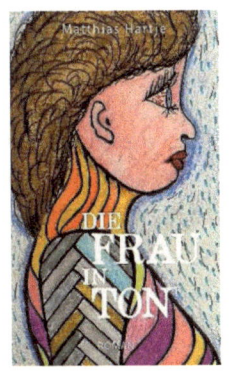

Die Frau in Ton
Erscheinungsjahr: 2017
Taschenbuch: 424 Seiten
Verlag: Books on Demand
ISBN-10: 3743162539
ISBN-13: 978-3743162532

Lena, eine Frau, die sich in der heutigen Gesellschaft neu orientieren möchte, sucht Anerkennung in der Kunst. Sie wurde von ihrer Mutter nie beachtet und erlebte eine kalte, herzlose Kindheit. Sie kennt nur ihren Vater, der ein sexbesessener, bösartiger Mensch ist und ihre Vorstellung von einer liebevollen Männerwelt zerstört. Ihrer Ansicht, dass ein Mann anders sein kann als ihr Vater, schenkt sie keinerlei Beachtung mehr. Sie will keinem Mann trauen oder dessen Nähe zulassen, bis eines Tages ein Mensch ihren Weg kreuzt, der sich in sie verliebt. Doch wird diese Begegnung ihre innere Zerrissenheit heilen, ihre Wut, ihren Hass auf Männer?

Luise Fremde Welt
Erscheinungsjahr: 2017
Taschenbuch: 260 Seiten
Verlag: Books on Demand
ISBN-10: 3746037883
ISBN-13: 978-3746037882

Luise gerät durch den Suizid ihres Mannes Ludwig in eine tiefe psychosomatische Krise und wird in eine Klinik eingewiesen. Sie verfällt in Depressionen, erinnert sich an ihre lieblose Kindheit und an den Ehebruch ihres Mannes mit ihrer besten Freundin Silke. Sie zieht sich mehr und mehr in sich selbst zurück, stellt Fragen, die unbeantwortet bleiben, und lebt fortan in einer für sie „Fremden Welt". An die Liebe glaubt sie längst nicht mehr, selbst eine Freundschaft zu einem Mann ist ihr zuwider. Da trifft sie plötzlich auf Manuel, einen Maler und angehenden Schriftsteller, bei dem sie während eines Gesprächs auf einer Dampferfahrt den Eindruck gewinnt, dass auch er in einer für sich abgeschlossenen fremden Welt lebt und Ähnliches erlebt hat wie sie. Eine Freundschaft entwickelt sich. Doch wird aus dieser Freundschaft Liebe und wird das Luise helfen, ihrer „Fremden Welt" zu entfliehen?

Der schwarze Vogel
Erscheinungsjahr: 2018
Taschenbuch: 168 Seiten
Verlag: Books on Demand
ISBN-10: 3752879831
ISBN-13: 978-375287934

„Wo bist du gewesen, Gott, als ich dich gebraucht habe?",
fragt sich der Autor, wenn er an seine Kindheit zurück-
denkt, die von Lieblosigkeit der Eltern, Gewaltausbrüchen
des Vaters, Brutalität, Demütigung und Alleinsein geprägt
war. Nirgendwo findet er Halt, weder im Glauben noch in
der Liebe oder in seinem eigenen Ich. In seinen Träumen
erscheint ihm ein „schwarzer Vogel" immer dann, wenn es
ihm schlecht geht. Er gibt ihm Halt und Frieden und verschwindet wieder, wenn es ihm gut geht. In ihm sieht er
eine Freiheit, die er glaubt, nie erreichen zu können. Doch
Jahr für Jahr wuchert die Depression in ihm, bis er als letzten Ausweg den Tod sucht. Da taucht der schwarze Vogel
erneut auf und zieht ihn aus der brutalen Welt ans Licht des
Lebens. Zurück bleiben Fragen wie die zu Gott, dem Glauben, der Liebe, zu den furchtbaren Schlägen seines Vaters
und zu seinem eigenen Ich.

Das Hellersdorfer Aquarell
Erscheinungsjahr: 2019
Taschenbuch: 260 Seiten
Verlag: Books on Demand
ISBN-10: 3746037883
ISBN-13: 978-3746037882

Meine Bilder sind Teil einer Geschichte, die erst durch meine Gedanken mussten, bevor sie entstanden. Ich gab dem Versuch freien Raum und malte sehr konzentriert, um das Unsichtbare sichtbar zu machen. Aquarellstifte füllten meine differenzierten Farbkompositionen, aus denen jedes Bild seine individuelle Aussagekraft bekam. In mir lebte eine Sehnsucht, aus der heraus ich der leeren Fläche ein farbliches Motiv geben musste – ein Motiv, das die verlorene Poesie fand und aufzeigte, wie lebendig sie war. Es drängte sich in mir eine ständige Unruhe auf; ich folgte meinem Gespür und wählte eine Farbe, die meiner Fantasie entsprang – einer Fantasie, die keinen Namen kannte. Dabei entstanden mehr als 1400 Aquarellbilder. Dieser Katalog stellt Ihnen neben 524 Aquarellen und Bildern im Großformat auch 15 meiner Bücher vor.

Der Meeresspiegel und die Zeit
Paperback
112 Seiten
ISBN-13: 9783734739248
Verlag: Books on Demand
Erscheinungsdatum: 08.08.2019

Dieser Gedichtband folgt mit seinen Versen dem Ruf der unendlichen Zeit. Er unterwirft sich der Fantasie, wo das Sehen und Hören der Wirklichkeit nicht existiert. Bei der Möglichkeit, all die Farben des Alltags einzufangen, um den Sinn dieser Welt zu verstehen, hinterfragen die Verse das Chaos der Gefühle. Aber die Zeit wird zeigen, was einen berührt und was man verdrängt.

Hellersdorf
Teil eins
Neuerscheinung 2021
Taschenbuch: 336 Seiten
Verlag: Books on Demand
ISBN-13: 9783753471594

Hellersdorf. Ist der schlechte Ruf dieses Berliner Stadtbezirks berechtigt oder kann man davon ausgehen, dass dort jeder in Ruhe wohnen und arbeiten kann? Gibt es Unterschiede zwischen Zehlendorf und Hellersdorf? Und ist das Denken über unsere Welt ebenso unterschiedlich, sodass nur hier in Hellersdorf der braune Sumpf Fußfassen konnte? Der Autor sagt "Nein!" und beschreibt diesen Stadtteil als selbstständig, freundlich und naturbelassen. Hellersdorf ist ein Ort, den man kennenlernen muss, wo die Menschen sagen: "Wir leben und arbeiten gerne hier." Es ist ein Ort, wo gestritten wird, wo die Kunst mit der Natur im Einklang steht, wo eine Seilbahn fährt und die Menschen zur Gartenschau gehen und sich zum Dialog zusammenfinden. Das Buch erzählt von alltäglichen Menschen, von ihren Kompromissen und Leidenschaften, von ihrem Leben im Berliner Stadtbezirk Hellersdorf.

Hellersdorf
Teil zwei
Neuerscheinung 2021
Taschenbuch: 316 Seiten
Verlag: Books on Demand
ISBN-13: 9783753499437

In diesem Buch beschreibt der Autor Hellersdorf als „DEN ORT" mit Weite, Grün, sauberer Luft und einer intakten Tier- und Pflanzenwelt, in der es sich zu leben lohnt. Er reist gedanklich zu den ersten Bauabschnitten zurück, beleuchtet die Veränderung wichtiger Gebäude nach der Wende, besucht mit seinem jüdischen Freund Konrad Sehenswürdigkeiten in Berlin und resümiert in Form eines Dialogs szenisch über sein Leben, wie das Verhältnis zu seinem gewalttätigen Vater, seinen Grenzdienst, die Anerkennung bzw. Ablehnung seiner Kunstwerke auf Ausstellungen sowie seine Arbeit in einer Pflegeeinrichtung. Dabei beantwortet er Fragen zu welthistorischen Ereignissen und löst bei Konrad konträre Denkweisen, Ängste und Depressionen in der Art, als er mit ihm seine Zeit als Kind im Zweiten Weltkrieg hinterfragt und diese mit dem aufkommenden Rechtsradikalismus der heutigen Zeit vergleicht.

Hellersdorf
Teil drei
Neuerscheinung 2021
Taschenbuch: 392 Seiten
Verlag: Books on Demand
ISBN-13: 9783753453170

Das letzte Buch der Trilogie über Hellersdorf nimmt Abschied von Konrad, dem verstorbenen jüdischen Freund des Autors. Noch nicht ganz fertig geschrieben, kommt dessen Halbschwester Hertha aus den USA zur Beerdigung nach Deutschland. Konrads Freund und sie beschließen, die Trilogie gemeinsam zu beenden. In Gesprächen über seine Vergangenheit sowie mithilfe persönlicher Eindrücke über Konrads Ansichten zu Religion, Kunst und dem heutigen Rechtsradikalismus, dringen die beiden immer tiefer in seinen Charakter. Sie stellen fest, dass er (ausgelöst durch seine Erlebnisse im Zweiten Weltkrieg) von tiefsitzender Angst und Trauer über den Verlust seiner Familie geprägt war und die Vergangenheit nicht loslassen konnte, er aber auch einen positiven Einfluss auf den Heilungsprozess seines Freundes hatte. Nebenbei berichtet der Autor über die weitere Entwicklung des Stadtteils Hellersdorf.

Matthias Hartje (Buchautor, Maler und Autodidakt) wurde im August 1960 in Berlin als
Einzelkind geboren. Nach Beendigung seiner
Schulausbildung absolvierte er eine erfolgrei-
che Lehre als Filmkopierer und später als Druckformher-
steller. Von 2001 bis 2009 arbeitete er als Wohngruppen-
fachkraft für Demenz in der Altenpflege. Er ist verheiratet
und hat zwei erwachsene Kinder.

Sein Interesse galt schon frühzeitig dem Malen. So entstanden bis heute weit mehr als 1400 Bilder in Aquarell. Große
Teile seiner Bilder hat er auf Vernissagen gezeigt und in einem 2019 unter dem Titel „Das Hellersdorfer Aquarell" er-
schienenen Katalog veröffentlicht.

Im Verlauf der Jahre entdeckte der Autodidakt Matthias
Hartje eine zweite Leidenschaft, das Schreiben. Zunächst
waren es Gedichte und Erzählungen, die er 2012 veröffent-
lichte. Später begann er seinen Zwiespalt bei der Bewältigung des Lebens sowie seine Ansichten und Erfahrungen
mit demenzkranken Menschen in Romanen zu beschreiben
und mit seinen Aquarellbildern zu ergänzen. So veröffent-
lichte er Bücher wie zum Beispiel: „Demenz-Kinder",
„Land der Kinder", „Der schwarze Junge" oder „Das Ekel-
kind", „Das Gespür der Zeit" und „Die Frau in Ton", oder
„Luise – Fremde Welt" und den Gedichtband „Der Meeresspiegel und die Zeit". Nach dem Erfolg seiner Bücher
sowie zahlreichen Lesungen zu den darin aufgeführten

Themen: Das innere Kind, Religion, Liebe, Angst, Demenz, das Ego im Menschen, Sterben und Leben schreibt
der Autor aktuell an einem Roman ganz anderer Art.